GUIMI

李晟旻

著

闺密

联盟

L I A N M E N G

中国文史出版社

图书在版编目（ＣＩＰ）数据

闺密联盟 / 李晟旻著. -- 北京 ：中国文史出版社，
2018.12

ISBN 978-7-5205-0799-8

Ⅰ．①闺… Ⅱ．①李… Ⅲ．①长篇小说－中国－当代
Ⅳ．①I247.5

中国版本图书馆 CIP 数据核字（2018）第 261582 号

责任编辑：全秋生
封面设计：徐 晴

出版发行：中国文史出版社
地 址：北京市海淀区西八里庄路 69 号 邮编：100142
电 话：010－81136602 81136603 81136606 （发行部）
传 真：010－81136655
印 装：北京温林源印刷有限公司
经 销：全国新华书店
开 本：787×1092 1/16
印 张：16.75 字数：258 千字
版 次：2019 年 6 月北京第 1 版
印 次：2019 年 6 月第 1 次印刷
定 价：49.80 元

1

"你怎么样啦，马上就到了，你忍着点。"

"有我们在你不用害怕。"

"慢点慢点，小心哪。"

"让一让，让一让啊，哎哟，这人怎么这么多呀。"

陈米粒和方玲搀扶着大腹便便的孟小芹，穿梭在医院拥挤的人潮中，两个人神色紧张脚步匆忙，好像正挟持着人质。

"我生孩子，你俩倒是比我还紧张。哎哟……"正忍受一阵阵宫缩的孟小芹似乎不以为然，命由天定似的淡定自如。

三个人到达妇产科，孟小芹在病床上躺下，在阵痛中等待新生命的降临。

一大早，孟小芹就来到新苗工场，处理即将在工场举办话剧展演的相关事宜。正当她在展示区摆弄着各项道具的时候，阵痛突然袭来，她意识到，这是肚子里的宝宝向她发出的降临信号。

孟小芹扶着肚子脸色苍白的样子，正好被走进工场大门的陈米粒看到，她赶紧上前搀扶，并朝里面大吼了一声"方玲"!

从办公区出来的方玲看到表情痛苦的孟小芹，二话没说，一溜烟地跑回去，从办公桌上抄起车钥匙，再一溜烟地跑回来，和陈米粒一起扶着汗如黄豆的孟小芹，快步向停车场走去。

刚送到医院不久，孟小芹的老公高君，以及孟父孟母孟公公婆婆，也一齐到了医院，五个人把躺在病床上的孟小芹结结实实地包围，痛不痛啊忍着点啊有我在啊没事啊加油你最棒啊，你一句我三句地狂轰滥炸。

陈米粒和方玲被挤到了病房外，耳朵充斥着小马达似的永不停歇的安慰，以及安慰中不时夹杂的孟小芹"痛啊！"的尖叫，心焦又无奈地等待着。

从早晨到傍晚，十个小时的等待后，孟小芹终于在家人的安慰鼓励中被推进产房。三个小时后，产房传来第一声啼哭。

两年多前，刚刚踏出校园的孟小芹怎么也不会想到，仅仅两年多后的今天，她会同时拥有爱她的丈夫、可爱的女儿，以及见证了她青春与成长的新苗工场。

"三个月买路虎，八个月买别墅，一年助你走上人生巅峰之路……"

新苗工场的公共办公区，一位红衣女子正和几个姐妹描绘宏伟蓝图，桌子上成列排开的韩式半永久玻尿酸，是为这蓝图铺就的一条必经之路。

绘声绘色、激昂奋进的演说中，姐妹们早已开始脑补自己开着豪车、住着豪宅、穿着名牌的景象，好像一个眨眼，就能身处顶峰。

LV 的包里传来手机铃声。红衣女子从包里掏出手机。

"离婚？想得美！现在老娘挣大钱了，跟你离婚，还要平分财产，你以为我傻！"女子对着手机一顿慷慨激昂，下定不离婚的决心，好像比面前的姐妹们更加坚定地能成为人生赢家。

"啪"的一下，女子将手机往桌上一甩。

一个书架之隔的另一张办公桌上，孟小芹正拿着单反，多角度捕捉桌上各式金银首饰的纹路光泽，耳边却不断接收着隔壁桌丰富的信息量。那边红衣女子"离婚"二字刚出口，这边孟小芹终于忍不住了，放下单反，拿起手机，发出了一条微信：暴发女走上人生巅峰后竟要离婚！速来围观！

手机屏幕亮起，弹出一条微信：暴发女走上人生巅峰后竟要离婚！速来围观！正在码字的陈米粒暂停脑中的剧情，正和男友煲电话粥的方玲挂了手中的电话，几乎在同时，两个人走出卧室，三秒钟意味深长的四目对视之后，穿过客厅，下了楼梯，奔向新闻现场。

孟小芹、陈米粒、方玲三个人入住新苗工场 512 房间半年，类似的新闻八卦不在少数，工场仿佛有一种神奇的魔力，能让安顿在此的人拥有转变命运的能力，发生在他们身上的变化，看起来都显得那么出乎意料又理所当然。三楼美丽动人的瑜伽老师和隔壁相貌平平的美术老师相恋了，情投意合相见恨晚的两个人不顾世俗的偏见，迅速领证结婚；四楼名不见经传的话剧演员，其业余组织的小剧团因为一场原创话剧名声大噪，演出邀约不断；五楼靠在酒吧驻唱为生的文艺青年，在工场度过了九个月艰难寒酸却终生难忘的理想生活之后，终于在家人的安排下移居澳大利亚，与刚刚大学毕业的女友开始一段漫长的人生。

红衣女子也是这众多传奇人生中的一个。半年多前，她还是个淘宝上不温不火地卖农家土特产的电商，突然有一天就入了护肤美容的深坑，电商改作微商，土特产换作玻尿酸。一入此坑旺终身，三个月后的一天，工场门口便多了一辆高配版路虎揽胜极光。也许是走上了人生康庄大道后的女子嫌弃普通工薪族的丈夫没本事，也许是丈夫看不惯妻子有钱后的骄傲膨胀，两个人竟闹起了离婚，而已然一副人生赢家姿态的女子，却只想把钱财牢牢攥在手中。

新苗工场里，命运的转化司空见惯，如此看来，512 的故事最是平淡无奇，好像工场的魔力并未在这三位年轻租客身上起到些许作用。但正当她们在工作、恋爱、生活的道路上反复穿梭挣扎的时候，意想不到的变化却也随着时间的积累，悄然发生。

这变化的开始，要从那个再也普通不过的下午开始说起。

2

自动玻璃门打开，拎着一个大号手提包的孟小芹走了进来。咖啡香扑鼻而来，让人不由自主地清醒自信。

点单的队伍不长，前面是两个面容姣好身材婀娜的年轻女子，看打扮和上班族绝对沾不上边，再看她们有说有笑的悠闲样子，以及毫不手软点的各色咖啡糕点，倒像是闲居在家衣食无忧的年轻主妇，看年纪，竟和自己相差无几。人和人就是不一样，孟小芹这样想。

两个人在各种糕点中纠结了足足有一分多钟，终于端着满盘子诱人的食物走了。总算轮到孟小芹。

"欢迎光临，请问需要些什么？"服务员面带热情微笑，将这句已经重复了千百遍的标准开场白又重复了一遍。

"嗯……"孟小芹抬头扫了一眼墙上的菜单，她并没有什么特别想喝的，碰运气似的随意开口，"卡……"

还没等孟小芹将后面的三个字说完，服务员突然吃了一惊，"哎呀！"

孟小芹被服务员的惊讶吓了一跳，她把目光从菜单上收了回来，看着近在眼前双目圆睁的服务员。

"啊？哎呀！"

孟小芹先是疑惑，然后同样一惊，对面的服务员挑挑眉毛眨巴眨巴眼睛，努力给孟小芹提醒暗示。

"小芹！"

"米粒！"

"天哪！怎么在这儿遇到你了！"

"天哪！你也回来了？在这儿上班？"

"对啊，你也回来了，我想你肯定会回来的。"

"对了，你考研怎么样？"

……

"喂，请问能快一点吗？我赶时间。"两个人没头没尾说得正欢，排在孟小芹后面的一个男子稍显不耐烦，但仍保持些许风度。

叫米粒的服务员一边在收银台上操作，一边特务接头似的暗暗对孟小芹说："你一会儿有事吗？如果没事的话，你先找一个地方坐下，我还有半个小时就换班了，一会儿过来找你。"

孟小芹莞尔一笑，比画了个 OK 的手势。

孟小芹端着卡布奇诺，找了个靠窗的位置坐下。

正是下午两三点钟的光景，咖啡馆里的客人看打扮举止，大多是附近写字楼过来喝下午茶放松疲劳身心，或是和工作伙伴洽谈事务的中高端商务人士。

孟小芹也是从写字楼中的其中一幢过来的，只不过她还远远没有修炼到可以在大家埋头疯忙的时间里出来喝杯咖啡的资格，她不过是还在试用期的大学毕业生，她溜出来，完全是因为工作的空洞无聊。

看着周围或围坐成一小桌或成双成对的商务人士，忙碌快速的举止言谈中带着这一职场人群特有的彬彬有礼、有条不紊和胸有成竹，那自信而自持的姿态，让孟小芹想起了自己的工作状态。

"孟小芹，麻烦帮我把这文件复印一份。"部门主管走过来，将一叠文件放在孟小芹桌上，说完还礼貌地报以微微一笑，好像孟小芹帮了他一个大忙。

"哦"了一声，待主管回到位置上后，孟小芹才拿着文件，慢悠悠地走向复印机。作为销售部的员工，孟小芹对公司业务的具体流程还没怎么掌握，复印打印、整理资料的活儿倒是干了不少。

很多大学生在刚毕业时，都是通过熟人介绍迈进成人社会，孟小芹也不例外。

大学毕业前三个月，孟小芹就在姑父的介绍下进了这家贸易公司工作。姑父与公司老板是亲如兄弟的老战友，有碍于如此非比寻常的关系，作为直接领导的部门主管，当然要区别对待，但完全不让孟小芹做事又说不过去，于是只能偶尔安排些复印打印之类轻松简单的活儿装装样子。

这要是搁在安于现状、胸无大志的人身上，当然是再好不过了，但搁在孟小芹这儿，却有点说不过去。

虽然说不上什么鸿图大志志存高远，但从孟小芹的性格来看，她也是一个主张独立、崇尚自我奋斗的女生，这样安逸自在、两手一摊领工资的工作，与她所期待的社会历练相差甚远。

一方面碍于姑父的情面和父母的苦口婆心，另一方面她又不想如牵线木偶般，走上别人铺就的道路，并在其中不知所措浪费光阴，孟小芹左右为难。但，后一种情绪占了上风，而这天在工作时间开溜，也是孟小芹暂时无力改变现状，只好消极抵抗、破罐破摔的表现。

她向主管请了假，也没说清其中缘由，当然主管也无从干预，孟小芹象征性地签了假条。没有理由在这个时间回家，于是随意走进公司附近的一家咖啡馆，随意排了一个点餐队伍，随意地，就这么遇上了高中好友，陈米粒。

"嘿，发什么呆呢！"孟小芹正看着窗外思考着，陈米粒过来拍拍她的肩膀。

"嘿，你下班了？"孟小芹回过神来。

"是啊。请你吃蛋糕，员工半价哦。"陈米粒端过来两块精美的布朗尼，让人垂涎欲滴。

"没想到竟然会在这里遇见你，真是太巧了。你怎么样，在哪里工作？"

陈米粒像是饿坏了，先往嘴里塞了一口蛋糕。

"就是那座写字楼。"孟小芹指了指窗外不远处的一栋楼，玻璃幕墙在阳光下闪闪发光，透出高端商务范儿。

"哇，这里可都是高级写字楼啊，你这个时候下来喝咖啡……嗯，工作不错嘛。"在这间咖啡馆工作了一个多月，陈米粒已经摸透了附近商务人群的工作习惯和规律。

即使陈米粒猜错，孟小芹也不解释，长时间未见，她也想知道好友都在忙些什么："哪有你想得那么好。你呢？就在咖啡馆上班？"

"我只是兼职，打发时间而已。"

"我记得你之前说准备考研，怎么样了？"

"没考上呗，不然还能在这儿。"

"没留在帝都？"

"那可是帝都呀，哪是说留就想留的，再说了，我也没什么鸿鹄之志，考上了是运气，没考上，还是乖乖回来过安稳日子。我爸给我找了个文化公司的编辑工作，下个月正式上班。"

"编辑，我记得你以前就爱看书写文章，语文成绩好，那时我就想，文字工作最适合你不过了。"

"我也没别的爱好和特长，也就能当个编辑，编编文章瞎扯淡什么的。"

"好歹也是你兴趣所在啊。"

"那倒是。你呢，你做哪方面的工作？"

"在一个外贸公司，不过，这工作我不是很喜欢，正考虑换一个。"

"换工作。唔，你都换工作了，我呢，一个正经工作都还没开始呢。"陈米粒有点羡慕道，和自己相比，孟小芹好歹也算是个有职场经验的"老新人"了。

"哪能这么比较，工作不是干得越多越好，能学到东西才有用。"

这话在略显稚嫩的陈米粒听来，如同一句圣经般给人点拨开化。

"那你为什么想换工作？还打算换同类型的吗？"

"不是自己感兴趣的，而且、我也是熟人介绍的。其实熟人介绍工作有一点不好，碍着那层关系，人家就不会用同样的标准要求你，只要你过得去就行了，你说说，这样哪能学到什么呀。"孟小芹好像找到了个倾诉对象，把这些不能向同事向父母说明的想法，一下子都向这位曾经的好友说了。

陈米粒大概明白了孟小芹要换工作的原因，再想想自己即将开始的新工作，不知道会怎么样。

"你打算自己重新找一份？"

"现在已经过了招聘季，想找到合适的工作，谈何容易？"

陈米粒本以为孟小芹的工作已经步入正轨甚至有声有色，没想到也是这么半吊着，还未着落。她想起自己准备考研的时候，大部分同学也正忙着找工作，听大家说起找工作的种种艰辛不易，以及工作中遇到的麻烦困难，那时还无法理解，这会儿总算是有了点切身感受。

看来大家都不容易。

"你能待多久，一会儿需要回去上班？"陈米粒想换个轻松点的话题。

"不想回去了，想待多久待多久。"

"不如我们去外面走走吧，晚上一起吃饭？"

"好啊，正好我也懒得回家。"孟小芹像是找到了避难所和一起避难的同伴。

"下个月要上班了，我妈说要工作了，别老穿学生装，让我买几身新衣服，这附近有个商场不错，陪我去看看？"

孟小芹上下打量了一番陈米粒，赞同地用力点点头："你妈说得对！还等什么，走吧！"

3

出了咖啡馆的自动玻璃门，两个人刚走了两百米开外，迎面而来两个年轻男子，一米八的大高个儿，干脆利落的短发，干净 T 恤配笔挺卡其裤，手里各拿着一杯咖啡，满面春风地谈论着什么，时不时还蹦出几个听上去就让人肃然起敬的专业术语，简直就是业界精英之类的存在。他们从两个女生身边经过，步步生风，没有俗气的古龙水香味，而是一种干燥纯净的好闻气息，不禁让陈米粒陶醉。

"在这个地方工作，有的是这种青年才俊。哎，你们公司的男生是不是也都是这个标准的？"等两个男子走过，陈米粒小声对孟小芹说道。

"人家一看就是有前途的高端公司来的，就我们那破公司，哪能跟人家比。"

"那么大一栋楼，你们公司没有，其他公司总有吧？对了，你有没有男朋友啊，有没有打算在这里给自己物色一个？"

陈米粒八卦着这个高级办公区里形形色色的俊男靓女，一边还不忘回头望两眼早已远去的帅气背影。

"哎，我告诉你啊……"陈米粒一边往后看一边对孟小芹说着话，恨不能把脑袋来个一百八十度大转弯，"你看……我靠！"陈米粒突然被猛撞了一下。

"哎呀，不好意思不好意思。"

原来是一个着急的外卖小哥，低头看时间没注意迎面走来的陈米粒，陈米粒转头看帅哥没注意外卖小哥，孟小芹也来不及将陈米粒拉住，两个人就这么撞上了。外卖小哥连连道歉，但没做停留，又匆匆走开了。

被撞的陈米粒狠狠往后退了两步，本想稳住自己，谁知右脚正好踩在了一个水洼里，孟小芹见状赶忙伸手拉着陈米粒的胳膊往上一提，可还是晚了一步，陈米粒膝盖突然一屈，右脚顿时没了力气，踉踉跄跄地跌倒在地。

"我个倒霉催的！"坐在地上的陈米粒气呼呼道。

"完了，动不了了。"陈米粒捏捏右脚，确认伤到何种程度，结论是脚崴了无疑。

"真崴到了？起不来了？这下可怎么好，我送你去医院吧。"孟小芹着急。

老朋友刚一见面就遇到了这种事，陈米粒尴尬得脸红到了脖子根，她可怜巴巴地抬头看一眼孟小芹，眼神里是任人处置的无可奈何。

孟小芹扶着一瘸一拐的陈米粒来到马路边，拦下一辆出租车，驶向最近的医院。

"医院永远人山人海，怎么就有那么多生病的人！"望了望候诊区等待就诊的人，陈米粒觉得要等到一个世纪那么漫长。

"你来医院是生病呀？生活里多的是猝不及防的意外。"孟小芹随便一句话出口，都让陈米粒觉得充满哲思。

"看来老天爷挺公平嘛，意外人人有份，概率人人均等。"

"看来我不回去上班是对的。"

"呵，原来你早料到有这出！"

孟小芹露出一副先知者的迷人微笑。

这边两个人正说些有的没的打发时间，一个娇滴滴的声音传来："怎么还不到我呀，我实在是太难受了。"

"你再坚持一会儿吧，就快到了。"另一个女声回应，应该是同伴。

"我现在两眼冒星浑身发虚四肢无力，实在等不下去了，能不能让我先看呀？"

同样焦急等待的陈米粒听了，心里暗暗较真，来医院的哪个不着急哪个不难受，凭什么你还优先呀，先来后到懂不！

这时，一位护士经过，她看到这位患者面色发白嘴唇发紫，关心道："你非常不舒服吗？"

"她快难受死了，前面还有几个人，多久能到我们？"同伴回答。

护士说帮忙看看，然后走进诊室，大概是告知医生患者情况，不一会儿就出来对她们说："医生让你先进去看看吧。"

"这可太好了，谢谢你！"同伴高兴道，"我们快进去吧。"

不到十分钟，两个人就出来了。

"蛋白质过量？什么鬼！"虽然音量仍然不大，但那位患者的语气明显比进去前有底气得多，不禁让人产生幻觉，里面那位医生妙手回春药到病除。

"我说姐们儿，你也太夸张了吧，这几天你到底得吃了多少蛋白粉呀。"同伴也没有了刚才的急切。

陈米粒心里暗笑，原来是蛋白粉吃多了把自己吃虚了，这也太搞笑了吧！

"刚才还要死要活的，原来是吃多了撑的！现在的人哪……这就叫过犹不及。"

陈米粒向旁边的孟小芹吐槽，一边说还努力朝那两个女生瞧了几眼，刚才坐着只看到侧面，现在两个人从里面出来好不容易露个正脸，陈米粒当然要看看这奇葩长啥样。

不瞧不知道，一瞧，陈米粒的脚就像突然好了似的，瞬间就想从椅子上跳起来。

"快看快看，那不是方玲吗？"陈米粒激动地摇晃旁边的孟小芹。

孟小芹也朝那两个女生瞧去，然后眼睛慢慢睁得更大，嘴巴张得更开："方玲！"

孟小芹这声喊得有点大，蛋白质过量的那位听见了转过脸，几秒钟后，用她那依然虚弱但无比兴奋的声音喊道："小芹！米粒！"

孟小芹、陈米粒、方玲三个人是高中同班同学，上学时关系颇好。毕业后三个人分道扬镳，陈米粒上了帝都，孟小芹去了滨州，方玲则选择了八州城本地的一所女校。三个人平时联系不多，但多年坚实的感情也只需偶尔一通电话和寒暑假的一两次聚会便可维持。"君子之交淡如水"，三个人每每这么"自视颇高"。

这样的状态保持了三年，到了面临毕业和就业的大四，三个人各自在论文、考研、找工作中忙碌，联系也渐渐中断。

大学毕业，孟小芹在父母的要求下回了八州城，陈米粒倒是想留在帝都打拼，但原本寄予希望颇高的考研失利，脆弱的内心受到了打击，伤心无奈之下也回了八州城。虽然同在一个城市，但三个人都还在职场中手忙脚乱，安身立命的问题还没解决，更别说互相联系见面聊天了。

就在各自忙乱纠结、受挫打击的时候，没想到三个人竟会在同一天，以这样的方式遇上了。她们更加不会预料到，这看似普通的偶遇，将会为她们未来的生活带来一连串翻天覆地的连锁反应。

4

"你慢点，慢点喝。"

方玲正抱着一大瓶矿泉水死命往嘴里灌，孟小芹和陈米粒就这么看着，心里一百八十个好奇，方玲怎么会把自己补成这样。

"什么高端品牌什么皇家首选，这下我算是知道了，都是唬人的，没见过能把人吃出毛病的补品。"

"你不会是把蛋白粉当饭吃了吧？"

"我能干那傻事吗？我明明是遵照说明书吃的呀，肯定是产品有问题，亏我花了那么多钱。"

"是医生建议你吃的？"

"不是，我就是想给自己补补身体，听说那牌子的蛋白粉不错，不仅能增强免疫力，还能美容养颜，所以就买来试试咯。吃了还没两天呢。"

"一天两次，两天也就四次，吃了四次你就成这样了，看来你体内的蛋白质本身也不少嘛。"

"医生就是这么说的，说我本来就不缺这个，还硬补上，不就过量了嘛。"

"明明吃饱了还往嘴里塞，不吐才怪！"

"你也不能怪产品，再高端再皇家，也经不住你这白瞎。"

"是这样的哦。"方玲讪讪道，"哎，吃一堑长一智，剩下的那些我是再也不敢吃了，其他营养品我以后也不吃了。"

"不过我觉得还挺有意思，没想到竟然会在医院遇上你。"

"对呀，在哪儿不好，非得在医院。对了，你们两个是什么时候联系上的？怎么都不告诉我一声。"

"你猜？其实我们两个也是今天刚刚碰到的，也就比你提前了两个小时而已。"

"真的假的？也就是说，我们三个，在同一天，偶然凑齐了？"方玲惊讶这奇妙的巧合。

孟小芹和陈米粒齐齐给了她一个意会的眼神。

"哇，这也太巧了吧，我们是不是可以去买彩票了！"

"是，买彩票，我中的奖是崴了脚，你中的是蛋白质过了量，这概率够不够？"

"那看来小芹才是赢家啊，什么事没有就能遇上我们俩，真是被你捡了个大便宜。"方玲调侃。

"你怎么知道我没遇到事？要不是我那不顺心的破工作，我才不会大下午的去喝咖啡，也就不会遇上米粒啦。"

"你工作不顺心？哎呀，太好……"方玲本想拍掌叫好，可想想不对，立刻改口解释道，"你可千万别误会啊，我不是那个意思。我意思是啊，我工作也不顺心，我俩怎么也算同道中人嘛。"

在刚刚毕业的时候，工作永远是毕业生津津乐道的话题，一年没联系的三个好友更是如此。

"你在哪里工作？做的什么？怎么就不顺心了？同事关系不好，还是老板刁难你？"方玲抛出一连串问题，好像医生详细询问病情，然后再做出诊断。

"我在一家外贸公司做销售，不是特别喜欢，关键是，我是亲戚介绍进去的，我那亲戚和老板还不是一般关系，人主管都不敢喊我做事，你说这上班还有什么意思。"

"哦，你是这么个情况啊。"这是方玲得出的诊断结果，"我跟你有点像，我也是熟人介绍的工作，只不过关系一般般，工作该做照样做，但工资不高，貌似也没什么发展前途，我爸妈还有家里亲戚正托人打听其他工作呢。这公司，我看也待不长。"

"什么叫'也'，难道你还在其他公司待过？"

"从大四下学期开始到现在，我前前后后大概待过五家公司，有的是实习，实习期结束就走了，剩下的就是现在这种情况，不感兴趣，工作不上手，发展前途小，只好另谋生路咯。"

陈米粒怔怔地看着方玲，记得高中时的她学习一般，还总调侃自己说胸无大志，唯一的志向就是嫁个好人家，相夫教子衣食无忧。可再看看现在的她，先不说工作好坏，单单从职场经验来看，她绝对是三个人中最丰富的。职场经验基本为零的陈米粒不禁对方玲刮目相看。

"还记得高中时你的理想吗？当个家庭主妇！现在看来，你是要朝着职场精英、干练女强人的方向发展呀。"

"不瞒你说，我现在的理想还是当个家庭主妇。上班多累啊，我宁愿生娃带娃。"方玲坚定道。

"那你有生娃对象不？"孟小芹八卦。

"没有，呵呵。"方玲不好意思地傻笑，"不过不用担心，这事啊，我妈比我还操心，她给我安排的相亲，一点也不会少。"

"哟，难怪要吃蛋白粉美容养颜，原来是想赶紧找个好夫君呀。"

"去去去！"

喝了两大瓶水，跑了不下十趟厕所，方玲头晕眼花四肢乏力的症状慢慢减弱，她也渐渐活泛起来，三个人的聊天也开始进入状态。虽然一年没联系，但三个人并没有因此疏远，几个来回的工夫，便又回到了从前无话不谈互相吐槽拆台的随意状态。

待方玲走路不飘眼睛不花，三个人从医院附近的甜品店转战热闹商场里的火锅店，从下午聊到晚上，从未曾联系的一年聊到今后的两年三年十年，就像高中时的懵懂少女对未来天南地北的想象。只不过现在这想象中多了点理智，多了点实在的打算，更多了点陈米粒脚踝散发出的活络油的辛辣气味。

一年后的首次相见，三个人聊得如此热络，毫无生疏之感，似乎是一个令人欣慰的开始，这还算圆满的开始似乎也给出了一个预兆，那便是三个人将慢慢恢复高中时无话不谈形影不离的闺密联盟，并在今后长期存在彼此的生活之中，见证彼此生命中的一切重要的不重要的时刻。

这联盟形成后的第一个重要时刻，是孟小芹的离职。

巧的是，虽然辞职的想法存在孟小芹脑海中许久，但迟迟下不定决心，而促使她最终做出决定的，恰恰是她们遇上的那天。

所有的一切都是从孟小芹那无聊的工作开始，三个人团聚后聊得最多的话题仍然是工作，在谈话中孟小芹发现，即使陈米粒和方玲的工作远还未安定下来，但她们的状态都要比自己强些。陈米粒虽然从未正式进入职场，但她即将开始的工作，至少是她的兴趣和特长所在；方玲目前的工作工资低发展小，但她仍在积极寻找，在频繁的尝试中她总会遇上适合自己的那一个。

孟小芹再看看自己，这是她毕业后的第一份工作，既不符合自己的兴趣，也看不到什么前景，寡淡得连鸡肋都不如，食之无味，弃之亦谈不上可惜。

陈米粒和方玲的求职经历给了孟小芹些许启示和动力，而这动力在她晚上回到家后，愈加强烈。

"今天怎么这么晚回来？"刚进家门，正坐在沙发上看电视的孟小芹妈便追问。

"哦，下班后和以前的高中同学聚了聚，聊晚了。"

"大学四年了还能保持联系，是以前关系很好的同学吧？"

"就是米粒和方玲，你还记得吗？以前和我玩得最好的两个女生。"

"哦，记得记得，你们高中毕业时不是还一起去滨州玩了几天嘛，说是什么毕业旅行。"

"对的对的，就是她们，大四一整年都忙着毕业、找工作、考研，都没时间好好聚聚。"

"她们都找到工作了吧？都是做什么的？考研，考上了？"这不是孟小芹妈第一次对身边同龄人的现状感兴趣了，孟小芹知道，母亲是想把自己跟别人做比较，优则加冕，劣则改之。

孟小芹将两个人的情况如实说来。

"你看看，大部分毕业生还是要靠介绍才能找到满意的工作嘛。我告诉你哦，你姑父好不容易把你安排进现在的公司，你可要好好干，要严格要求自己，多多向同事学习，在职场里，学习同样重要，尤其是头两年，你懂不懂？"孟小芹妈开始苦口婆心，从开始工作到现在，这话孟小芹听了有八百遍。

"我懂我懂。"

"你别不耐烦，我这是为你好，还好我当初不赞成你出国当什么汉语教师，在家里安安稳稳找份工作多好。"

孟小芹大学时的理想是出国当一名汉语教师，虽然她不是相关专业，但她为了达到要求，自学了很多相关课程，参加了相关考试，当她拿着资格证书骄傲地宣布要出国实现汉语梦的时候，却被父母以"安稳"为由，结结实实地留在了八州城。

毕业手续还未完成，父母便为孟小芹安排好了工作，从学校到公司，孟小芹完美地无缝连接。只是父母并不了解，孟小芹对这份工作并没有太大热情，甚至觉得，领导对她特殊关照也许是件好事，能让她在职场上少走些弯路，少受点职场新人常受的罪。

一回到家就又听到母亲的唠叨，这让本就疲惫的孟小芹更加疲惫，而越是疲惫，她心里对换工作的想法就越加活跃。

而孟小芹妈怎么也没有想到，在她看来是对女儿的好心劝诫和完美考虑，竟成了女儿迈出独立自主第一步的催化剂。

5

“我决定辞职。”孟小芹斩钉截铁。

“你想清楚啦？”

“如果真的不喜欢，辞掉也是好的。”

陈米粒和方玲都对孟小芹的决定表示赞同。

“我决定搬出来住。”依然斩钉截铁。

这下陈米粒和方玲都没了反应。

“我的意思是搬出去单过，不和爸妈一起住了。”孟小芹知道两个人是出于惊讶，便又解释了一遍，淡定得好像这根本不是回事儿。

对面的两个人面面相觑，四只眼睛瞪得比铜铃都大。

“有家有爸妈，怎么还搬出去住？”陈米粒不理解。

“就是有家有爸妈，才要搬出去住，我可不想一辈子都被爸妈围着转。”

“你可真够有勇气独立的。”在从没离开过父母一天的方玲看来，这确实需要不少勇气。

孟小芹不只想从家人安排的工作中跳脱出来，更想从母亲的唠叨和有序而死板的家庭生活中解放出来。压根不用担心父母不同意，从小对女儿持放养态度的爸妈听到这个想法，不仅没有不舍，还多了几分“吾家有女终长成”的骄傲。

只是辞掉工作的事，母亲一开始是坚决反对的。决心已定的孟小芹每天都在母亲耳边苦口婆心地分析辞职的利和这份工作的弊，就像母亲每天在她耳边唠叨一样。拗不过女儿的伶牙俐齿，母亲又转向父亲，希望从丈夫那儿得到支持，没想到，本就希望女儿能自力更生的丈夫竟完全尊重并支持女儿的决定。

二比一，这场拉锯战最终以孟小芹辞职告终。

于是，揣着一份离职证明，以及大学时兼职、奖学金等攒下来的一万块钱，孟小芹开启了一片人生的自由天地。

"我们今天要干什么？"周六一大早，陈米粒和方玲就被孟小芹的电话吵醒，什么也不说，只是给了一个地址，让她们赶紧收拾收拾出门。

一个小时后，三个人到达了指定地点。新苗创新工场。

"可以啊孟小芹，打算自己创业，有想法。"

陈米粒曾经在网络上看到过关于创新工场的报道，就是为创业者提供办公、居住等一系列高性价比的配套，不少思维创新、有志创业的年轻人聚集于此，形成了良好的交流氛围。因此，陈米粒以为猜到了孟小芹的目的。

"我现在连付房租都难，还创业呢！"孟小芹苦笑道，"首先，我得找个窝呀，今天就是来看房子的。"

"你打算住这儿？你又不创业。"

"又没有规定只有创业的人才能住这儿，我一个朋友介绍我过来的，据说房租很合适哦。"现在的孟小芹当然只能想着法子省钱。

"哎，有些人哪，有家不回，非得自己折腾个什么劲。"对于孟小芹的所谓独立，方玲一直想不明白。

"别这样嘛，好歹也是我未来几年安身立命的地方，你们就帮我参谋参谋。"

"你不会是想撺掇我们跟你一起住吧？"有那么一瞬间，陈米粒脑子里还真冒出了三个人一起生活的画面。

"参谋是可以，但我们可不跟你瞎掺和，租房子这种傻事，我们是不会干的。"

话是这么说，只是十分钟后，当方玲被领着走进新苗工场徐徐开启的自动玻璃门时，这话注定无法成真。

"工场本身是一个创业基地，入住这里的都是正在创业的年轻人。"

一米八的高个儿，身材匀称，牛仔裤加黑色棒球外套，外表清秀俊朗，笑声清脆爽朗。一进工场，孟小芹的这位朋友——二十六七的男生就一路向孟小芹介绍此处的情况，间或聊两句朋友间的话题。陈米粒和方玲默默在后边跟着。

"这里是公共区域，健身器材、台球桌、吧台、电视投影随便用，厨房也是共用的，基本的厨具都有，可以满足日常烹饪的所有需要。"

"公寓就在这里了。"穿过一个回廊，男生带三个人来到住宿区，楼道里的房间一字排开，就像大学宿舍。

"这些都是自己画的吗？"在楼梯口的几间房门前挂了几幅简单的水彩画，孟小芹对其中的一幅《蔷薇》颇有好感。

"这个房间住了一位画家，这些是他平时画来练手的。"

男生饶有兴致地继续介绍："这里很有意思，根据门前的装饰，就能大概猜到住在这里的人是干什么的。你看楼梯角落摆满了植物，那间的住户是做微型植物景观的；拐角那间门口有木雕和佛像的，是一个设计木质手串的手工匠人。"

"这里简直是住了一群艺术家呀！"看着楼道里随意摆放的各式物件，方玲忍不住惊叹。

"那倒也不至于，工场里电商、微商、搞 IT 的也不在少数。"

"氛围倒是不错，带我们看看房间吧。"孟小芹直奔主题。

男生带着大家上了五楼，打开其中的一间房门，门牌上用加粗斜体印着，512。

"我觉得这间很适合你们，一主一次两个卧房，外加一个带床的书房，面积一共六十平方米，你们三个人住刚刚好。"男生一脸满意的笑容，"这样的房型我们一共就两间，稀缺得很哪。"

男生并不清楚打算入住此地的只有孟小芹一个人，虽然知道是一场误会，但不自觉地，三个人都跟随着他走进了房间。柔软的布艺沙发、料理台、小型冰箱、功能齐全的各式衣柜、橱柜、置物架……目之所及的一切满足了生活所需，也激起了三个女生对从未体验过的另一种生活的想象。在卧室和客厅间穿梭，原本与此并无关系的陈米粒和方玲，甚至开始脑补在这六十平方米大的空间里的生活琐碎。

"这个房间是不错，不过你可能搞错了，我们并不是三个人住，只有我一个人。"孟小芹笑了笑说，"她们是陪我过来看看的。"

"原来是这样！我看你们三个人，以为是要一起住呢。那我带你去看看单人间。"

"是我之前没和你说清楚。"

"还想着这套房租给你们正好，没想到，真是可惜了。"男生领着孟小芹往外走着。

"也不好说……"

陈米粒和方玲仍停留在客厅，方玲拿手拍了拍沙发上的灰尘，米粒坐上吧椅并调整座椅高度，就像无数个家中日常一样随意，然后异口同声。

6

有的时候，当想法还只是孤独地存在于某个脑袋之中，是不会被轻易付诸行动的，但一旦在对的时间对的地点，有从另外一个脑袋里蹦出的类似想法与之碰撞，就像是遇到了催化剂，行动会瞬间产生。

陈米粒和方玲就属于这种情况。

方玲一定还记得半个小时前自己说的那句话，但那时的她一定不知道，那会是一句废话。虽然在大部分情况下，方玲还是觉得"搬出去住"是一件"傻事"，毕竟有家有父母，何必呢？只有一种时候，方玲才会无比想要远离她可爱的猫咪温暖的家，准确地说，应该是远离她妈。

比如，她妈逼她相亲的时候。

其实在最开始，方玲对相亲是不拒绝的，毕竟，相夫教子的家庭生活是她一直以来的梦想。

"以后我们见面，肯定是我一身奶味儿，你们一身职业装。"上高三时，当大多数人都迷茫将来的自己会在哪里干些什么的时候，方玲就已经把自己交给未来的"丈夫"和"儿子"了。

方玲学习一般，却在柴米油盐、洗洗涮涮等家庭琐事上有着异人的禀赋，再加上她温婉可人的外形。陈米粒和孟小芹觉得她简直自带"贤妻良母"的天然气质，嫁个好人、生个好娃是她人生的终极理想。

理想还是那个理想，只是过程要比想象中曲折。陈米粒和孟小芹总以为，方玲在高中毕业后就应该和远在上海的男友谈婚论嫁，谁知一个突如其来的分手，竟成为她情路艰辛的开始。

从入学到毕业，相亲活动伴随方玲的整个大学时代。方玲的相亲资源通常来自她的姑妈，名不副实、夸大其词是姑妈在介绍对象时的惯用手法，因此，就算是月均两次的相亲频率，也没能让方玲在大学毕业前找到如意郎君。

即便如此，迫切为女儿解决终身大事的方玲妈，仍然在物色女婿的道路上永不言弃。

"姑妈给你介绍了个对象，条件还不错，去看看？"

"前几天不是刚见过一个吗？怎么又来一个？"

"上个月，四楼赵阿姨的女儿相上了一个不错的男孩子，已经在考虑结婚了，咱也抓点紧呀。"

"才一个月就考虑结婚？这也太快了吧！不过也是两个人有缘分，有缘千里来相会嘛。"

"缘分不得自己去找啊，还千里来相会，你以为缘分是用 GPS 定位的，直接找上门来是吧。你说说你，自己找不到也就算了，叫你相亲也不去，成天待在家里，好像天上能掉对象似的。"

"我怎么就没去了？哪次你给我安排的相亲我没去？可也要能看得上的呀，就那些个条件……我的老天爷，姑妈那眼光可真不怎么样。"

"人条件不是挺好的吗？你怎么就看不上呢？这个要是再不成，我可不管你了，爱嫁不嫁！"

"我也不用你瞎操心，嫁不嫁是我自己的事！"

"行啊方玲，翅膀长得还挺硬啊，能上天了啊，那你自己飞去吧，也甭在我这儿待着了。"

"就你这样整天催我相亲嫁人的，听着都烦，我还真不愿意在这儿待！"

"那你出去住！"

类似的对话，方玲和她妈平均每个星期都要上演一回，并且愈演愈烈，被逼急了的方玲，还真有过出去住的念头，一狠心一咬牙，只要不再让她见一些奇奇怪怪的相亲对象，做出点牺牲也是可以的。

想归想，但方玲从来就没有勇气这么做。不就相个亲吗，也没什么大不了的，那可是我亲妈呀，我能真跟她生气吗！事后气消了的方玲总是这么安慰自己。

与方玲完全相反，当大部分父母开始为子女挑选人生伴侣的时候，陈米粒的爸妈却对此只字不提。可能他们的"女婿计划"尚未提上日程，也可能他们对女儿的终身大事持放任自由的态度，反正与方玲相比，陈米粒绝对不会在找对象这件事情上与爸妈有所分歧。

工作上就更没有什么可烦恼的了，不像方玲和孟小芹需要在三番两次的尝试后才安定下来，毕业后的陈米粒即将开始一份自己感兴趣且可以安定长远的工作。研究生没考上，那就回来给安排个编辑干干，反正是陈米粒喜欢的职业，并不要求挣多少钱升多高的职位，只要在自己的工作岗位上尽心尽责，努力发挥就成，稳稳当当安安分分，三五年内当上个主编什么的，也不是没准的事。这是米粒爸对米粒的未来规划。

没有恋爱的烦恼，没有工作的压力，但陈米粒的生活也并不风平浪静。米粒是个率性而随意的人，即使大学时的她以宿舍干净整洁、生活作息规律而广受称赞，但在米粒妈眼里，她的言行举止、处事做派永远没有不可挑剔之处。

"米粒，把你自己的衣服收拾收拾好！"

"米粒，家里这么乱也不知道整理整理！"

"米粒，这都几点了你还不给我起床！"

"米粒，整天待在家里不无聊吗？你就不能出去走走吗！"

"米粒，这都几点了你还不回家！"

"陈米粒！"

……

这些是陈米粒妈对陈米粒的日常状态，在米粒妈眼里，陈米粒就像个在"生活"这门功课上完全不合格的学生，错误无处不在。但在陈米粒这儿，偷懒、发呆、磨磨叽叽却是生活中最舒服的事，她最擅长的，是用无聊对抗无聊。

"你整天管我这管我那儿，烦不烦呀，你不烦我都烦！"

"嫌我烦，那你出去住去！"

假装把孩子赶出家门永远是家长解决纷争的最后通牒，其实她们内心所想并非如此，说出来只是吓唬人罢了。

"就你这样从小娇生惯养的大小姐，还能离开得了家？没了我半步都走不动！"这才是她们的真实想法。

陈米粒并非没有把"离家出走"列为解决办法之一，但在精打细算过租金水电等生活开销后发现，初出校门的自己根本负担不起"离家出走"的代价。再说，一个人住多少也有些形单影只。综合考虑后，陈米粒也只能在温暖舒适、好吃好喝的诱惑前不争气地败下阵来。想法，止步于想想而已。

当陈米粒和方玲走进 512 的时候，心里不约而同地回想起了与母亲的日常，也想起了那句动不动就冒出来的威胁。

"我觉得这里真不错……"看着书房里占满整面墙的书架和书架旁的宽大转角书桌，陈米粒不禁想象着自己在这儿埋头创作的励志画面。

"瞧瞧这卧室，这沙发，这厨房……"方玲也若有所思。

四目对视，不言而喻。于是，当孟小芹带着闯入者误打误撞的心态参观完这里的时候，陈米粒和方玲早已在心里将未来三个人的合租生活规划了一遍，就等着合适的时机表明心意。

"也不好说……"

当两个人这么异口同声脱口而出的时候，好像突然明白了自己，也明白了孟小芹。

7

"有房有钱还有你们陪着，我这是要走运的节奏吗？"穿着围裙戴着袖套的孟小芹正擦拭着客厅里的家具。

"还有钱？供了这套房子，你现在可算不上有钱啦。"孟小芹的一万块钱都用来付了房租，还添置了不少家居用品。

一个星期前，三个人的想法一拍即合，陈米粒和方玲向家里报告之后，父母竟也没有多加阻拦。三个人顺利地成了 512 的租客，但是，租金却是头等难题。

512 的房租一个月三千，三个人平均每人每月付一千，再加上水电、网费、伙食费等生活开销，对于工作还未稳定的陈米粒和方玲来说，一个月不过两千出头的工资根本难以应付。为了让方玲摆脱相亲的苦海，让陈米粒脱离母亲的魔咒，也为了让自己的独立生活不至于孤单寂寞，孟小芹决定用一万块钱解决前几个月的租金问题。

"一下子我也用不上那么多钱，正好拿来交房租。"

为了表示感激，陈米粒和方玲决定承包三个人的生活开销，一直到孟小芹稳定了工作为止。

"这房租也真是够贵的，三千块钱一个月，还创业工场呢，哪个刚开始创业的人能租得起？"

"三千块只是我们付的钱，原价是四千五呢。"

"什么？我们付的不是全价？有优惠？你难道还是 VIP 客户不成？"陈米粒和方玲停下了手中的活儿，不明所以。

"还记得那天带我们看房子的那个男生吧，就是他介绍我来这里租房的，这个工场其实是他一个同学办的，他说有一特好的朋友要来租房，让他同学给了个友情价。"

"打一七折还不止！我看，这友情可不一般……"陈米粒若有所指。

"特好的朋友，我说，你们关系是有多好？"方玲八卦地试探。

"这个嘛……"孟小芹欲言又止。

"那男生叫什么？"

"尚夏。"

尚夏，不仅和孟小芹的友情不一般，身份更不一般。女生为他倾倒，男生视他为偶像，"学霸""男神"是他最万众瞩目的标签。

滨州大学汉语国际教育硕士毕业，专业英语八级考试成绩全校第一，秒杀所有英语专业学生，在校期间协助导师完成了大大小小数十个语言及教学调查研究，并有论文发表于各大学术权威期刊。此外，他还是滨州大学学生会的首席翻译，但凡有外宾来访，他总是紧跟其后的那一个，一身笔挺西装，一脸温暖而自信的笑容，娓娓道来，侃侃而谈。

学习之外，无论是运动会、音乐会还是辩论会，也总有他能拿得出手的本事，只要有他参与的活动，台下通常座无虚席，观众也多为他慕名而来，无关乎结果，他本身就是最大的看点。

他几乎成了滨州大学的神话，但当他将自己独特的一面展示出来时，却完美地隐藏了另外一个身份：致尚传媒集团的大少爷。

致尚传媒集团起步于八州城，闻名全国的传媒公司，大到国内顶级盛会，小到普普通通一个平面广告，致尚传媒的名字出现在媒体行业所耳熟能详、独具影响力的宣传与活动之中。

虽有非同一般的身份，但向来低调的他从来不透露半点，不依仗父亲的权势，没向家里要过半分钱，虽是实实在在的富二代，却不拼爹。

继承家业，几乎是每个出身背景强大和家底厚实的儿子所必须完成的，尚夏也不例外。但生性自由的他在毕业时毫不犹豫地选择了另一条路，远赴加拿大成为一名汉语志愿者。两年的志愿者生涯，当他越来越热爱这个职业，并确定这就是自己所要献身的事业的时候，一条朋友圈信息让他回心转意。

于是，一个月前，尚夏回到八州城，按照父亲的旨意进入致尚传媒，成了集团的一名基层员工。

只是没有人知道，改变他人生意向的那条朋友圈信息，是孟小芹发出的。

"我还以为你是和朋友们合租呢。"看过公寓后的第三天，孟小芹约了尚夏，想把房间确定下来。

"我们想租512。"孟小芹直截了当。

"看来，女人善变是真的。"尚夏笑道。

"一开始确实是我想一个人住来着，但是我们太喜欢512了，而且，她们也有过出来租房的念头，各种巧合赶到了一块儿，所以就决定下来了。"

孟小芹犹豫了一下，小心翼翼地问："这么大间屋子，租金应该不便宜吧？"

尚夏笑了笑，又是他那标志性的爽朗笑声："原来你是担心租金的问题。"语气就好像在说，这根本就不是个事儿。

"毕竟我们都才刚刚毕业，工作都不稳定，出来租房，当然要考虑租金啦。"孟小芹有些不好意思。

"那间房是四五千一个月。"孟小芹一脸惊讶，好像马上要脱口而出"那我们可租不起"的话，尚夏又立马补充道，"我怎么可能会按原价租给你呢！你放心，我跟我同学说过了，让他给你们打个折扣，一个月三千。"

"你已经和你同学说好了？"孟小芹诧异，因为之前她并没有表示过想要租下512。

"看你的两个朋友，像是很喜欢那里的样子。"

"这倒是真的。"

"这是合同和房间钥匙。"尚夏从背包里掏出一份文件和一串钥匙，"据说前几天也有人看上了那间房子，我就赶紧要来了合同和钥匙，这么好的公寓，可别让其他人抢走了呀。"一种未雨绸缪的小聪明，尚夏机智地笑了笑。

孟小芹认真翻看着合同，脸上的表情并没有终于得到了梦寐以求的东西时的喜悦，尚夏不解。

"怎么？租金还是太贵？还是，你们还需要考虑考虑？"

"没有没有，怎么会呢？已经便宜了这么多了，我要是再提什么要求，那岂不是太过分了。"孟小芹又露出了开心的笑容，从包里拿出一支笔，在合同上签下了名字。

孟小芹从来没有对任何人提起过尚夏。同样在滨州念大学的他们结识于一次偶然，之后成了朋友，尚夏的关心、照顾、体贴让孟小芹明白了些什么，她也欣赏他的外貌和才华，但也仅仅是欣赏，感情却超越不了朋友的层面。

孟小芹知道尚夏的理想是当一名汉语教师，这不仅是尚夏的理想，也是孟小芹曾经的理想，只不过在父母的严厉要求下，孟小芹不得不回到他们身边。在加拿大的尚夏不但汉语教得有模有样，据说还打算考个博士念念。孟小芹本以为，考取博士学位，取个美丽的洋媳妇，生个漂亮的混血儿，然后用毕生精力传播汉文化并桃李满天下，会是尚夏的完美人生。可是她没有想到，一个月前发出的一条朋友圈信息，让她意外地发现，尚夏早已回到了八州城。

一个月前，打算租房的孟小芹在朋友圈里发了一条信息，寻求可靠的房源，没想到，尚夏第一个给了她回复。至此，本以为身在不同国度、再也不会有任何交集的两个人，人生轨迹又开始有了交集。

8

正窝在床上读《金刚经》的孟小芹接到了一通母亲的电话，问她周末是不是回家吃饭，"不确定呢，周末好多课。"

挂了电话，无意中瞄一眼屏幕上显示的时间，孟小芹差点没把手机甩出去："什么？六点半！"

像触了电似的麻溜儿从床上跳起来，从衣柜里胡乱拿出一套衣服，拿上包、蹬上鞋，六点四十分，孟小芹出了工场大门，下楼时还随手扎一个马尾。

下班高峰期，坐公交车是铁定来不及的，于是她一咬牙一狠心，决定花二十大洋打的。那是她一天的饭钱。

多亏工场位于繁华地段，路边等客的出租车多，六点四十五分，孟小芹坐上了车。但正是因为繁华地段，车开出没两步远，就被晚高峰堵在了路上。

预计要等四个红绿灯才能过了这个路口。孟小芹从包里掏出手机看时间，离上课还有半个小时，以眼前的情况，半个小时是绝对到不了教学点的。

孟小芹所任教的教学机构对教师的职业素养有着严格的要求，作为教学事故之一，上课迟到扣工资不说，还严重影响职称等级的评定，更是无缘优秀教师、先进班级等各种评比。

前面的车辆仍然一动不动，但孟小芹不能就这么坐着不动，既然出租车不行，就换个法子吧。她急中生智，脑袋一拍，电动车！一转念，想起了家住附近的一个关系还不错的同事，今晚她正好没课，然后拨通了电话。

十分钟后，当孟小芹终于通过了这个路口，同事骑着她的小电驴正在马路边的便利店门口等着。

孟小芹付了钱，下了车，二话不说，跨上小电驴，转眼就消失在了晚高峰的人流之中。留同事在马路边，像是遭了抢劫，不知所措。

孟小芹以最快的速度狂奔，一路超越了的士、公交车和其他电动车。由于用力过度，在一个急转弯时不慎撞上了马路牙子，连人带车摔在了地上。

"妈的，连个破马路都和我作对，老娘赚个钱容易吗！"也不管旁边有行人经过，孟小芹忍不住破口大骂。

连感觉疼痛的时间都没有，孟小芹赶紧扶起车，又以同样的速度奔往教学点。到达教学楼门口时，离上课还有三分钟，得亏她长了一双大长腿，三步并作两步地到办公室拿了卷子，又三步并作两步地跑到教室，到达讲台的那一刻，上课铃声响了。

今天安排了测试，孟小芹呼哧带喘地发完了卷子，看着学生们都埋头做题后，才有了喘息的时间。

慢慢镇定下来的孟小芹，感觉膝盖有一股暖流，低头一看，"Shit!"膝盖擦破了皮，上面的血还没来得及凝固，然后疼痛感一下子涌了上来。这一瞬间，她委屈得想哭。

这是孟小芹第一次骑电动车。

为了避免这种情况的再次发生，第二天孟小芹就用不多的积蓄给自己买了辆二手电动车。从此以后，不管风吹日晒雨淋，都能看到她从头装备到脚，就露俩眼珠子，风风火火地驰骋在赚钱的路上。

这是孟小芹毕业后的第一份正式工作，这时的她刚刚工作了一个月。

三个月前，解决了住宿问题后身无分文的孟小芹，当务之急是找到一份能负担得起房租的工作，但错过了公务员考试和招聘高峰季，参加了三场招聘会和五场面试的孟小芹仍然一无所获。

这时，尚夏又出现了。

一天，孟小芹参加完面试后回到工场，垂头丧气的她遇到了正在工场贴海报的尚夏。

"你回来啦。"尚夏打招呼，好像是专门等着她回来的。

"咦，你怎么在这儿？"孟小芹努力掩饰失落的情绪。

"来干活儿呀！"尚夏递给孟小芹一张宣传单，"我组织了一个学习英语的俱乐部，周五晚上会有英语角活动，你也来参加吧。"

"你也想创业？"

"也说不上，就是想发挥下自己的兴趣特长。"

孟小芹浏览着手里的宣传单，满脑子只有找工作的她，哪有心情关心什么英语角。

"哦，我看看吧，如果有时间的话。"她心不在焉地回答。

"最近怎么样？找工作进展如何了？"尚夏问到了孟小芹的痛点。

见鬼，他还真是一针见血！孟小芹心想。

"一直在找，想找个合适的工作，还真是不容易啊。"她让自己的语气尽量显得轻松。

"谁说不是呢，但你也别给自己太大压力，工作总会有的。"

"但愿如此吧。"

"你是英语专业的，有没有想过当英语老师？"尚夏好像突然想起了什么。

"也不是没想过，但是今年的教师招考已经错过了，只能等明年了。"

"当老师也不一定要选择学校，现在很多培训机构也需要大量优秀的教师，而且，培训机构的待遇要比学校的好很多哦。"尚夏很认真地建议。

"这样啊，那我也关注下这方面的信息。"

"周五来英语角吧，俱乐部的成员都来自各行各业，有工作机会也说不准。"

"好的，我尽量。"尚夏真诚而热情的邀请，让人无法拒绝。

事实证明，尚夏这次又帮了孟小芹一把。

再三考虑之下，孟小芹还是决定参加英语角，前提是，有陈米粒和方玲陪着。

"哇，还有老外哪，快看穿蓝色外衣的那个，好帅！"一看到扎着堆叽里呱啦说英语的人群，陈米粒就犯花痴。

"原来你也知道什么是帅哥，我还以为你是禁欲系的呢！"方玲吐槽道。关于陈米粒的恋爱问题，还是个未解封的领域。

"你不会对外国人情有独钟吧，看来今天这个英语角算是来对了。"孟小芹也取笑道。

正不知该如何应对，尚夏的出现解救了陈米粒的窘境。

"你看，尚夏在那儿。"方玲最先捕捉到尚夏的背影，拉了拉孟小芹的衣袖。

孟小芹往方玲所指的方向望了望，本不想打招呼的她正要把目光移开，没想到尚夏适时地转过了身，就像听到有人在喊他。他朝三个女生挥了挥手。

"我们去那边看看……"感觉尚夏像是要走过来的样子，陈米粒用胳膊碰了碰方玲，示意离开。

方玲会意，没等孟小芹开口说什么，陈米粒和方玲就朝着蓝衣老外的方向走去。

"那俩货，看到帅哥就无解了。"尚夏走到面前的时候，孟小芹用她的伙伴作为打招呼的话题，避免了尴尬。

"那你呢？"尚夏顺势问道，稍带狡黠的语气。

"我对老外可不感兴趣。"都不需要思考，孟小芹的答案给得直接。

"我是说帅哥。"尚夏进一步调侃。

"唔……"孟小芹被问得措手不及，赶紧转移话题，"你这英语角够热闹的呀，今天是第一次？"

"之前办过几次，不过在这儿还是第一次。"

"感觉大家都很有水平的样子。"四面八方传来流利的英语交谈声，孟小芹觉得就连自己这个英语专业的学生，都不一定比得上大家。

"来英语角的人大概分两种，一种是生活中和英语完全搭不上关系，只是当作一种兴趣，一种是本身从事的工作和英语有关或者需要用到英语，来这儿是为了提高水平的。当然，后者偏多。"尚夏解释道。

"难怪我看大家都很厉害的样子。"

正说着，不远处一个年龄相当的男子向尚夏招手，尚夏也挥手回应，然后对孟小芹说："你稍等我会儿，一个老朋友，去去就来。"

这天晚上，忙着周旋于英语角众多朋友之间的尚夏，去去就来之后就一直没有回来过，只是到结束的时候，才过来说了声抱歉，因为第一次在工场组织英语角，来了很多熟人给他捧场。孟小芹当然不会在意，也根本不期待两个人会有怎样的交流接触。

晚上十一点半，孟小芹躺在床上正酝酿睡意，顺便思考找工作的事，放在一旁的手机屏幕亮了起来。是尚夏发来的消息。

"七色花少儿培训中心招聘英语教师若干，工资待遇优厚，六险一金俱全，还有寒暑假。今晚英语角一个朋友给的信息，有兴趣就考虑一下吧。报名网址 www.colourful.com"。

9

"今天是520，我把我的心，交给你。"灯光昏暗暧昧的高级西餐厅里，男生将一块缀着玫瑰花瓣的双爱心红丝绒蛋糕送到了女生面前。

"你对我，是真心的吗？"女生含情脉脉地望着坐在对面的男生。

"想知道答案？为什么不先切开蛋糕看看？"男生将桌上刻有精致复古花纹的餐具刀递给女生，眼神带着暧昧。

女生接过刀，从上往下，小心翼翼地在蛋糕上斜切了一刀，就像丘比特射出的箭。落刀于两心交叉之处，感觉到些许硬度，待蛋糕完全分离为两半，一颗钻戒赫然出现在女生眼前，折射出的光芒闪亮夺目。

正当女生惊讶于眼前的一切，不知所措时，男生早已捧着不知如何出现的红色玫瑰，单膝跪地于女生的裙下，眼里满是浓情蜜意。

"我要依偎着那些定情的鲜花/它们胜过一切言语的表达/依偎着爱情的一串悲喜/我要说/你是我的生命/我爱你。"

"嫁给我，好吗……"

女生深情地俯视着身边的男生，感动得几欲落泪。接过玫瑰，女生缓缓回答："好……"

"好你个臭老头，又把收音机开那么大声，吵死啦！"正在电脑上写作的陈米粒绞尽脑汁地幻象着俗套的表白画面，对玛丽苏剧情正渐入佳境之时，隔壁居民楼传来的夹杂着电波声的八州戏，把她一棒打回了现实。

"你们就可以每天敲锣又打鼓的，我老人家听个收音机怎么啦！你们这些年轻人，太不讲理了吧！"与创新工场仅一墙之隔的老式居民楼里，一位大爷与陈米粒较起了劲。大爷虽然已经六十来岁，却依然身姿矫健精神矍铄，喊起话来底气十足，声如洪钟，一点也不示弱。

陈米粒正准备反驳，楼下412房间的窗户打开，探出个顶着一头黄色卷毛的脑袋："什么敲锣打鼓，我们那叫乐队，老头儿，乐队懂吗，乐队，那是艺术！"

黄毛人称"滚爷"。滚，从水音衮，本义大水奔流貌。名称的由来，他自身热爱摇滚是其一；其二，每当他忘我地敲打乐器的时候，挂满大波浪的脑袋总是随着节奏奋力摇摆，那状态就像奔腾的河流，全情投入，翻滚不息；其三，他总爱以"滚你大爷"作为口头禅。虽然此"滚"非彼"滚"，但他"翻滚"的形象却已在大家心目中根深蒂固。

"你个小黄毛！整天乒乒乓乓打的什么玩意儿，你这叫扰民知道吗！"看到一大簇黄毛出现在窗口的时候，大爷眼睛一亮，顿时来了精神，好像他打开收音机，就是为故意引这一矛盾的"罪魁祸首"出来的一样。

"还有、还有，好好的中国人把头发搞成这样，不三不四不伦不类的，你爸妈怎么教你的，我最看不惯你们这样的了！"

"老头儿，我爸妈可比你讲理多了，他们支持我搞乐队，支持艺术！艺术万岁！摇滚无罪！"滚爷对着窗户龇牙咧嘴地做出一个酷炫的摇滚手势。

"拿几个破铁敲敲打打也叫艺术？年轻人，我吃过的盐比你吃过的饭都多，你可别想糊弄我！"大爷理直气壮，"别以为我不懂，我让你听听什么才叫艺术！"

一边说着，大爷调了调收音机的频道，电波干扰下"刺啦刺啦"的八州戏被更加"刺啦刺啦"的二胡名曲《赛马》取代，"这才是艺术，是国粹！"

"啊呸！"想和大爷理论，但更想隔开刺耳的噪音，滚爷"啪"地关上了窗户。

这是这个月以来滚爷与大爷的第五次争吵，别看滚爷每天雷厉风行的样子，但和大爷的吵架却一次也没吵赢过，所以，每次两个人争吵，都以滚爷愤怒又无奈地关上窗户，大爷则得意地继续播放广播而告终。虽然在一开始陈米粒就知道结果，但在起了个头之后，还是旁听完了争吵的全过程，好像期待着结局能奇迹般转变。

奇迹没有也就算了，连酝酿了一个上午的写作情绪也瞬间没有了。

毁了毁了全毁了，写的都是些什么玩意儿……被打回现实的陈米粒看了一遍写了一上午的小说情节，不禁暗自捶胸顿足，编辑的话也不时回荡在脑海：剧情要玛丽苏，玛丽苏知道吗？就是女主角通常是美若天仙气场强大的白富美，完美到无人能敌，全世界最美全世界最有钱，所以全世界男的都应该喜欢她，她也通常会与重要男性角色纠缠不清暧昧不断……

最美最有钱，还全世界，这不是瞎扯淡吗？这种自恋自大的"变态"就这么受欢迎？

陈米粒从小扎根严肃传统文学，同样热爱写作的她梦想着有一天自己的文字也能被印刷成书，摆上书店大大小小的书架。于是，陈米粒在积极阅读的同时也积极写作，并信心满满地投往各大出版社，但最终收到的回复都是那句委婉的"欢迎再次来稿"。陈米粒明白，让自己的书摆进书店这事，并不是那么容易。

正当陈米粒几欲放弃之时，网络小说一夜之间突然兴起，伴随而来的是网络写手动辄月入五六万，买车又买房的文字神话，这让陈米粒在写作这件事上又看到了希望。于是，从此她从实体转战网络，那些文字神话也成了她将要努力攀登的人生巅峰。

但好事多磨，在攀登的开始陈米粒便发现，自己实在没法儿领悟网络文学的深刻套路。在决定靠网络文学走上人生巅峰到现在，陈米粒已经看了不下三十部网络小说、十部网络剧，即便每次写作时编辑的谆谆教诲都会萦绕耳边，但在模仿了几次后发现，自己的巅峰之旅任重道远。

正当陈米粒反思自己的写作之路如何延续的时候，客厅里方玲突然好一顿咋咋呼呼。

"什么？你要回八州城啦！什么时候？回来待几天？我们上哪儿玩？吃烧烤？火锅？日料？牛排？啊，你要回来啦……"

陈米粒打开卧室门，只见方玲一会儿坐下一会儿起立，一会儿走到厨房一会儿又坐在料理台边，一副躁动不安欢呼雀跃的样子。

"太好啦，就这么说定咯，周末见。我也爱你，拜拜。"终于挂了电话。

"大汉？"站在卧室门口的陈米粒问道。

"哎妈，你什么时候出来的，吓我一跳！"一直背对着陈米粒房间的方玲还沉浸在喜悦中，被这突如其来的声音一镇，冷不丁地"噌"地转身，紧张得不由抖动了一下肩膀。

"我一直在这儿听着呢，你这电话打得也够投入的呀。"陈米粒不怀好意地笑道，"你家大汉要回来了？"

"对呀对呀，他下周就要回来了。"方玲又恢复了一脸欢喜。

"终于有机会见到本尊了，快带给我们过目过目。"大汉和方玲交往了三个多月，却从没和她的两个死党见过面。

"有机会有机会啦。他上周去香港出差，周末结束，然后就直接飞回来见我了！"也不问陈米粒是不是感兴趣，方玲只管甜蜜地叙述她家大汉的日常，然后像是突然想到了什么，"哎呀，你说他这么着急回来见我，是不是从香港给我带了什么惊喜呀！会是什么呢？我跟他说过我喜欢首饰，米粒、米粒，你说他会送我什么首饰？或者不是首饰，是护肤品也有可能，哦对了，还有口红，各种色号都来一支！"

陈米粒一头雾水地听着方玲神神道道地自说自话，心想恋爱中的女人智商为零绝对是个无法撼动的事实。

"哎，我们家大汉对我这么好，他真是全天下最好的男朋友！"方玲作花痴状。

咦？花痴！胸大无脑的花痴！这不正是网络小说常有的角色吗？自己关起门琢磨了半天，原来这样的人设就在身边，真是踏破铁鞋无觅处，得来全不费工夫！

陈米粒茅塞顿开，立马冲进房间拿了纸笔，又冲向客厅，不由分说，拉着方玲在吧台上坐下。

"米粒米粒你干什么呀！是不是也想要口红呀？哎呀，反正我有那么多色号，你喜欢哪个随便挑，就咱俩这关系，我送你还不成嘛！"方玲还在幻想的惊喜里不能自拔。

"你和大汉怎么认识的？"陈米粒单刀直入。

"啊？"方玲还没缓过来。

"我说你和你家大汉是怎么认识的？"

"相亲啊。"

"具体过程。"

"你审犯人哪！"

"快说！"

10

说来也巧，三个好闺密有机会生活于同一屋檐之下，大汉也是一个不可忽略的因素。

二十六岁的大汉不仅是方玲相亲的完美收官，还是方玲妈作为答应方玲搬出来住的交换条件。

"搬出去住可以，但是你要答应我和这个男生见一面，就当是最后一次相亲，以后你找对象的事，我就再也不管了。"方玲妈一副谈判的决绝姿态。

用一次相亲换一世清净，方玲想了想，这个交易可是相当划算，有"从此耳根清净"作为动力，方玲答应了。

在大汉之前，方玲已经在方玲妈的威逼利诱下相了二十七八个男人，不但能看上的没一个，还个个是奇葩：比如一个富二代，第一次见面就要给方玲买金项链，说是见面礼；比如一个看着像三十五岁其实才二十八岁的宅男，上来直接问能生几个孩子；再比如一个妈宝男，要求婚后必须和父母同住，必须像伺候亲爹妈一样伺候他爹妈，做不到则一切免谈，免谈就免谈，我是找老公还是找皇帝老爷？难道我方玲就不能靠自己找出个对象来？

姑妈所介绍的对象，简直可以构成方玲的一部相亲血泪史，至此，她自高中以来的"嫁作人妇之美梦"，也在各种令人啼笑皆非的相亲经历中渐渐消失殆尽。原来嫁个如意郎君也并非那么容易。

在之后的很长一段时间里，方玲拒绝了姑妈所有的所谓"优质对象"，并对母亲发出了严重警告，禁止接受姑妈抛出的一切糖衣炮弹。

但，警告归警告，耳根子软的方玲妈还是在姑妈的软磨硬泡中败下阵来。

一天，方玲那忒不靠谱的姑妈又在方玲妈耳边吹风："我跟你说，这小伙儿可真不错，人长得高大帅气不说，关键是家里条件还好，在市中心有两三套房呢，我们阿玲嫁过去，肯定能过好日子。"

"真的假的，两三套房？还是市中心？那家产不得上千万？这消息准不准啊？"

其实从一开始，方玲妈和姑妈是站在同一条战线的，共同目标都是让方玲嫁个有钱的好人家，但有了前面无数次的失败后，方玲妈也开始对姑妈的热心肠持怀疑态度了。

"我做事你还不放心，你看我之前给阿玲介绍的几个男生，哪个不是品种优良，最后没走到一块儿，只能说孩子们缘分没到嘛。"姑妈一副伶牙俐齿。

"还品种优良，又不是选畜生。"

"你也别说那么多了，见不见的你好歹给句话，我这儿还有好几个人家等着呢，前两天我那老同学还问我有没有好条件的给她女儿介绍一个。"方玲姑妈是出了名的爱替别人做牵线搭桥的事。

挨不过市中心那两三套房的诱惑，方玲妈又一次把方玲"卖"了。

"又是相亲吧？"有了无数次奇葩经历，"相亲"在方玲眼里就是一个万恶的词。方玲妈没好意思直说，拐弯抹角地说是带她去认识一个朋友。

"我不去。"

"人家姑妈都约好了，你不去太不礼貌了。"

"就姑妈那眼光你还能相信她？你看看她上回让我见的程序员，头发都秃成那样了，还能介绍给我！"

"上次那个是意外。"

"什么意外，还有上上次那个，上上上次那个，上上上上次那个，哪个是正常人吧？姑妈介绍的这些人里面要真有你的宝贝金龟婿，那才叫意外！"

当方玲说这话的时候绝对不会想到，这次意外还真的就来了，不过，也只是半个意外。

另外一半，是最终没能成为金龟婿。

"脸都没洗头都没梳，还穿一特村儿的大粉外套。"方玲回忆道，"我就是故意的。"

谁承想，这么一个不经心的"故意"，让方玲在大汉看来是那么与众不同。当方玲以为自己只是来走个过场的时候，更不会想到，这个"过场"会被大汉温柔地看进眼里。

"来了来了。"大汉和他妈妈等了将近一个小时，当望眼欲穿的大汉妈在六层楼高的露天餐厅，望见一楼姑妈的身影和身边那穿粉红色的移动体时，赶紧叫来了坐在一边玩手机的儿子。

"一看你那打扮，就知道你压根儿不愿意相亲。"这是后来大汉对方玲说的，"我当时就想，这姑娘还挺特别，人家来相亲都是盛装打扮，就算无意处对象，也不能输了气场。可你不一样，故意把自己拾掇成那样，是想把我吓跑吧，我还真就不中你的招儿。"

"然后呢？"

"我想，这姑娘有点意思。"

方玲上来后，双方家长找了个借口就离开了，剩下两个人在露天餐厅坐着。

大汉真的是大汉，一米八五的个儿一百八的体重，让只有一米五八的方玲站在他旁边就像个乖女儿。

"想喝点什么？"大汉轻声问道。

"葡萄汁吧。"方玲看都不看菜单一眼，随口说道。

不管愿不愿意相信，从葡萄汁被端上桌来，到被慢慢喝光，再到埋单走人，方玲和大汉在这个露天餐厅度过了整整两个小时悠闲而惬意的时光。两个人的谈话慢条斯理，有条不紊，也都是大汉挑的话题，从他大学毕业到学艺当厨师，又从厨师聊到现在在 G 市的工作。方玲很少回应，但一字一句都听进了心里。她觉得，这个男生不浮夸，不回避自己的缺点，把最真实的一面如实展示，比如又懒又胖又爱吃。

见惯了相亲时的夸夸其谈，大汉就像一股清流，流进了方玲心灵深处最柔软的地方。于是，方玲板着脸来，却笑盈盈地回去了。

"这个男生怎么样，外表还行吧？就是有一点，他不太爱说话，整天闷声闷气的，也不知道昨天晚上他们聊得怎么样。"第二天一大早，姑妈就来了电话。

"怎么会！他们昨天在餐厅聊了整整两个小时，然后又一路聊了回来，阿玲觉得他还挺开朗的呢。"

"是吗？这臭小子，问他什么也不说，原来对阿玲真是有意思啊。"

原来，大汉对方玲是一见钟情。平时在陌生人面前不善言辞的大汉，看到率真的方玲之后，一切防备也就放下了，话也就滔滔不绝了。

"你俩干吗呢？吃过午饭啦？"中午下课回来的孟小芹一进门就看到方玲和陈米粒坐在吧台上，一个一脸甜蜜地傻笑着，一个一脸茫然地傻看着。

"哟，你都回来啦？"方玲回过神来，一眼瞥到了墙上的钟，"已经十二点半了！"

"得，肯定没饭吃。"看方玲的反应，孟小芹猜到她绝对忘了做饭，"你想饿死我呀，我下午还有家教呢。"孟小芹嗔怪道。

"哎哟，你看看我……"方玲懊恼地拍了拍大腿，转而又改变了语气，"都怪米粒，非要我说什么恋爱经历，这下把时间说过了吧！"

陈米粒刚想反驳，想想方玲说得也对，为表示歉意，她表现出诚恳的姿态："好吧好吧，都怪我都怪我行了吧，你俩少奶奶等着，我这就给你们买饭去。"

陈米粒一边说着，一边走到玄关，从抽屉里拿出几张零钱，又向客厅里正打开电视的另外两位示意，"奥尔良鸡排，三杯鸡，对不？"这是那俩家伙最常点的套餐。

"我今天想吃鱼香肉丝，加一个煎蛋！"看来孟小芹是饿极了。

其实撇开忘了做饭不说，陈米粒和方玲都觉得，两个人有必要为孟小芹做好一切后勤工作，因为孟小芹替两个人交了房租之外，还因为这几个月来，孟小芹确实不容易。

培训、听课、试讲、考核……在成为七色花教育机构的教师之前，孟小芹度过了三个月高强度的培训，培训过后参加考核，如果考核不通过，意味着三个月的时间白费。白天培训、听课、写心得，晚上准备教案，即使陈米粒和方玲坚决反对，但为挣点外快，她还在空余时间兼做家教。

"我感觉自己快熬不下去了，每天这么辛苦，还不确定最后能不能考上。"

孟小芹正处于最痛苦的迷茫期。

还好，考核顺利通过，孟小芹成了七色花的一名正式教师，但伴随而来的，却是更加忙碌而颠倒的生活。

白天在公司坐班，改改作业，写写教案，和同事聊聊天，也算是轻松自在；下午放假，在公寓看看书或者偶尔和同事出去小坐一下，也就轻易过了。最难熬的在晚上，当一般上班族身心俱疲地挤上回家的公交车的时候，孟小芹却要逆着晚高峰，赶往不同教学点，为刚刚放学的学生提高 ABC 水平。

刚刚入职的孟小芹课时少，工资当然不会太高，周末她会接两份家教，加上在培训中心的一节课，所以周末她通常只有半天的休息时间。

一路想着这些，陈米粒不禁佩服孟小芹的独立，如果她不曾离开父母，也许，生活会容易很多，但明知不易却偏要尝试，并且尝试得彻底，这让处事向来避难就易的陈米粒自愧不如。

陈米粒以最快的速度带回了饭，多了煎蛋的鱼香肉丝饭里，又多了一个鸡腿。

11

星期六下午三点，最是一天中百无聊赖的时候，在这个周末的午后，新苗工场整个似乎陷入一种慵懒而无力的状态。工场大厅宽大的灰色亚麻沙发上，住在三楼的情侣依偎着看浪漫爱情电影，一个吧台之隔的台球室，有节奏地传来富有质感的撞球声；沙发背后的长条桌旁，刚搬进来不久的年轻画师，正为画中穿红色丝绸长裙的女子修饰润色；而滚爷也没了平日里风风火火的姿态，在工场进门处的一架老式留声机旁安静地坐着，弹一首古典吉他的曲子，柔和的阳光斜射在他金黄的头顶，看起来像一个圣人。

刚从外面回来的陈米粒，一进门便看到了深情演奏的滚爷，从他身边经过时笑着打了声招呼。

"哟，新写的曲子吧，不错，好听。"很多人容易被滚爷浮夸的外形欺骗，其实他是狂野的外表温柔的内心。陈米粒觉得，这个时候的他才是最真实的。

"就是瞎弹弹。"没有停下手中的拨弄，滚爷漫不经心地回答。

陈米粒知道他正沉浸其中，不愿外界干扰。

陈米粒径直朝公寓的方向走着，看了眼正播放的电影，瞥了瞥台球桌边的两个人，原来是滚爷乐队的主唱和贝斯手，丙烯颜料的气味让陈米粒注意到了那幅画，她觉得画中裙子的阴影部分可以处理得更好一点。正当陈米粒即将离开大厅的时候，滚爷磁性的一嗓子率先划过这沉闷的空气。

"米粒，找你的……"滚爷生怕陈米粒听不见。

陈米粒着实吓了一跳，立刻转过身，望向门口。

"他说找 512。"

逆着光线，陈米粒又原路返回，一边走一边上下打量，试图辨认出来者何人。男性，高大壮硕的身材，背一个大背包，拖一个行李箱，除了这些，陈米粒没有丝毫线索。走近之后，陈米粒定睛一看，脑海里浮现出一个似曾相识的侧脸："大汉？"

"嗯？"男子不明白。

"找方玲吧？肯定就是你了！"根据方玲手机里唯一一张大汉的侧面照，陈米粒十分确定地认出了他，就像完美的拼图一样。

"你是她的舍友？"大汉小心翼翼的态度，跟他的外表一点也不吻合。

"死党！"

"舍友"根本无法准确定义三个人的关系，陈米粒霸道地纠正道，然后从包里掏出手机，拨通电话，用盖过大厅所有声响的音量喊道："别睡了别睡了，嘿，你男人来啦！"

"我叫陈米粒，方玲和我还有孟小芹三个人住在这里的公寓。"

"老听方玲说起你们。"

"今天刚到八州城？"看着大汉手里的行李箱，陈米粒如此猜测。

"是，一下飞机就过来了。"大汉稍显腼腆。

"听说你去香港出差了？"陈米粒试图寻找话题。

"是，我是直接从香港飞回来的。"

"不用回 G 市？"

"不用，刚好碰上周末，再说也半个多月没见了，回来看看她。"

陈米粒想起了方玲和大汉每天雷打不动的三通电话两通视频，这哪里是半个多月没见，分明是一天就能把半个月该见的面都见了。

512的门刚一打开，只见方玲早已候在玄关处，一脸美好的表情，好像迎宾员一样训练有素。陈米粒见了一愣，什么时候见过方玲这么正经。

"亲爱的，你终于回来啦……想死你了……"美不过三秒，方玲在扑向大汉的那一刻原形毕现。

一米五八的方玲恨不得整个人挂在一米八五的大汉身上，而被这"突袭"弄得一时不知所措的大汉，不好意思地对旁边的陈米粒笑笑，恨不得挖个地洞钻进去。

"哎，行了行了，还让不让人进门哪。"终于看不下去了的陈米粒将大汉从方玲的熊抱中解救了出来，也让自己从尴尬的氛围中解脱。

"快进来快进来，拖鞋都给你准备好了呢。"方玲傻笑着从大汉怀里离开，蹲下身子将拖鞋摆到大汉脚边，像个幸福的新婚妻子。

还是头一次见方玲如此温柔顺从，陈米粒有点摸不着头脑。

方玲领着大汉在沙发上坐下，然后里里外外进进出出端茶送水，手里忙着，嘴里也不停歇。

"你说你，怎么从香港直接就回八州城了，我以为你还得回 G 市待几天呢。"

"你不会是刚下飞机吧？连家都没回？怎么不回去休息休息再过来呀，我也好准备准备。"

"你饿了吧？晚上想吃什么？我一会儿出去买点菜，给你做顿好吃的吧。"

"我说你就别忙活了，快坐下。"看着方玲手忙脚乱的样子，大汉有些哭笑不得，拉着方玲在自己身边坐下，"你等等。"然后起身去了玄关，拖进了行李箱。

"打开看看。"

"什么呀，不会是一箱子脏衣服，要我给你洗吧？"

"你打开看看不就知道了。"

方玲半信半疑地打开箱子，看到里面的东西之后，表情先是疑惑，然后是不敢相信，最后是惊喜。

"不会吧！"

待方玲将箱子里的东西一样一样拿出来，堆满了茶几之后，陈米粒的表情则从惊喜到不敢相信到疑惑。

"我就说会有惊喜的嘛。"方玲对陈米粒得意道。

陈米粒说："这惊喜也忒大了吧。"

大汉说："对这些女生的东西一点都不了解，也不知道该买哪些什么，看卖得比较好的就都买了些。"

圣罗兰、香奈儿、迪奥、雅诗兰黛、兰蔻、潘多拉、蒂凡尼、施华洛世奇，口红面膜香水护肤品，手链项链手表小挂坠，琳琅满目的品牌让陈米粒眼花缭乱，不禁觉得，一个大男生能认得出这么多牌子，也是不容易。

方玲拿起一支口红试了试颜色，晃了晃戴了蒂凡尼和潘多拉的左手，又抹上点面霜试试滋润度，还喷了点香水闻闻气味，顿时，整个屋子充斥了各种芳香，混合在一起，还真有点奇怪又梦幻的味道。

"我说，你买这么多，我也用不完呀。"方玲这才想起来该怎么处理这一箱子的东西。

"又不是只有你一个人的，这些东西你们三个人分。对了，那套迪奥和兰蔻你可得给我留着，这是专门给阿姨买的，还有给叔叔的一块手表，我藏包里了。"大汉说的是方玲的爸妈，这次从香港回来，他提议见家长。他腼腆又机智地笑笑，为自己的充分准备感到满意。

"还是你想得周到……"方玲又转向陈米粒，"想要什么，随便拿。"方玲阔气十足。

"谢谢方老板。"陈米粒打趣道，"方老板，人来了这么久了，不带着参观参观？"

"说得是啊，我感觉你们这个创新工场还是挺不错的，带我仔细看看你们这公寓吧。你是哪间房？"

"额、这个……"方玲朝陈米粒挤眉弄眼，犹犹豫豫地不知如何回答。

"嗯、你房间、看看？"陈米粒不知方玲意图。

"肯定是那间！"大汉环顾了公寓一周后，眼神停留在了挂有薰衣草花环的门上，"那是我给她买的。"然后便朝房间走了过去。

"哎哎哎、你先……"还没等方玲把话说完，大汉已经打开了房间门，目瞪口呆。

"唉、我打算下午做个大扫除来着……"像是犯了错被揭发的孩子，方玲自知无力地辩解。

大汉来得太匆忙也太意外，刚才正在睡午觉的方玲被陈米粒的电话吵醒，才匆匆起床穿衣打扮，来不及收拾屋子，索性把门关上，想着只要不让大汉进房间就好了。没想到，还是没能挡住意外。

不过，这次意外的发生却让方玲有了更加意外的收获。

当孟小芹下课回来时，一进门，先是一股香气扑鼻而来，然后，一位穿着粉色碎花围裙的健壮男子，推着吸尘器从她面前经过。听到开门声的陈米粒和方玲转过身，看见站在门口摸不着头脑的孟小芹，待这位男子消失在客厅进入厕所的时候，陈米粒对孟小芹朝方玲努努嘴："她家大汉。"

此后的两天里，大汉上门拜见了方玲爸妈，出手阔绰且懂礼貌的他把向来挑剔刻薄的方玲妈伺候得服服帖帖；他们并没有单独约会，但凡吃饭都带着陈米粒和孟小芹，期间两个人秀的恩爱比吃的饭多，脸上的笑容比糖包都甜，围绕在两个人间的恋爱酸臭味比酸菜鱼都酸。于是，方玲那两位单身的死党，一边吃着满桌的美味佳肴，一边还要消化不时抛来的狗粮，以至于之后的两天，两个人都处于消化不良的状态。

两天之后，大汉和方玲又依依不舍地告别，一个心满意足地回了 G 市，另一个则开始期待着爱人的下一次归来。

12

"怎么样、怎么样，情况如何？"孟小芹刚进门，正看电视的陈米粒和方玲便赶紧追问。

"不成。"连深思熟虑都省了，孟小芹直接下了定论。

"怎么？"

"这男的学历高是高吧，但也太缺乏生活经验了，而且思想太单纯，净跟我聊些什么学术什么理论的，我是找老公又不是找人生导师。"

"没戏啦？"

"没戏。"

"这么个帅哥就被你放跑啦！"孟小芹在相亲之前就看过了此对象的照片，三个人一致觉得，是个美男。

"她哪儿缺帅哥，要真喜欢帅的，她早就嫁好几回了。"

"我说你呀，也别太挑了，相一个差不多的就处处看呗，又不是一定冲着结婚去的。"方玲像身经百战的战士般传授经验。

"哟喂，这话是从你方玲嘴里说出来的不，当初是谁千挑万选嫌七嫌八得最后只能搬出来住来着？"陈米粒戏谑道。

"我那不是没见着这么帅的嘛，全是奇葩，我看呀，全八州城的奇葩我也见得八九不离十了。"方玲自知理亏，又自我辩护。

"好歹最后你也找到了大汉，你再看看我，虽然没遇到过你的那些个奇葩，但能合拍的也是一个没有。"在家人的威逼利诱下，孟小芹自大学以来也没少相过亲，不是一眼不合适，就是在约会几次后告吹。

"就你每年寒暑假回来那几次相亲，才哪儿跟哪儿啊，我这几年下来，可是平均每月两场，最后才遇上个凑合的。"每当细数自己的相亲经历，方玲就像是经历了九九八十一难的取经路，最后总算修成正果般感叹艰辛。

"看你们的经历我就觉得，这想通过相亲找对象，那是比登天还难。"从来没相过亲的陈米粒，觉得自己肯定不会有这样的经历。

"想靠自己找对象，更不容易！"孟小芹总是能冷不丁地冒出一两句犀利的话来。

话说回来，孟小芹这天晚上见的这个相亲对象，是八州大学的在读研究生，这可是她妈在两个月前为她安排好的，但那时的她刚处于工作的起步阶段，每天起早贪黑地上课挣钱，想挤出个完整的时间都很难。现在工作开始走上轨道，课程也有所调整，再加上孟小芹妈实在催得紧，于是在周末抽了个时间，孟小芹终于赴了这个久未成行的约。

纯白 T 恤牛仔裤，黑框眼镜大背头，孟小芹总逃不过颇有几分姿色的干净男生。一反工科宅男常态，此男白白嫩嫩安安静静，穿衣打扮也颇能显示出简约而脱俗的审美。这让孟小芹想起了尚夏。

"最近我一直在翻阅 IEEE 期刊，这是电子电气和计算机科学领域内最重要的综合性技术刊物，可以帮助我对这些领域做全方位的了解，毕竟，读博、做科研是我未来发展的方向。

"寻找一个能长期研究，并具有发展前途的论题是很重要的，而这对研究者的数学背景、英语能力和对新思想的敏感度具有相当高的要求，不断积累智慧和经验判断，我想专注于解决科技文献中提出的以及在人类活动中发现的未解决问题。

"除了帮助导师完成各种实验和论文之外，我还在为 CSSCI 论文做准备，这可是对考博的硬性要求。"

两个人一坐下来，工科男就开始对他的学术计划滔滔不绝，什么 IEEE、CSSCI、样本数据、电磁场、微电子，这些词汇对孟小芹来说就像来自异世界的怪谈，她怀疑自己面对的是不是一个来自《生活大爆炸》里的科学宅男、学术呆子。

"读完博士呢？以后想从事什么样的工作？"

"工作？一般的工作怎么能满足我们工科男的抱负呢？我刚刚不是说了，我正寻找一个可以长期研究的课题，希望可以在一个未知的领域有所突破。你看过美剧《生活大爆炸》吗？里面科学家的生活就是我所向往的生活。"

一场谈话下来，《生活大爆炸》是两个人唯一的共通点。

两个智商高人一等的舍友，对物理学理论倒背如流，但柴米油盐等生活琐事在他们看来却犹如迷失于太空般茫然，一个自称"卡萨诺瓦"的花花公子，参与负责美国的火星探测计划，用过时却自认为高明的手段把妹，还有一个患有严重"异性交往障碍症"的印度阿呆，在异性面前根本无法开口。《生活大爆炸》里四个科学死宅，孟小芹哪个也不想要。即使此工科男在外形上完胜，却也无法在精神上弥补孟小芹对另一半的要求。

"那也不失为一种独特的生活方式啊。"嘴上这么说着，孟小芹心里其实不敢苟同。

"你也这么觉得？看来我终于找到同道中人了。"一个文科生对自己表示赞同，工科男颇为意外。

"为什么这么说？难道你还不曾找到过同道中人？"

"搞研究哪有那么简单，我们专业的好多学长学姐，毕业后最先都是选择了在研究所，都以为能自主研究出个什么来，可也都撑不过两年的时间，不是被当作廉价劳动力，就是被不合理的评级制度困住，努力却没有个盼头，最后大多选择了退出。所以，我的很多同学已经不选择这样的路了。"

"那你还坚持？"

"人总要尝试不是吗？虽然知道结果很有可能不是自己想要的，但只有亲身经历了这个过程，才能更加心甘情愿地接受结果。"

孟小芹想起了自己当初的汉语志愿者梦，因为父母的阻挠没能最终实现，而自己也并没有努力争取，如果那时的自己极力说服父母，结果会不会不一样呢？孟小芹不知道，但是，她佩服工科男的选择。

"看来你的路还很长啊，但愿你能得到自己想要的结果。"孟小芹总算找到了点与对方的共鸣之处，也算没白来。

虽然第一次见面孟小芹就将工科男从未来夫婿的人选中排除在外，但不知为何，在两个人见面后的几天里，孟小芹的脑海里总是浮现 T 恤牛仔裤的干净形象，但在她的既有印象中，这形象却无法与工科男勤勉自律的严肃个性相般配，因为有另外一种性格，早已填满了孟小芹心中关于这个形象的所有空间，就像豆浆配油条、面包配果酱般固定又让人安心。

这个形象的最初印象，与尚夏有关。

13

和尚夏的相识，缘于一堂课。

那是在孟小芹大二前的那个暑假，为促进滨州各高校教育类专业的沟通交流，提高教育类专业学生的教学实践能力，滨州各高校联合举办一系列教学观摩活动。尚夏所就读的滨州大学作为滨州市在全国范围颇具影响力的高校，被选为此次观摩活动的主要教学点。无独有偶，孟小芹所就读的滨州师范学院是此次活动的参与高校之一。

观摩活动按学科进行，学生可以根据毕业后的教学方向，选择不同课程的观摩课。孟小芹是英语专业，但自从在学生会认识了一位对外汉语教学专业的学姐之后，便对汉语教学充满了兴趣。看着学校里无论非洲黑人学生还是欧洲白人学生，都努力拗直了舌头发出标准的汉语语音，或者得意地蹦出一两个成语熟语歇后语，让自己看起来更像个中国通，孟小芹便有一种莫名其妙的成就感。于是，她想自己创造这种成就感。怀揣对汉语教学的好奇与向往，孟小芹选择了对外汉语教学的观摩课。

彼时的尚夏，是滨州大学对外汉语教学本科被保研至本校汉语国际教育专业的准研究生。得益于优异的成绩，早在本科阶段的尚夏就成了滨州大学为数不多的汉语助教。从此，大学周边的咖啡馆、书店、酒吧总少不了尚夏和一群外国留学生的身影，或者是一对一地随意聊天，或是三五人地交流辩论，有简单如"k-a f-ei 咖啡"的语音教学，也有如"你怎么看读书与旅行的关系"等话题讨论。高颜值、高智商，懂幽默、会生活，脑洞大、思维活，尚夏这位身为学生的汉语助教，广受留学生好评。

一个怀抱对汉语教学的热爱，一个深谙汉语教学之道，尚夏和孟小芹就这样在滨州大学的教室里相遇了。

"在欧美国家，三十多岁还是单身是一个再也正常不过的现象，但是在中国，年轻人通常在大学毕业之后就会被父母安排相亲，如果过了三十岁还没有结婚，特别是女孩子，就会被家里的亲戚说三道四。而随着社会的发展、年轻人思维的不断开放、女性意识的自我觉醒以及女性在社会分工中逐渐开拓的一席之地，大龄剩男剩女在中国也越来越常见，尤其是在像北京、上海这样的大城市。我想问一下大家，对剩男剩女是怎么看的，如果被父母逼婚催婚，你们会怎么做？"

身穿灰色棉质 T 恤的尚夏半坐在第一排的课桌上，两条大长腿一条放松地伸向前，一条踩在旁边一张椅子下方的横杠上，姿态放松惬意，像是有一句没一句地在闲聊，只有竖起在大腿上用来支撑左胳膊的汉语教材，表明了他教师的身份。

"结婚这种事情怎么可以催呢，又不是写论文，老师会催你说，快点写快点写，不然期末可忙不过来。"一个来自欧美国家的学生坐在位子上发表了观点，引起课堂一阵哄笑。

"为什么要那么早结婚呢，想去的地方想干的事情还多着呢，我才不想太早被老公孩子困住。"

"谈恋爱归谈恋爱，结婚归结婚，我和你谈恋爱，也可以找别人结婚。"

大家正热烈讨论着，大部分都对催婚表示不解，这时，一个来自非洲国家的男生站了起来。

"人家不同意!"一米九的大高个儿,一出口便引起了教室后排旁听学生的窃笑。

"Leslie,Mike 说错了!"一个同样来自非洲国家的男学生喊道。

"Bruce 你来说说,Mike 错在了哪里?"

"'人家'虽然可以作为人称代词,但是在自指'我'的时候,通常用于女生,表示亲昵,男生是不能用的啦。"

"人家喜欢吃巧克力冰激凌。"一个来自东南亚国家的女生随口用"人家"造了个句,以示其正确用法。

"人家最喜欢 Leslie 了。"一个美丽的金发女生大胆表白。

"我也喜欢你哦。"尚夏向这位女生眨了眨右眼,玩世不恭中透着优雅。一边说着,一边站起来走上讲台,尚夏在黑板上写下了"人家"这个词,并以例句展示了这个词在不同语境下的不同用法。是漂亮的楷体,不像出自男生之手。

叫 Mike 的非洲男生挠挠头:"哦,我明白了。"然后若有所思地坐下了。

"Mike,你还没发表你的观点呢,你刚才想说什么?"尚夏又走下讲台,这回坐到了他刚才踩脚用的椅子上,做好准备听一场精彩绝伦的辩论。

课后,留学生和观摩的学生四下散去,作为观摩学生中唯一一个非汉语教学专业的学生,孟小芹还在位置上整理听课笔记,对于她这个门外汉来说,课上许多知识点是无法理解的。

"在写什么呢?"尚夏收拾好了讲台上的课本教具,看见教室后面还有一个低头琢磨的学生,便走过来询问。

"哦,我在整理听课笔记。"孟小芹稍显不好意思,"因为不是汉语教学专业的学生,所以很多东西听起来都很陌生。"

"你不是这个专业的学生?那你是……"尚夏好奇。

"我是学英语的。"

"怎么会想来这个课堂观摩呢?"

"我觉得汉语教学挺有意思的,而且看到学校里的留学生,像我们从小努力学英语一样努力学习汉语,就会感觉很自豪,也想有机会可以教外国人说汉语。"虽然眼前的这位"老师"有着帅气逼人的外表,但从他的课堂来看,他并不是一个高高在上、难以接近的人，所以孟小芹才敢大胆说出自己的想法，不怕被笑话。

"看来这个专业还挺有吸引力的嘛。"出于对专业的认同感也好，单纯对孟小芹本人也罢，反正尚夏对面前这个女生开始有了兴趣，他在孟小芹对面的位置上坐下，"怎么样，听了一节课，有什么感想？或者，对我的课堂你有没有什么建议？"

"我就是一个门外汉，建议谈不上，但琢磨不透的地方可多了去了。"

"比如？"

"我觉得汉语真是一门神奇的语言，要不是听你解释那些词汇，我还真不知道日常生活中脱口而出司空见惯的词，竟有那么多门门道道。"

"如果琢磨不透，人家可以教你。"尚夏拿课堂上的笑话调侃。

孟小芹忍不住扑哧一笑："要不是刚才被那个非洲男生说出来，我还真没想过这词竟还有男女的区别。"

"因为汉语是我们的母语，我们从小自然而然地习得一种语言，培养出一种语言习惯，当然不曾想过它还能有另外的用法。而留学生在学习汉语的时候，就像我们学习英语，一个词通常对应一个意义，但每个词是有每个词的使用语境的，放在不同语境下，就会产生不同的表达效果，留学生只不过没有弄清语境罢了。"虽然一口专业术语，但尚夏却说得轻松简单，并没有给人捉摸不透的深奥感觉。

"就像我们学英语，一个词用不对，闹出笑话也是经常的事。"

"所以，你以后打算当汉语教师？"

"有这个想法，但是，估计玄。"

"有想法就去试试，况且，近年学习汉语的热潮越来越盛，汉语教师的缺口也越来越大了。"

"能不能推荐一些专业教材我看看？"

"当然可以啦，其实教材读起来并不是特别难，毕竟是我们自己的母语，只不过用专业的语言表达出来而已。对了，每年国家汉办都有举行国际汉语教师资格证书考试，即使你不是这个专业，只要通过了考试，也是可以当汉语教师的。"

"那就太好了，我回去好好看书。"

"方便留个电话？"尚夏想了想，找了个留电话的理由，"如果你有什么疑问，随时都可以找我嘛。"

留过电话，孟小芹看看表，时间差不多了："我要去校门口集合了，不然该错过校车了。"

"那我们下次见。"

孟小芹愣了一愣，下次见，她想不到下次会再见面的理由。为表示礼貌，她也回了一句"下次见"。

"下次还有机会再见面？"带着些许不易察觉的欣喜，尚夏这么一问。

"嗯。"明明是对方先提出来的，她只是表示礼貌，倒还反过来问自己了，孟小芹不知道该如何回答。

"肯定会有。"尚夏自问自答。

孟小芹又礼貌地笑一笑，转身就要走，刚踏出教室门，后面又传来了一句问话："对了，我还不知道你叫什么名字。"

"孟小芹。"孟小芹停下脚步，转过身。

"我叫尚夏。"

此后，以探讨汉语教学相关问题的名义，尚夏和孟小芹时不时地保持联系，一开始只是在微信上，后来开始打电话，再后来，在尚夏的提议邀约下，两个人开始见面。

尚夏去滨州师范学院给孟小芹送他写满笔记的教材，带孟小芹仔细参观了以"全国最美校园"闻名的滨州大学，讲遍了他在滨州大学四年多来的种种，他带孟小芹去安静的酒吧，去看画展，去参加读书沙龙，甚至走遍了滨州这座文艺小城里的一街一巷。

日益深入地接触，让尚夏对眼前这个个性独特的女孩渐渐产生了不一样的情感。当尚夏在画展或沙龙中对各种艺术门类头头是道，或随便谈起某个现象某件事的时候，孟小芹都能为他的幽默、博学和见解独到而倾倒。

两个人互相产生了好感，但阴差阳错的，这好感并不对等。当尚夏已经开始慢慢喜欢上孟小芹的时候，孟小芹还仅仅是将这个博学多闻又高大帅气的学霸当作兄长和导师般的存在，可以为之敬佩可以为之倾倒，但在这两者之外，她再也没有其他想法。

两个人不会想到的是，这种情感的不对等会延续多年，甚至跨海越洋，在命运的兜兜转转中，又回到开始。而这既是开始，也是最终归宿。

14

"洛洛老师回归工场，免费瑜伽体验课，本周六，工场分享厅，邀你共享……" 尚夏风风火火地走进工场，隆重地宣布了这一消息。

周三晚上，结束了一天的工作，这会儿大家准备晚饭的准备晚饭，卸下一天的疲惫瘫在沙发上看电视的看电视，为分享一天的劳动成果互相交谈的互相交谈，可以说，这个时间是工场一天中最热闹的时候。尽管工场里的人从事各种职业，来自五湖四海，年龄差跨越了半个世纪，但每天一到这个时候，有电视的声音，有炊烟袅袅，有菜肴飘香，有闲谈的、撞球的、没事干走来走去的，呈现出了市井的一面。工场就像一个家，让大家有了归属感。

尚夏通常不会在这个时候来工场，今天是个例外。

"洛洛老师回来啦！"

"什么时候呀？我可想死她了！"

"大半年了，总算肯回来了！"

比起他这个例外，他带来的意外更让大家惊喜。

"我说你们能不能关注、关注我呀，眼里只有洛洛老师是怎么着。"尚夏佯装醋意。

"那可是洛洛老师啊，谁能有她魅力大？"

"尚夏，你不会是吃醋了吧？"

"你说说你们，我这么大老远地给你们带消息来，好歹也问候问候我吧，你们这些白眼儿狼，以后有什么事可别找我啊。"

"对了，尚夏，下个月我们乐队要办一场演出，场地你给安排安排。"滚爷理所当然地要求。

"尚夏，马上就到圣诞节了，平安夜有没有什么活动啊，时间差不多了，服装啊道具啊什么的，该买的要买了啊。"住在三楼的舞蹈老师也提出了要求。

"还有、还有啊，尚夏，我们那屋最近发现厕所水龙头有点漏水，什么时候安排个水工给修修。"正在打桌球的马克从吧台那头喊了过来。

"嘿，你们啊你们……"尚夏一副拿你们没办法的样子。

"你还能不管我们？"知道这不是尚夏的为人，大家是在不约而同地气他。

"工场的事情都是尚夏负责的吗？我怎么不知道？"从厨房端出一盘糖醋鱼的方玲听到了大家的对话，尚夏与工场的关系，住在512的她们三个还真不太清楚。

"那可不，只需一句话，尚夏马上办！耶！"滚爷作出摇滚手势。

"这你就不知道了吧，尚夏可好用着呢，下水道堵了、水管爆了、车胎憋了、杯子碎了，找尚夏就对了。"正往杯子里倒红酒的玛丽对方玲普及尚夏的"最佳使用方法"。

"杯子碎了，我还能给你表演生吞玻璃是怎么的。"尚夏哭笑不得。

"哈，不好意思，又赢了。"人称"撞球老司机"的马克毫不意外地又谑了对手一把，放下球杆，朝着早已备下的佳肴走去，"老婆，又把杯子打碎了啊！"

"哪个呀？"

"清迈夜市淘的那对水晶杯。"

"咳，水晶杯而已，下个月去了再给你买一对。"

玛丽和马克，工场里活得最潇洒浪漫的两个人，是工作伙伴，也是人生伴侣。一个是火辣的山城妹子，一个是八州城的治愈系暖男。三年前，爱旅游的两个人在微博上认识，从一开始的分享旅行经验、推荐旅行地点、发现各地美食，到后来的谈天、谈地、谈感情，终于，按捺不住屏幕后两颗躁动不安的心，在互动半年后相约见面。在八州城温热潮湿的梅雨季节，当玛丽一身民族风、吊带连体裤出现在马克面前的时候，两个人各自一惊，"原来是你！"

原来，这竟不是两个人的初次见面，早在三个月前，他们就有过一次十分不愉快的相遇。那时的马克是个初出茅庐的户外领队，三天两头带着一群驴友探索户外线路，一边挣钱，一边释放着自己放浪不羁、热爱自由的天性。一次带队到山城，恰巧玛丽也是队员之一，又恰巧，新手领队各种生疏而缺乏经验的行为，让玛丽大为不满。

"什么破领队，这是我经历过最糟糕的旅程。"山城妹子火爆的脾气憋不到最后，旅程的第三天玛丽就脱队了。

一段因不愉快而强行终结的关系，终于在另一个时间又接连上了，只不过，一旦连上，就有可能是一辈子，并且以愉快而美满的方式。

还是因为那敢作敢为、风风火火的性格，玛丽从山城搬到了八州城，没钱没车没房的两个人，在新苗工场租了间房，爱旅游的两个人索性把兴趣当成了事业，经营着自己的"玩乐工作室"，有爱有梦有远方地开始探索漫漫人生。

"还没吃饭呢吧，一起呗。"当方玲和陈米粒将饭菜都摆上桌的时候，孟小芹回来了，看着满满一大桌的菜，便让尚夏留下来吃饭。

这天下午，方玲从公司外出办事后就直接回工场了，忙里偷闲心情倍儿好的她去市场买了菜，拎回满满两大袋生鲜蔬菜，公寓的小料理台可不够她大显身手的，于是便转战工场的公共厨房，各种蒸炒煎炸，满屋飘香。

"那我就不客气了。"都不带客套的，尚夏直接就上桌了。

"嘿，你也不把自己当外人，假装一下也好嘛，显得矜持点。"成天沉浸在小说剧情中的陈米粒，说起套路那可是一套一套的。

"咱们什么关系啊，那些套路你还是留着给别人用吧。"

"我说尚夏，工场的事真是你负责的呀？"对刚才大家的讨论，陈米粒和方玲都没太明白。

"也谈不上负责，这工场不是我一同学办的吗，他自己的公司还管不过来呢，更别说工场了，反正我闲着也是闲着，有空就帮他照看照看咯。"

"敢情这工场是开着玩玩的呀。"

"这工场也是他引进的一个项目，反正也花不了多少钱，而且还挺有意义，开着也就开着呗。"

"你就这么帮他管着，那你工作也挺轻松啊。"

"就是公司一小职员，能有多忙？"尚夏说得轻轻松松，不凡的身份掩饰得毫无痕迹。

"不过还好，这里的人都挺有意思，和他们相比，感觉我们几个的生活真是无聊透了。"512的三个女生是工场里唯一的上班族，别人理解不了她们起早贪黑为老板打工的痛苦，她们也从未体验过别人为自己打工自由自在的生活。

"也不能这么说，你米粒不是作家吗，放眼工场，微商电商好几个，可有几个作家呀？"

"这么恭维我，我还挺受用呵。"虽然知道"作家"只是个自欺欺人的说法，但陈米粒还是傻呵呵地笑了。

"你刚刚说的那个洛洛老师，又是个与众不同的角色吧？"

"她自己倒说不上，但和男朋友在一起，确实显得有那么点与众不同。"

洛洛是个瑜伽老师，除了以在健身房、养生会所当教练为主要经济来源，平时也在新苗工场开设瑜伽班，不为赚钱，只为结识一些热爱瑜伽的朋友，分享瑜伽给生活和身体带来的改变。

洛洛文静又文艺，小家碧玉的外形，落落大方的性格，绝对是一个女神级的存在。追求洛洛的人不在少数，有高富帅的富二代，也有矮锉穷的屌丝，但凡是个单身汉，很难不对洛洛婀娜娉婷的身姿和酥软入心的嗓音浮想翩翩。

正当大家期待着完美的洛洛老师执着高大帅气的白马王子之手，与之浪漫偕老的时候，现实却残酷地表明，大家还是哪儿凉快哪儿待着去吧，因为洛洛执起的不是白马王子白净修长之手，而是同住工场三楼美术老师的粗糙大手。

住在303的美术老师姓沈，是高校教师，都说忧郁文艺的气质是搞艺术之人的标配，但这位沈老师的气质却是粗犷而豪迈的。于是，洛洛和沈老师两个人在一起，就像是艾丝美拉达与卡西莫多、美女与野兽，而与怪人和野兽一样，沈老师也同样有一颗细腻温柔的心，正是这种外表和内在的反差，深深吸引着同样心思细腻的洛洛老师，好像有一种发自内心的保护欲，细心呵护着这一份不易被察觉的善良美好。

两个人交往三个月后，沈老师参加了一个公益项目，远赴西藏偏远山区支教半年。临行的前一晚，洛洛看着沈老师打包画板、颜料、炭笔等教学材料，突然觉得等待着自己的，是漫长而漫无目的的六个月，从每天十几个小时地腻在一起，到因为通讯不便每周仅有的两通电话，洛洛不知道自己能否适应这种落差。

为了寄托那颗未来半年内无处安放的心，也为了给两个人的感情一个考验，更为了让自己从对沈老师的依赖中解放，找到那个真实而独特的自己，就在沈老师坐上开往西藏列车的时候，洛洛发来了一条信息：我会用你不在的半年时间独自旅行，我不知道自己会去哪里，也不知道该去哪里，但我知道，半年后我会回到新苗等你。你不用找我，因为我也在找自己。

洛洛收拾行囊，带着所有积蓄独自上路。半年的时间，她在梅里雪山的日落中看万丈光芒，在吴哥窟寻找隐藏在莽原丛林中四百多年的高棉的微笑，去"泰北玫瑰"清迈倾听温婉的小城故事，去太平洋最纯净的海岛帕劳看绚丽的珊瑚礁，在巴黎浪漫自由的气息中感受一场流动的盛宴，也在米兰、新加坡、中国香港感受大都会的购物狂欢。

如今完好归来的她，在旅途中被洗净一身铅华，放下一切浮躁与繁华，以更加丰富的精神和独立的灵魂，期待着与沈老师的再一次相遇。

15

"请大家选择舒适的坐姿坐于垫子上，腰背挺直眼睛看向正前方，翻转双手，掌心向上，将拇指和食指相触成瑜伽的智慧手印，倾听柔和的音乐，抛开所有思绪，让内心慢慢平静，闭上双眼，用心灵去探索自我，嘴角微微上扬，让我们在心底里给自己一个淡淡的微笑，从此刻起，抛开你所有的烦恼与杂念，和我一起呼吸冥想，放松双肩、双臂、双膝、双脚，将意识集中在呼吸上，深深地吸气，将新鲜的气息填满腹腔内，小腹微微鼓起，缓缓呼气，小腹向内收起……"

耳边传来洛洛老师柔和悦耳的嗓音，坐满分享厅的体验者们安静地闭目微笑，缓慢而有节奏的呼吸和渐渐放空的大脑，好像入定的僧人。

表面与大家一样镇定，内心却定不下来的陈米粒在大脑中构思着复杂的小说剧情，有那么几秒钟，洛洛老师的声音分明已渐行渐远，方玲突如其来的一个哈欠又将她带回现实，悦耳美妙的声音重现。陈米粒睁眼朝左边看了一眼大嘴正慢慢合上的方玲，目光撞上了那边同样看着方玲的孟小芹，孟小芹无奈地摇摇头，看陈米粒翻出一个大白眼。

来参加瑜伽体验的都是女生，放眼整个分享厅，只有512三个人的动作迟缓滞后，全程扭着头盯着洛洛老师的一举一动，生怕一个脚趾头没有弯曲到位。再看看周围的其他人，气定神闲，舒缓有致，无限陶醉在自己行云流水般的身姿之中，"体验者难道不应该都是菜鸟吗，看来我们是走错教室了。"单脚而立摇摇晃晃的陈米粒暗自嘀咕。

"要不是看在这玩意儿能减肥的份上，老娘才不会来遭罪呢。"同样摇摇晃晃的方玲对一旁的陈米粒回应道。

"不遭罪，能减肥？"

"练瑜伽主要是塑形和提升气质，你们看洛洛老师那气质。"孟小芹也加入了讨论。

"这么个大美女，真想象不到她男友能有多寒碜。"方玲对洛洛老师的男友充满好奇。

"半年之约，你们说，那男的会回来吗？"

"这么个大美人放着不要，他傻呀！换作我的话，压根就不会去什么西藏。"

"话说，她全世界地玩，男友就不担心？就是我老老实实待在八州，大汉还成天担心跟别人跑了呢。"无论什么话题，方玲总能不着痕迹地关联到她家大汉身上。

自从上次大汉回来他俩撒了好大一顿狗粮之后，每每方玲这么不经意地提到大汉，孟小芹和陈米粒总是无奈地看她一眼，然后选择性失聪。

"本来就是嘛！"看出了两个人的意图，方玲理直气壮地强调。

四十五分钟的课程结束，三个人四仰八叉地躺在瑜伽垫上，筋疲力尽浑身酸软，早已不知腿脚在何处，待大家都走得差不多了，才慢慢从垫子上爬起来，跟重伤员似的。

"你们肯定是512的三个好姐妹了，怎么样，今天的体验课感觉如何？"三个人一出分享厅，就迎面碰上了和其他学员告别往回走的洛洛老师。虽然素未谋面，但洛洛从尚夏那儿得知了工场半年来的变化，当然包括三位新成员。

"听了你太多的故事，今天总算是见到本尊了。"作为三个人中的交际担当，孟小芹率先回应，"我们都是第一次上瑜伽课，感觉还不错。"

"洛洛老师，你看大概要上多长时间的课，我才能开始瘦下来。"方玲完全是冲着减肥来的。

"哈哈，你真是太可爱了！你又不胖！"人美声音甜的洛洛老师，笑声也如银铃般清脆。

"好身材是女人前进发展的动力，没有不胖的身材，只有完美的身材！"方玲仿佛宣告自己的减肥宣言。

"妈呀，你这是替哪款减肥产品做宣传呢，没少拿广告费吧。"陈米粒在一旁嫌弃地调侃。

"你认为瑜伽能给你完美身材？我才不会告诉你，我身上还有赘肉呢！"

"啊？！"怎么可能呢，你身材这么好！"一说起什么减肥塑形美容护肤，方玲就开始没完没了。

"我其实不是身材好，而是身形好，你看你，如果挺胸收腹，肩膀放松下沉，脖子自然往上拉伸，两眼自信地平视前方，感觉是不是就好多了。"洛洛老师边说边帮方玲矫正她那驼了二十多年的老背。

"很多人想通过瑜伽减肥，那么我只能说，这种想法大错特错，瑜伽通过对身体力量与肌肉的训练，使四肢均衡发展，同时达到调节身心系统、减压养心的效果，给身心带来活力和愉悦，长期训练，还能带来优雅的气质和轻盈的体态，让你保持年轻。"同样的话如果是在健身房或瑜伽会所之类的场所听到，肯定避免不了夸大宣传之嫌，但洛洛老师温柔的声音娓娓道来，让人听来还真是心服口服。

"洛洛老师，你就别和她说什么气质啊体态啊之类的，听归听，等回到房间，该把脚跷茶几上还是把脚跷茶几上，该半瘫在沙发上她还是半瘫在沙发上，反正只要没人看见，毫无形象可言。"互相拆台是三个人间的常见状态。

"你们确定是好闺密？"洛洛老师开玩笑地反问。

"聊什么呢这么开心？"三个人正愉快地聊着，尚夏走了过来。

"有这三个好玩的女生，我觉得我们赚到了。"洛洛毫不掩饰对三个人的喜爱。

"那可不，我尚夏交的朋友，哪个没点个性的，物以类聚嘛。"尚夏鬼笑了一下，"对了，晚上我们安排了一次聚餐，你们大家可必须参加。"

"聚餐？一回来就有大餐吃，看来我回来得很是时候嘛。"洛洛窃喜。

"是你一回来，我们就有大餐吃，这是专门为你接风洗尘的。"孟小芹她们老早就收到了消息。

"哟，原来我有这么大的魅力哪。"

"那可不！一听说你要回来，工场都炸开锅啦，看来你今晚是闲不了了，他们肯定围着你问七问八地团团转了。"

"我还就是个闲不住的人，你们尽管放马过来吧！"

火锅烧烤，啤酒饮料，新苗工场的公共大厅，长桌一字摆开，十来个人围桌而坐，一边被麻辣火锅辣得大汗淋漓，一边畅谈生活琐碎。洛洛换下了刚才的瑜伽服，一身淡绿色棉麻长裙，一头长至腰际的乌黑麻花辫，一对银质镂花耳环，甜美可人的形象又多了几分空灵飘逸、与世无争的淡泊气质。

饭毕，玛丽和马克拿来了两瓶从法国千里迢迢带回来的高级葡萄酒。大家各自倒上一杯，摇晃着高脚杯中的深红液体，饭饱后不甚灵光的思绪也各自飘摇到不知何处。

"流浪了大半年，回来后最大的感受是什么？"玛丽打破了短暂的沉默。

"我觉得我成不了你们。"

"什么意思？"

"在走之前我曾经有一个想法，如果我在外面玩疯了，不想回来了，会不会也像你们一样，就此在外面流浪了。"洛洛小酌了一口酒，若有所思道，"回来以后发现，压根不会，我反而更愿意安定了。"

"当然啦，谁也不可能成为谁，其实像我们这种整天在外面跑的，也是要放弃很多东西。"

"比如我妈心心念念的孙子。"马克接了一茬。

"你们不会是不打算要孩子了吧？"尚夏问道。

"孩子是肯定会要的，但应该不在近期的计划之内。"作为旅游达人，玛丽和马克通常是提前一年就把下年的出行计划安排妥当。

"我和你们正好相反，你们知道是什么促使我回来的吗？家庭。在路上我遇到过很多人，有像我一样单独旅行的，有情侣或者夫妻共同旅行的，有父母带着孩子出游的，有做好了计划的旅行，也有走到哪算哪儿的无目的旅行。我们在一段路上成为伙伴，但当这段旅程结束，又各自奔向下一个目的地时我发现，这一路上与他人不停地相遇又不停地告别，我就想，能不能有一个人可以和我走过一段又一段旅程，而永远不需要告别，我更希望有这种可以相互依赖的稳定感。虽然外面的世界很精彩，但我更想回来，结婚生孩子，过安稳的生活。"洛洛一字一句说得坚定，就像信仰一样无可反驳。

"所以，你们已经考虑结婚了？"

"我们？我没有告诉他我已经回来了。"洛洛清楚大家说的是沈老师。

"他会回来的吧？半年支教，时间也到了。"热恋中的恋人半年间没有任何联系，不知道对方在哪里、做些什么，这对在座的大部分人来说都是无法想象的。两个人还能否走到一起？似乎大家比洛洛自己都更加担忧。

"如果半年的时间你们都变了呢？"

"如果半年的时间就能让我们改变，那我觉得我们也没有再继续的必要了。所以我至今依然觉得自己当初的决定是正确的，用半年的时间考验这段感情，也让我更加明白了自己需要的是什么。"大家从洛洛的眼神中，分明看到了一个独立而丰富的灵魂，这是之前所没有的。

当大家还在洛洛的人生感言中自我思考的时候，在一旁一言未发的滚爷突然起身，拿起倚靠在墙边的吉他，窝在一旁的沙发上，以一种从娴熟中自然流露的帅气姿态架起吉他，拨下一个温和的和弦，然后带着饱满的共鸣，奏响柔美细腻的乐曲。

"别看滚爷这样，我敢说，我们这些人中感情最细腻的就是他了。"爱写小说的陈米粒总是擅长看透人心。

"真该有个人来好好爱他。"

"谁说不是呢。"

又一阵沉默无声，大家各自思考着什么，偶尔啜一口手中的酒，听滚爷的吉他声静静流淌，拨弄着每个人心中最柔软的地方。

"洛洛。"一个低沉的声音中断了乐声的流淌。

大家同时被拉回到现实中来，又同时将目光转向五米开外的大门。几秒钟的安静之后，"是你！"

两个人异口同声。

毫无疑问，这声音其中之一来自洛洛。

而另一个，则来自方玲。

16

沈老师是方玲的众多相亲对象之一。

两个人都没有想到会再次见面。

方玲回忆起了那段不愿记起的相亲记忆。

望见玻璃窗里的那个棕色皮衣的身影，方玲无奈地耸了耸肩，用力叹口气，好像给自己推开玻璃门的勇气。

这已经是沈老师第三次约方玲见面了，第一次是在方玲家附近的一家甜品店，第二次是在滨江公园，这次则是在一家人气餐厅。其实在他们第一次见面之后，沈老师作为交往对象的可能性就已被方玲排除在外，但方玲妈每天穷追不舍地催促逼问，以及"给姑妈点面子，好歹她为你劳心劳力"的奇怪理由，让方玲只好"装装样子"地去见上几面。

依旧是那个虎背熊腰的身影，穿着那件自认为帅气的朋克风棕色皮衣，皮衣稍显小码，手臂处好像要被撑破似的，一头齐肩长发油光锃亮，像是三天没洗，和这一身肥油吃饭，什么胃口都没了。方玲这么想着，慢慢靠近他的背后。

"不好意思，家里有点事情耽搁了，来晚了。"方玲走到沈老师坐着的桌旁，脸上立马堆积出笑容。

"没关系没关系，我也刚到一会儿，你快坐。"对方半起身，伸手指了指面对面的位子。

方玲一边坐下一边环顾四周，随意找了个话题，不想显得尴尬："这家店是新开的吧？我之前没有见过。"

"刚开一个多月，之前和学校的老师一起来过，感觉还不错，就想带你来尝尝。"啤酒瓶一样厚的眼镜后面，沈老师的眼神略显害羞地闪烁了一下。一看就缺少约会经验。

方玲绝对不会想从这么一个形象的口中听到"带你来尝尝"这样的话，

只不过是碍于人情和面子来赴约，又不是真的在交往，如此亲昵的话让方玲觉得反胃。

不知如何作答，方玲讪讪一笑。这时，服务员拿来了菜单，化解了方玲的尴尬。

"你点吧，我吃什么都可以。"方玲把菜单递给沈老师。对这顿饭毫无期待，她甚至懒得点菜。

"还是你来吧，多点些你喜欢吃的。"对方把菜单让了回来。

方玲的内心无数个白眼翻过：别自作多情了，老娘跟你才不熟。话不多说，方玲打开菜单，随便点了几道简单的素菜："就要这些吧。"

沈老师又加了几道菜后便把菜单给了服务员。等待上菜的时间里，对方试图寻找话题，可能很少跟女生打交道的缘故，话题也略显生硬，工作主要做些什么，平时有什么爱好，喜欢什么电影，明星八卦，甚至还蹦出了这个画家那个流派等美术知识，方玲对聊天无甚兴趣，有一句没一句地答着，心里想着要不要催服务员赶紧上菜。

十分钟后，桌子被摆满红烧肘子、梅菜扣肉、肉末茄子……看着满满一桌子油光闪烁的肉食，方玲觉得倒是和沈老师的形象相得益彰。

"东坡肉味道真不错，你快尝尝。"沈老师往嘴里塞了一块肥肉。

被塞满的鼓鼓囊囊的嘴，嘴唇上泛着的油光，方玲顿时胃口全无，就连平时最爱的肘子也了无滋味。一顿饭下来，沈老师话也不多说，风卷残云般将桌上的肉食横扫一空。方玲庆幸自己点了几盘清淡的素菜，才不至于忍受勉强咽下肥肉的煎熬。方玲觉得这是迄今为止吃过最久的一顿饭。

"吃饱了吗？"沈老师擦着油腻的嘴。

"饱了饱了。"方玲故作满足地笑着回答，"我们走吧。"方玲想赶紧离开。

"我去埋单。"沈老师从桌子底下抽出结账单，两个人向前台走去。

"我该回去了。"出了商场，方玲指了指回家的方向，丝毫不给对方继续约会的余地。

几盘肉下肚，此刻沈老师那笨拙的大脑正用于消化之中，并没有想到接下来的安排，但绝对不愿意就此分开："我送你回去吧。"

"我自己回去就好，这里公交车多，你坐车也方便。"方玲想立马和他说再见。

"没事的，我怎么都方便。"对方不依不饶。

真是甩不开的狗皮膏药。难道他就看不出来我对他没兴趣？难道他还认为我们有继续发展的可能？即使方玲已经表现出了些许反感，但还是无法消除他对自己的好感。没办法，方玲只好和他一起走回家。

十五分钟的路程，方玲却觉得走了一个世纪那么长。好不容易熬到了小区门口，方玲又开始打发沈老师离开："就送到这儿吧。"

"不用我送你上楼？"沈老师试探道。

还要送我上楼？这是哪来的自信赖着不走？方玲觉得自己的忍耐已经到了极限，佯装了一晚上的笑容也终于支撑不住了，稍显不耐烦地说道："时间不早了，你快回去吧。"

沈老师向上推了推眼镜，不知怎么回答，只能就此告别："好吧，那我先走了，下次再见。"

方玲笑笑，转身进了小区大门。

"他还想下次再见！我的天，我恨不得跑回来。"听见方玲开门的声音，方玲妈从沙发上蹦了起来，问方玲情况怎样，方玲终于把忍了一晚上的情绪爆发了出来。

"有那么糟糕吗？姑妈说这男孩子不错呀。"方玲妈没见过这个人，两个人头次见面是方玲一个人去的。

"男孩子？他还算男孩子？胡子拉碴的跟个大叔似的。"

"那叫成熟，你就还跟个小孩儿似的，找个成熟的正好。"

"反正这是最后一次见面，要给姑妈面子也给够了。但愿下次别再约我了，约了我也不去。"方玲说着就进了房间。

安排了那么多回相亲，方玲就没一次成的，一开始方玲妈还想是对方条件不够好，但在方玲拒绝了好几个对她颇有意思的优质对象之后，方玲妈便开始怀疑，是不是方玲的要求太高了。就拿这个沈老师来说，大学老师，工作体面，收入稳定，周末出去做点兼职还能挣不少外快，有一套房子，独居，买车也是顺手的事，这么可观的条件，方玲怎么还反感上了？一心想让女儿嫁个好人家的方玲妈想不通。

于是，方玲妈决定会会这个沈老师，但为了避免过多牵扯，她并不打算正面交锋，而是暗地跟踪。正当烦恼如何执行的时候，姑妈的一通电话，给了她绝佳机会。

"沈老师让我帮忙问问，明天晚上想约阿玲出来逛街，问她有没有空。"

原来那天晚上沈老师觉察出了方玲的不快，但始终觉得方玲是个不错的姑娘，十分符合自己对未来另一半的期待，亲自约方玲又怕遭到拒绝，于是就找到了媒人帮忙。

"看来人家是真喜欢我们家阿玲啊。"

"那可不，而且各方面条件都挺不错，阿玲可别错过这次机会。"

"这小伙儿长得不错吧？"方玲妈试探地问道。

"我觉得不错呀，人高马大的，和娇小的阿玲正般配。而且好歹人家是搞艺术的，穿衣打扮什么的，还挺时髦呢。"姑妈恨不得把对方说上天去。

"行，我知道了，你跟那老师说，明天晚上不见不散。"方玲妈擅自拿了主意。

学校图书馆正忙着给毕业论文找资料的方玲接到了母亲的电话，气得差点把书给撕了："妈，你怎么能随便替我答应别人！"周围的学生都抬起头奇怪地看了她一眼。

"这次妈妈和你一起去。"

"啊？"方玲不明所以。

"按说那老师条件也挺好，你怎么就看不上？我决定替你把关把关。"

"我这关都过不了，哪轮得到你那关！我真的是再也不想见到他了！"

"妈妈保证，这绝对是最后一次，这次过后，这辈子都不见。再说了，我都让姑妈答应人家了，总不能爽约吧。"

"真是被你气死了。"

为了防止又被沈老师一路送着回家，这次方玲决定骑电动车赴约。按照方玲妈的安排，方玲和沈老师逛商场，自己就在几百米的范围内跟着。为方便母亲"跟踪"，方玲只领着沈老师在商场一楼的首饰区逛了一圈，从柜台玻璃的反光中，方玲清楚地看见跟在后面的母亲。

方玲妈小心翼翼地尾随，从各个角度观察了沈老师一圈。开始掉皮的劣质皮夹克、比女儿的头发还要长的长发、目测一米七五、一百七十斤的臃肿身材……这就是她姑妈说的人高马大、时尚潮流？天天对着这么个另类的女婿，我还不得早死啊！

正当沈老师在一个柜台前向方玲解释钻戒的切割工艺和镶嵌手法时，方玲收到了一条短信：妈妈先回去了，你也早点回来！

就像在黑暗中摸索已久终于看到了光亮，方玲松了一口气，剩下的，就是怎么把对方打发走了。

方玲回到家，方玲妈又从沙发上蹦了起来："这老师真的不行，还是不要再见面了！"

"这下你相信了吧。"

"你晚上怎么回来的？今天骑电动车，他应该不会再送你了吧？"看到了对方的相貌后，方玲妈觉得就连和他走在一起女儿都吃了大亏。

"牵着我的电动车一起走回来的！"本以为电动车可以为自己挡过一劫，没想到对方还是死乞白赖地要送自己回家，于是，身材魁梧的沈老师牵着方玲那小巧玲珑的粉色电动车，一路走了回来。

"他竟然还碰了我的车！"方玲妈抓狂，像是一不小心踩到了狗屎。

17

方玲和沈老师的相处经历绝对算不上愉快。时隔一年多，以这种方式再次相遇，这让两个人都感到无比意外。

"你一直觉得恶心的相亲对象，竟然被这么有气质的洛洛爱上了！而且还是无法自拔的那种！这剧情也太无法无天了吧，我还写什么小说？"陈米粒觉得，有时现实总比想象力惊人。

"你确定这个沈老师就是你见的那个沈老师？"孟小芹也不敢相信会有这么巧的事。

"我拿我方玲后半生的幸福保证，绝对是！"方玲手指着天作发誓状。

"你不是说他有房吗，怎么还住这儿？"

"他们家的拆迁房，还没拿到手呢。"

"原来是拆迁房，我以为什么高档住宅楼呢，那你姑妈还那么极力撮合你俩？"每次听方玲描述她姑妈嘴里的相亲对象们，孟小芹和陈米粒还以为这些人全是非富即贵的主儿。

"就我姑妈那嘴里，别说能吐出象牙来，我看就是连颗牙都没有！"

"你也别这么说，不是好歹还吐出个大汉吗。"

"我们家大汉，那可是……"方玲本又想借机夸他家大汉两句，可无奈沈老师这事她实在是想不通，还是暂且将大汉放一边吧。

"洛洛能看上沈老师，和有房没房压根就没有关系，人家注重的是心灵美，是精神层面的沟通。"从没谈过恋爱的陈米粒总觉得柏拉图式的精神恋爱才是理所应当的。

"那也得有沟通的欲望不是，就那个外表，我可是哪个层面都不想沟通。"

"那为啥人洛洛能沟通？而且还畅通无阻，一通到底。"

"还一通到底，我又不是通下水道的。人家是女神嘛，女神的世界，我们能懂？"

"我觉得方玲说得也不是没有道理。你看那些个偶像剧，女一号通常只和男二号在一起，男一号只和女二号在一起，有哪个电视剧能让男一号和女一号在一起的吧。"孟小芹有根有据道。

"原来电视剧的套路，也都来源于生活啊……如果真是这样，那生活也真够扯淡的。"陈米粒仿佛又悟出了点什么真谛。

"他要是个男二号，我也愿意接受他，但问题是，有这么丑的男二号？"

"丑不丑的我们说了也没用，架不住人家洛洛喜欢呀，所以啊，我觉得我们也不要再纠结人家的外表了嘛。"最后还是孟小芹做出了不偏不倚的结论。

无论讨论结果如何，反正洛洛和沈老师结婚的消息已经成了无法改变的定论。两个星期后，大家收到了他们的红色炸弹。请柬由沈老师亲自手绘，淡蓝色卡纸上用彩色铅笔勾勒图案线条，关键处又以水粉着色点睛，一如他们的爱情，质朴而独特。

一个阳光明媚的深秋午后，在滨江公园里一处开满波斯菊和向日葵的草坪上，洛洛和沈老师许下誓言。被邀请参加婚礼的人不多，除了工场的小伙伴们，还有沈老师学校关系较好的同事和洛洛的亲密好友，没有花哨的布置和华丽的礼服，婚礼流程简单却不乏仪式感，许下的诺言动人却不矫揉造作，一如他们的爱情，轰轰烈烈又波澜不惊。

"谢谢你来参加我和洛洛的婚礼。"仪式之后，新郎新娘各自与宾客交谈敬酒，沈老师找到了正从餐桌上拿起一杯香槟的方玲。

"也谢谢你和洛洛邀请我见证你们的爱情。"没有了一年多前的厌烦，方玲礼貌地回应。

"之前的事，我都跟洛洛说过了，她并没有介意。"

"不过是一次相亲而已，洛洛那么明理大气，肯定不会为这种小事介怀的。"

"不过，真想不到你竟会和我妻子成为朋友。"

"是啊，世事无常，谁能想到会有这么巧的事发生呢。"

"所以，我们也是朋友？"

"所以，我们也是朋友。"方玲笑着表示肯定。

"那就好，不然以后在工场可就尴尬了。"确定了方玲和自己的想法一致，沈老师也轻松地笑笑。

"不不不，我觉得你那件棕色皮衣更尴尬。"方玲开了个朋友间无伤大雅的玩笑。

"哈哈，你确定？不过那皮衣……我也不知道自己怎么就对它情有独钟了。"沈老师也幽默地自嘲。

"看到你不穿皮衣的样子，好多了。"

"我穿皮衣的事，可千万别让洛洛知道。"沈老师小声道，就像好友间为了某种善意的目的而达成了默契。

"这我可不能保证……"

"这么看来，在你泄露秘密之前，我还是从实招来的好。"沈老师用手中的酒杯碰了碰方玲手中的杯子，"你慢慢喝，我这就向洛洛坦白去。"给方玲一个调皮的微笑，然后走向人群中的他的妻子，洛洛。

拿着酒杯的方玲独身于热闹温馨的气氛之外，看着浪漫礼服下满脸幸福的洛洛和西装笔挺的沈老师，陷入了沉思。

如果沈老师在她方玲的拒绝之后找一个不如她的人将就，也许方玲会有一种理所当然的胜利感，但沈老师却被一个无论外表还是内在都远胜自己好几筹的女神深深迷恋，这让方玲不得其解的同时也开始假设，如果当初自己接受了沈老师呢，两个人会是怎样的状态？或许他们会在勉强维持一段恋爱关系之后仍旧选择分道扬镳，又或许方玲会在时间的积累里最终走进沈老师美好的内心世界，然后在这里满脸幸福地接受祝福。不管哪种情况，方玲在思考后还是发现，也许当下的安排才是最好的安排，如果穿着礼服的换作是自己，那大汉又该如何呢？

因此，出人意料地，方玲为了这场婚礼稍稍打扮了一番。不是为了显示什么，而是为了向沈老师说明，说明当初自己对他的不屑，并不会因为他找到一个更好的伴侣而感到抱歉，也为了掩饰，掩饰这一结果在短时间内仍会给她的内心带来的小小不安。

"有兴趣赚钱吗？"孟小芹就凑到正做饭的方玲身边，神神秘秘道。

"啊？"方玲不思其解。

"有一个赚钱的大好机会，有兴趣参与不？"

"什么钱？怎么赚？赚多少？苦不苦？累不累？"方玲停下了手中的锅铲，似乎有点兴趣。

"放心，绝对是良心钱，干多少挣多少，能者多劳。"

还是得凭力气赚钱。每天在公司累死累活，回来往床上一瘫还来不及，还要花力气挣钱？方玲可没这觉悟。再者，虽然与大汉身隔异地，但时不时送到办公室的零食礼包、日用品礼包甚至姨妈巾礼包，加上不定时收到的520、1314等具有象征性数额的转账或红包，让方玲生活的滋润度大大提高，钱可不是她现在要考虑的问题。

"算了，我还是对花钱比较感兴趣。"方玲往锅里倒入少许料酒。

"有了大汉你就吃喝不愁啦？真是不思进取。"对方玲的不求上进嫌弃了一番，孟小芹转身出了厨房。

"米粒、米粒，有兴趣赚钱吗？"正好陈米粒从外面回来，孟小芹又转变了游说对象，"有一个赚钱的大好机会，想参与不？"

"真的？快说来听听！"陈米粒表现出了极大热情，毕竟，她没有可以帮自己解决吃喝拉撒的对象。

"坐下、坐下，慢慢听我说。"拉着陈米粒往沙发上一坐，孟小芹像谋划什么大动作似的正儿八经道，"我一个朋友，有珠宝首饰代工厂的资源，平时在商场里卖上千的首饰，从他们那儿拿货也只需要个零头，我寻思着直接从工厂拿货，然后在微信上卖，准能赚不少。"

"微商啊？"

"对啊，现在微商那么火，肯定好赚，而且我们又不忽悠人，和商场同样的货源，但价格却是极大的优势。"孟小芹描绘着赚钱的宏伟蓝图，仿佛看到了赚得盆满钵满的自己。

"算了，我还是码字去吧，像我们这样的文化人，王婆卖瓜自卖自夸的事可是干不来。"从来对社会发展、时代潮流反应慢半拍的陈米粒，对占据微信朋友圈卖奶粉卖衣服卖化妆品卖日用品卖一切东西的微商特别反感，更不可能加入其中。

"文化人怎么了，你写了一部小说，不也得向读者推销吗？这和卖东西是一个道理嘛。"孟小芹试图说服陈米粒。

"卖东西的目的是赚钱，而写小说的目的是……"陈米粒想了想，自己不是有月入五六万买车买房的豪言壮志吗，但又一转念，将这满满铜臭味的壮志抛之脑后，"寄托理想情怀，为社会提供精神财富。"

"精神财富能买油买米不？方玲那是有人养着，就你我这样的，难道不得自食其力自力更生自我奋斗，闯出一片属于自己的新天地吗？"孟小芹大有传销机构洗脑打鸡血的澎湃热情。

"姐，你可千万别给我洗脑，我觉得写小说挺好，要自力更生你去，就让我自生自灭好了。"想要说服陈米粒，就像让一个哑巴开口，可能性几乎为零。

"吃饭啦吃饭啦，快来拿碗筷。"敞开的厨房里传来方玲的声音。

"哎，迂腐的文人。"对陈米粒的不与时俱进嫌弃了一番，孟小芹大失所望地准备碗筷去了。

即使游说失败不得不孤军奋战，但事实证明，孟小芹完全是个大胆的行动者和勤劳的收获者，商品上线仅仅一个月，就赚到了相当于她在培训机构三个月工资的收入，引得方玲和陈米粒大为惊叹。

这是 512 生活好转的开始。

18

"女主角个性不够鲜明，剧情一般。"

"写的什么嘛，难道女主角不应该是又富又美双商高还有一堆人追的吗？这种平平淡淡的人设，不接受！"

"男主角也太扯淡了吧，女主角那么优秀，他竟然还看不上人家！"

"作者这是脑残吗，非得把那么登对的一对郎才女貌写成死对头。"

"剧情也太平淡了吧，来点钩心斗角啊女人撕逼啊争夺家产啊之类有看头的情节嘛。"

……

陈米粒往下划拉着一条条读者留言，脸色黑了又绿，转战网文半年，战绩却不尽理想。陈米粒在写作前也恶补过不少相关作品，无论是小说电视剧还是网络剧，但无一摆脱不了烂俗剧情的标签化的人设，傻白甜玛丽苏白莲花绿茶婊，男主逆天女主绝世，王子落难屌丝逆袭，当陈米粒好不容易搞清楚这些套路的时候，却也没有了自己的想象与创造，每一动笔，尽是似曾相识的人物情节。

于是，索性将这些都抛到一边，管他什么套不套路，陈米粒按照自己的意愿塑造人物安排情节。但，事实证明，你不下套读者还不买单，迎合不了大部分读者的审美趣味，你就只能被打入冷宫。满满三大页的负面评论是陈米粒网文之路受挫的最好证明。

正对着电脑发呆懊恼，其中一条评论引起了陈米粒的注意。

"现在的情感类小说千篇一律，看到开头就猜得到结尾，主人公一出场就能预料得到他的命运如何发展，终于看到一部不一样的了，这下可以缓和一下我的审美疲劳了。冒着被批的风险另辟蹊径，给作者点个赞！"

我去，竟然有人给我点赞！说自欺欺人也好，一叶障目也罢，反正这下陈米粒的眼中再也容不下其他评论了，好像这一条评论的力量比其他所有的评论加起来更大，也更让陈米粒信服。有那么一瞬间，陈米粒还真脑补了今后成为网络大神时的风光自在。

陈米粒将这条评论来来回回读了不下十遍，就像使徒诵读信条一样虔诚用心，她还特地留意了一下这位网友的昵称：微光斑斓。

爱屋及乌，在众多反对声中鹤立鸡群的支持，让陈米粒对这个人也起了兴趣。此人是女生还是男生？是不是同龄人？陈米粒在脑海中幻想着关于这位网友的各种可能，也许是气质型美女，也许是慵懒邋遢的宅女，也许是高大帅气的英俊少年，也许是不修边幅的技术死宅。

正当陈米粒偏向于认为此网友是英俊少年的时候，方玲敲门进来了。

"米粒，中午不想做饭了，我们叫外卖吧。"

"什么点儿了？"陈米粒从美好的幻想中醒来，有些惊慌失措。

"十二点啦，我快饿死了。"

"饿了就吃！叫外卖！吃点好的！"写了这么久总算受到了点鼓励，虽然这鼓励微不足道，但陈米粒打算小小犒劳下自己。

"吃什么？"一听到"吃好的"，方玲就表现出了极大的兴趣。

"当然是吃肉！"陈米粒说着就拿起手机，打开外卖应用，三下五除二地下了单。

半个小时后，陈米粒和方玲大快朵颐地吃着肯德基全家桶，孟小芹哼着小曲回来了。

"你回来得太是时候了，快来吃炸鸡。"方玲举着一个鸡腿晃了晃。

"今天是十五，她不能开荤。"陈米粒纠正道。

孟小芹的妈妈是个虔诚的佛教徒，每逢初一十五必上寺庙烧香拜佛，并在这一天中禁食荤腥。受母亲影响，孟小芹也信奉佛教，只不过烧香拜佛对她来说并不是常有的，前两天刚好读完赫尔曼·黑塞的《悉达多》的她大发作为佛教徒所应有的虔诚，突然心血来潮地决定拜佛，以尽其教徒信仰。

"你们非得挑今天吃这个吗！"孟小芹的信仰可抵不过美食的诱惑。

"算了算了，姐今天心情好，就原谅你们了。"孟小芹大手一挥，感觉像是主宰者赦免众生。

"你今天心情也好？你们今天心情怎么都这么好？一个大大方方主动请吃肉，一个嗜肉如命的吃不到肉竟然无所谓。我说你俩今天到底是怎么了？不会发生什么事了吧！"方玲一本正经道。

"你别这么一惊一乍的，哪有什么事，心情好还有理由？"陈米粒想掩饰自己心情好的事实，因为这其中的理由实在微不足道。

"哎呀你就算了，应该也不会有什么破事儿。小芹是怎么了，一回来还哼上了，是不是遇上什么喜事啦？"方玲打听八卦似的探听道。

"这个嘛……"孟小芹一脸娇羞地在方玲身边坐下。

"你看看，说是去拜佛，其实没干正经事！从实招来！"

"你们说哈，信仰这东西吧还真是神奇，你的虔诚期待总会换来想要的结果，看来信则有不信则无这话说得还真对。"孟小芹像是道破佛家真谛一样。

"你信什么了？期待什么了？又得到什么结果了？"

"男人！肯定是男人！"方玲自诩一双看透恋爱百态的火眼金睛，试图透视着孟小芹的心思。

"不能吧，这些日子她都忙着卖首饰挣钱了，哪有时间找对象。"

"没时间找对象，还不准人对象主动找上门来？"

"米粒你赶紧跟人方玲学学，像你这样，以后就算有男生喜欢你，你都看不出来，还怎么谈恋爱。"陈米粒就这么被借机数落了一番，一脸无辜的表情。

"我今天在寺庙遇到个男生。"

这天早上孟小芹和母亲并不为简单的烧香拜佛，而是参加八州城最大的寺庙举办的一次慈善放生活动。与平日不同，这次活动吸引了大量佛教信仰者前来参与，寺庙一大早就挤满了熙熙攘攘的人群。

为让此次活动顺利进行，寺庙还招了大量志愿者，在活动期间协助引导工作。当然，这些志愿者也都是虔诚的佛教徒。

临近中午，上完香放完生的孟小芹站在遮阳棚下休息，正拿手机刷着朋友圈，一个男生走了过来。

"请问已经放完生了吗？没有的话要赶紧了，所剩的乌龟金鱼不多了。"

"已经放完了。"

"哦，我看你一大早就来了，也是信佛教的？"

"当然啦，不信佛教能来这里？"孟小芹笑了笑，问话明显感觉多余。

"我看好多年轻人都是跟着父母来的，但他们自己本身并不信教，家里人信这个，也就默认了你也信嘛。"男生解释道。

"是有很多这种情况的，我以前也是这样，反正我妈信佛教，我们全家就都信佛教呗，但后来了解了一些宗教的东西，渐渐地就喜欢上了，所以，我是自主信仰哦。"

"现在的年轻人能信佛教的不多呀，很多都信基督去了。"

"是啊，我身边就有好多朋友是信基督的，他们可能觉得时尚吧。"

"基督教是有神论，人必须信仰唯一的上帝，佛教是无神论，佛不是唯一的，每个人都有可能成为佛；不信基督就会下地狱，但是不信佛，只要你是行善圆满之人，也能有好的归宿。"

"所以我觉得基督教太绝对。难道人类的命运完全是靠一个现实中看不见摸不着的神决定的？如果我不相信有这个神的存在，无论我如何行善都要下地狱？那也太霸道了吧。"

"看来你还真是喜欢佛教。"男生亲切地笑笑，总算找到了个投缘的人。

"你也不赖嘛。对了，你们志愿者是不是都必须是信仰佛教的？"男生胸前的工作牌早就表明了他的身份。

"虽然寺庙没有明确这么说，但据我所知，今天的志愿者还都是信教的。"

"你会经常参加类似活动吗？"

"有机会就会参加，平时有空就上寺庙拜拜，吃吃斋饭什么的。对了，今天中午寺庙也准备了斋饭，味道还不错哦。"

"嗯，我就是在这里等我妈吃饭的，她刚刚去找一个师父聊天了，应该就快过来了。"

说话间，孟小芹妈走了过来，知道不能多聊，男生就向孟小芹要了联系方式，有时间可以探讨探讨宗教问题。毫不犹豫，孟小芹留了微信和电话。

"就因为都信佛？"方玲问道。

"信仰相同，这点是非常重要的。"

"你打算和他发展？"

"这才哪儿跟哪儿呢，只聊了几分钟而已，我还完全不了解他呢。"

"既然问你要了联系方式，就是有希望呗，你就等着他约你吧。"

"那尚夏怎么办？"一直埋头吃薯条的陈米粒突然冒出了这么一句。

"尚夏？这和尚夏有什么关系？"其实孟小芹并不完全不明白陈米粒的意思，只不过她不想把尚夏摆在一个必须考虑的位置。

"他表现得那么明显，你以为我们看不出来？还有你，其实，对他并非没有想法吧。"关于尚夏，孟小芹还从来没有挑明了说过。

"如果我们有戏，早就在一起了，何必等到现在呢。"

"你一直不表态，人家能拿你怎么办，霸王硬上弓？尚夏可不是那样的人。"

"我说你们是站在我这边还是站在他那边？"

"不是站在哪边的问题，我们是觉得尚夏这人真挺不错的，从我们租这公寓开始，帮了我们多少忙，他这么做，还不是因为有你孟小芹。"

"我也知道他是个好人，但凡我们能在一起，我是不会放弃的。我对他是有那么一点好感，但问题是，这好感又不足以让我去发展一段关系，我喜欢他，但又没那么喜欢。"

"那你尝试过吗？"

"有想过，但我不知道如果自己和他在一起，是因为喜欢他，还是仰慕他的才华和人格。"

"喜欢和仰慕也不冲突啊，很多人不都是先被对方身上的某些优点、特长吸引，进而喜欢上这个人的吗？"

"哎呀，我也不知道啦，你们别再逼我了，好心情都被你们搞没了。"孟小芹假装出一副丧气样儿。

"真是搞不明白你，追了你这么久的优质男不要，只聊了几分钟的宗教男就让你这么着迷，哎，这女人哪，还真是麻烦。"方玲一副过来人的口吻，然后又想起了自己的经历，改口道，"你看我们家大汉……"

话还没出口，立即被陈米粒和孟小芹扼杀在摇篮中："打住！"

19

陈米粒压根没有期待再一次得到来自微光斑斓的消息，但没想到，一个星期后对方又出现了，只不过这次不是在评论区，而是主动添加了陈米粒的QQ。一个工作日的下午，两个人第一次在QQ上聊了起来。

"我看你对网络文学很精通的样子，什么类型套路都知道不少，看来你是骨灰级的网文读者呀。"

"或者，不仅仅是读者？"

"什么意思，你不会也是网络写手吧？"

"算不上是，只是在大学的时候写过，工作后就没时间写了。"

"主要写什么类型的？"

"我们那个年代流行玄幻，所以就随大流儿咯。"

"你们那个年代？难道我们的年代差别很大？"

"哈哈，你猜？"

"你不会是个大叔吧！"

"我公司的同事还真有喊我大叔的！"

"其实你不是？"

"看来你对网络小说的来龙去脉还不算了解啊。"

"我就是心血来潮尝试着写写，什么玄幻什么修仙，还真是没搞懂过。"

"这些我最了解了，你要想知道，我倒是可以给你好好讲讲。"

这句话过来之后，陈米粒看到对话框上"对方正在输入……"的提醒时断时续，想来应该是微光斑斓正详细输入陈米粒想了解的信息。陈米粒静静地盯着屏幕等着。过了一会儿，对话框终于亮了起来，不过不是对方发来的消息。

"你进来一下。"是总编。

总编怎么会直接找我？难道是上班偷懒聊天被发现了？还是工作上出了错？陈米粒被这突如其来的召唤弄得莫名其妙，只好中断了聊天。

于是，那边微光斑斓的敲击还没有完成，陈米粒就发出了一句话："领导叫我干活儿了，回聊！"

发送出这条消息，对话框上"对方正在输入……"后边的省略号停顿了一下，然后整行文字消失，弹出简单的两个字："回聊！"

"这篇新闻稿是你写的？"总编先是看了一会儿电脑屏幕，又抬起头来看着陈米粒。

"是，早上刚写的。"

"你是第一次写新闻稿吗？"

从这语气里，陈米粒听出了不对。写得太糟糕了？可自己哪次新闻稿不是这么写的，就是套用一个模板而已，至于出什么大问题吗？

"不是啊。"陈米粒小心翼翼地回答。

"不是第一次写稿，那还不知道新闻稿该怎么配图吗？"总编说这些话时脸上带着微笑，更让陈米粒觉得发毛。

"配图……"陈米粒似乎知道了问题出在了哪里。

"昨天的活动是谁拍的照？"

"我们部门的实习生和多媒体的上官泽丰。"

"照片质量怎么会这么差？你确定你拿到了所有的照片？"

上官泽丰是多媒体部的主管，和陈米粒部门的主编属于同一等级。作为公司最资深的摄影师，拍出的照片不可能是总编看到的这种水平。

"昨天主编和我说，照片找实习生要就行，所以我就只问他要了。"

"这拍的什么呀！你把上官给我叫进来。"堂堂一个摄影师把照片拍成这样，总编也觉得不可思议，"还有，把你们主编也叫进来。"

"昨天的照片是怎么回事啊？怎么拍成这样？"

上官泽丰走到总编的办公桌旁，看了上眼那篇新闻稿："这照片不是我拍的。"

"不是你拍的？那谁拍的？"

"昨天你们部门那个实习生不是也去了吗，他拍的吧？"上官泽丰看了看陈米粒和主编。

"你们俩的照片不是都汇总到他那儿了吗？"

"没有啊，昨天拍的照片我都还没修呢。"

编辑部和多媒体部通常共同负责各类活动，多媒体部负责前期准备及摄影摄像，而编辑部在负责新闻稿、采访等常规工作的同时，也兼做摄影，毕竟，作为一个需要经常跑活动的编辑兼记者，基本的摄影技术是必不可少的。然后再由多媒体部负责修图，之后将所有的照片汇总发于编辑部，供稿件和网页专题配图使用。

昨天的新书发布会便是如此，编辑部的实习生和上官泽丰负责摄影，陈米粒负责采访。

总编问："这么说你那里还有照片？"

上官回答："当然有。"

"以后你们工作细心一点啊，照片该修的及时修，该汇总的及时汇总，感觉图片质量不行，也该多问一问，看是不是还有更好的，尽量把工作一次性做到位，避免返工。"

"你马上把图汇总到编辑部，陈米粒重新配图。"总编向上官泽丰和陈米粒交代完了后又转向主编，"陈米粒改好了以后你给把把关，然后再把稿子发我。"

回到位子上，陈米粒感到有些委屈，明明是主编告诉自己照片都在实习生那儿了，这下出了问题，倒像是陈米粒工作不认真负责了。主编也真是，陈米粒本来是把写好的稿子先发给他看的，他却说新闻稿都一个套路，没什么可看的，直接给总编发过去吧，如果有他事先把关，也不至于出这事儿。还有那个上官泽丰，敢情他们只需拍照不用写稿，每次活动回来修图总是拖拖拉拉，经常等到编辑部催了才开始做。

陈米粒心里正各种吐槽埋怨，对话框又亮了起来。

"我把照片都发给你们主编了，你可以问他要，或者问我要也可以。"是上官泽丰。

这位"领导"主动找"下属"，这还真让陈米粒有些"受宠若惊"。陈米粒进公司这几个月，此人给陈米粒的感觉一直是自大高冷的：极少和新同事说话，打照面有时甚至连个微笑也没有，对部门员工的工作经常有不满，虽然与自己无关，但每次听他对部门员工发脾气，陈米粒总是幻想着起身给他一拳的，似乎也能解气不少。私下里，陈米粒总是叫他上官疯子。

就这么一个疯子，今天竟主动找一个非他管辖的"下属"交流工作事宜，陈米粒觉得，他最近肯定是遇到了什么天大的好事。

"那还是问你要吧。"既然你主动找上门，那我也不客气，陈米粒这么想。

说罢，那边立马发了一个文件过来，文件传输完成，陈米粒还没来得及打开，又不断弹出几条留言，给陈米粒这个新人示范该如何挑选配图并添加图注。

哟喂，这不是发大财就是行大运啊，主动发文件已经让人意想不到了，竟然又主动传授基本功，与从办公室出来后毫无行动的主编相比，有那么一瞬间陈米粒还对这人真有点感激涕零。

"好的，明白了，谢谢！"陈米粒发出了一个感动流泪的表情。

完成手头工作，一扫阴霾心情，陈米粒又想起了刚才中断了的聊天，看一眼微光斑斓的头像，变成了下线的状态。

与陈米粒相比，微光斑斓可算是网文老手，怎么会理会陈米粒这个菜鸟？虽然不得而知，但在网络写作的起点上能得到一个同伴的理解与指引，陈米粒觉得自己还挺幸运。

陈米粒想象着刚才对话框中长时间出现的"对方正在输入……"到底在输入些什么，手机弹出了一条来自"西天取经三缺一"的微信消息，这是512三个闺密的微信交流群：

"晚上不回来吃饭了，你们不用等我了哈。"发消息的是孟小芹。

"有约会？"

如果不是被方玲抢先一步，陈米粒也会发出和她同样的消息，毕竟这半年多来，孟小芹还是头一次说不回来吃完饭，又毕竟，是在认识宗教男之后的一个礼拜。

"我说方玲，你能别这么火眼金睛明察秋毫不，我该说是呢还是不是呢。"

"方玲也只有在谈情说爱的事儿上独具慧眼了，你就顺着她点儿。"

"去！这是什么话呀。"

"晚上宗教男约我吃饭。"孟小芹如实招来。

"都一个礼拜了才约你，这男的不靠谱，如果真对你有想法，早就约你了！"方玲又开始传授恋爱真理。

"他这礼拜出差去了，昨天刚回来。"

"这话你也信？"

"信不信的，看看再说咯。"孟小芹倒是顺其自然的心态。

"你放心去吧，我们会等着你汇报战果的。"

"谢娘娘批准！"

晚上，当孟小芹约会归来的时候，方玲和陈米粒正在大厅中与大家商量元旦晚会的事。

"这次元旦晚会呢，希望大家能积极参加，踊跃表演，我知道大家伙儿可都是有点本事的哦。"果然，元旦晚会的发起人还是尚夏。

"反正音乐我们全包了，剩下的就看你们了。"这种文艺活动，滚爷向来自告奋勇。

"滚爷就是干脆！"

"不然你就开个专场音乐会吧，我们在下面给你挥挥荧光棒得了。"

大家正讨论着，孟小芹回来了，尚夏先看见她走了进来："哟，你回来啦。"

在陈米粒和方玲开口之前，孟小芹先从包里掏出了一条丝巾，轻轻一抖落："这下总该信了吧。"孟小芹说的是宗教男是否借口出差的事。

"看来挺顺利啊。"看孟小芹一脸轻松愉悦的表情，陈米粒猜测。

"你们商量什么呢，这么热闹。"看在场人多，尤其还有尚夏，孟小芹不便将话说透，于是转移了话题。

"元旦晚会，你也参与一份？"尚夏回应。

"我能干些什么呀。"

"唱歌跳舞演小品，实在不行，来段英语也行。"

"我可是文艺白痴，五音不全加四肢不协调，从小就和学校里的各种文艺晚会绝缘，你们可千万别找折磨受。"

"你这么说，我倒真想见识见识。"

"不用说，这晚会又是你安排的吧？你可真能来事儿啊。"孟小芹适时转移了话题。

"毕竟这么大个地方这么多号人呢，总要有点互动嘛，不然每天低头不见抬头见的，也挺无聊。"

"你那同学有你这么个朋友帮他兢兢业业地管理工场，也挺幸运。"

"我可没那么无私，也就闲来无事过来看看而已。"

"对了，你上回要的英语小说我给你带来了，你没回来，就先给她们了。"

"我们给你放回去了。"方玲接着道。

"晚上出去玩啦？"借机，尚夏试探孟小芹今晚的去向，那条丝巾和刚才三个女生的对话，让他有了些想法。

"同事聚餐而已。"孟小芹轻描淡写道。

"哦……好吧，时间不早了，我该撤了，你们也早点休息。"

"好。"孟小芹回答得勉强，气氛也稍显尴尬。

"有空常来玩啊，反正我们闲着也是闲着。"陈米粒也觉察出了不对，赶紧来点放松的气氛。

"放心，我会经常来打扰你们的。"尚夏也轻松回应，丝毫看不出刚才有过些许尴尬。

一进公寓，孟小芹就看到了料理台上的那本英语小说，平装封面的边角有些卷边，应该是被翻阅了好几遍的痕迹。

"前天你刚说要一本英语小说，今天就给你带过来了，我总觉得，他今天来商量元旦晚会的事是假，给你带小说来才是真！现在离元旦还远着呢！"一看到书，方玲就想起尚夏。

"你别瞎说，人家是为朋友办事来的，他那么认真负责一个人，既然替朋友管理工场，当然要履行到底啦。"孟小芹找借口开脱。

"你到底是真傻还是装傻，难道真的一点感觉也没有？"方玲怎么也搞不明白孟小芹和尚夏之间的问题，如果换作一个男的对自己这么好，自己早就扑上去了，还会让人家等这么多年？

"今晚和宗教男的约会怎么样？"一看方玲又无穷无尽地陷入尚夏的话题中，陈米粒知道孟小芹也不愿多说，便转移了话题。

"他向我表白了。"

"用一条丝巾？"

"当然不是啦，丝巾是他前几天去杭州出差时给我买的。"孟小芹表现出些许羞涩，"他说，他曾经在寺庙的许愿树上挂了一面许愿牌，希望可以遇到一个和他一样信佛教的女孩。"

"这就把你沦陷了？"

"我也曾经挂过一面许愿牌，在同一座寺庙。"

"希望遇到一个信佛教的男孩？"

"当然不是啦，不过总觉得这么多巧合，像是冥冥之中注定的。"

"你们信佛教的，真把什么宿命啊缘分啊看得这么重？"

"可以这么说。"

"那如果抛开这些不说呢，如果你们没有宗教这个共同点，你觉得你们有可能会考虑对方吗？"方玲仍然不明白。

"如果大汉从来不会给你小惊喜满足你的小心思，不理解你喜欢小玩偶小摆设的趣味，你觉得你们在一起会是现在的热烈状态吗？"孟小芹反问，"两个人能否在一起并不是由某个共同的东西决定的，而是共同的东西让他们有了相互吸引相互了解的可能和意愿，这种可能和意愿才是促使两个人在一起的因素。"

"哎，真搞不懂你，算了，反正你喜欢就好，改天是不是带来我们见见呀。"

"等确定了关系，当然会让你们考察考察啦，不过你们得答应我，再也不要为尚夏说话了，我们之间错过了就错过了，做个朋友是可以，但其他的可能，是不会再有了。"

"如果，我是说如果，你跟这个宗教男走不到最后，或者你找不到合适的对象，也不会考虑？"

"不会。"孟小芹态度坚决。

20

元旦前一个月，工场的伙伴们都利用空余时间为元旦晚会积极排练，唱歌跳舞小品相声魔术，各种才艺应有尽有。陈米粒本想享受着晚会胡吃海喝一顿，没想到却不得不参与其中，而且竟还是个重要角色。

因为在国外留学的女友提前回国，所以滚爷乐队的键盘手临时决定元旦回老家订婚，情急之下，滚爷找来了钢琴十级的陈米粒。

陈米粒回忆起那个拿到烫金证书的日子，还是在十年前，之后鲜有碰琴的陈米粒对自己荒废已久的技艺完全没底，但滚爷那群玩音乐的朋友元旦不是要回老家就是在旅途，无奈实在找不到人，他只能死马当活马医。

为确保死马能起死回生，晚会前整整一个月的周末，陈米粒都贡献给了键盘。

这天，陈米粒用键盘配合着一边拨弄吉他一边摇头晃脑地唱《花房姑娘》的滚爷，一个格格不入的声响强行插入，让情到深处的滚爷立马停下了摇晃的脑袋。

"适才听得司令讲，阿庆嫂真是不寻常，我佩服你沉着机灵有胆量，竟敢在鬼子面前耍花枪……"又是隔壁小区的大爷。

"臭老头，捣什么乱哪！"滚爷对着隔壁楼上怒吼。

"我听广播碍着你啦！"

"就碍着了怎么了，没看见我们排练哪！"

"你们这是扰民，是糟蹋我耳朵！"

"你才扰民呢，赶紧把收音机关了听见没！"

"兔崽子敢命令我，我在前线下命令的时候还没你呢！"原来是个兵爷爷。

"这死老头，我还治不了你。"这话滚爷是在自言自语。

说着他放下吉他，从箱子里拿出一把二胡，一本正经地开始拉一曲《梁祝》。皮衣皮裤泡面头，这么个形象深情款款地拉二胡，陈米粒还是头一回见。

还真起作用了，这边滚爷刚拉了两句，那边大爷的收音机立马消停了，但不一会儿，又一个声音加入，陈米粒仔细一听，是笛子。得，估计是大爷听了高兴，也来个即兴发挥了。

"小兔崽子，不错啊，还会这么一手儿。"一曲合奏完毕，大爷的语气带着喜悦和满足。

"老爷子，别小瞧我们年轻人，你们能当作宝贝的，我们也能喜欢得了。"

"这是我们中华民族传统的东西啊，你们玩的那些个都是人家的，老祖宗的东西，不能丢啊。"估计是戳到了兴奋点，大爷扯着嗓子好一通感慨。

"祖宗的东西，外来的东西，只要是能愉悦人心的，都是好东西。"

"算了、算了，你们该弹弹该唱唱，大爷我就好生听着吧。"完全没有了之前的愤怒，大爷竟开始理解起滚爷来。

"理解万岁！摇滚万岁！"滚爷激动无比地比画出一个摇滚手势，然后继续着刚才的深情款款摇头晃脑。

"听说过，没见过，两万五千里，有的说，没的做，怎知不容易……一二三四五六七！"陈米粒在楼梯里边走边唱，满身满脑摇滚的桀骜不驯，好似滚爷上身。

"干吗呢、干吗呢这是？"未见其人先闻其声，然后便看见陈米粒摇头晃脑地进门。

"练习呢，元旦晚会，我可是身负重任。耶！"无意识地，陈米粒竟也做出一个不太标准的摇滚手势。

"妈呀，可别把你练成'滚娘'咯。"

"没办法，实在是太洗脑了。对了，滚爷让我问问你，你和洛洛老师的二重唱，歌曲定了没，定了我们也好赶紧排练。"

"正好我也要和你说这事儿。"

"怎么？不演啦？"

"这晚会我是参加不了了，元旦我决定去一趟 G 市。"

"什么？去 G 市？你一个人？"

"一个人。"

"一个人！你知道八州离 G 市有多远吗？你知道从八州到 G 市没有直达动车吗？你知道下了动车再转大巴车要坐上一整天吗？你知道……"目前为止，除了和爸妈去了趟杭州，跟着嫁入豪门的表姐去了趟香港，方玲还真没单独离开过家。

"哎哟，我知道、我知道，可是人家好久没见着大汉了嘛，他最近太忙又没办法回来，那我就去见他呗，正好也看看他的生活环境。"

"敢情是去查岗的呀。"

"我对我家大汉可是一百个放心！"

"那你何必呢，你们不是每天都视频吗，还非得见着真身不成？"

"反正我已经决定了，你们是阻止不了我的。"

"大汉知道吗？你单独出远门，他也答应？"

"还没和他说呢，我这不先想着你们呢吗，得先向你们请示汇报呀。"

"你这哪是请示汇报，分明是先斩后奏嘛。"

"那我奏都奏了，你是让斩还是不让啊？"方玲一脸渴望地望着陈米粒。

单独出远门这种事对缺乏处事经验、柔软得像只猫的方玲来说，绝对是一件危险而冒险的事情，大巴旅行陈米粒不是没有经历过，大学毕业时和两个同学一起去云南毕业旅行，奔波于云南各地的她们长途大巴可没少坐过，旅途劳累不说，还容易遇上些形形色色来路不明的乘客，再加上长途大巴的各种不舒适不方便……陈米粒的担心不是一点两点。

"你问孟小芹去！"

"什么？去G市？你一个人？"孟小芹的反应和陈米粒的一模一样。

"你俩商量好的是吧！"

孟小芹正准备开口，又被方玲抢先了话头："我知道你要说什么，第一次单独出远门，还要坐一天的大巴，是不？凡事总有第一次嘛，再说了，大巴上睡一觉也就过去了。"方玲就像有过一遍预演一样对答流利。

"车上可没厕所，你内急怎么办？"孟小芹想方设法让方玲打退堂鼓。

"我可以不喝水。"

"车上空气不好，还经常走一些七曲八拐的路，你晕车了怎么办？"

"塑料袋我都备着呢，就怕恶心到别人。"

"车上睡觉大家都脱鞋，那臭脚的大汉哟能熏死你。"

"口罩、空气清新剂、鼻息……有备无患呀。"

"臭脚的大汉不怕，怕的是不正经的大汉，看你一个女孩子家家的，对你动手动脚也是有可能的。"孟小芹放大招了。

"这……"方玲犹豫了一下，"哎，哪有那么多坏人，再说，车上那么多人，我可以呼救啊，我可以使坏啊，再不成我随身带着点管制刀具，家伙一亮，不怕有人敢乱来。"

"可以啊，这想得挺周到啊。什么管制刀具啊？美工刀呀？那能有威慑力吗！大斧子呀？你也得抢得动啊！"

"哎哟喂，你们就别再吓唬我了，我知道你们是为了我好，但我都长这么大了，这事对我来说，应该没那么大难度吧，你们怎么还跟我老妈似的。"

"说到你妈，这事儿她不知道吧？"

"你们可千万别说，她要知道，还不打断我的腿！"

"哎，爱情的力量啊，真是可怕！"陈米粒感慨。

"这话你还真说对了，瞧瞧咱小芹，自从跟了这个宗教男，十次约会有九次吃素，无肉不欢的她还真能受得了，你说可不可怕！"

孟小芹和宗教男因信仰结识，此后的交往中也充满了信仰的意味。比如他们的周末活动总绕不过拜佛、放生、祈福，相处一个多月，宗教男可是带着孟小芹把八州城里城外数十座寺庙拜了个遍，并遍尝了寺庙或非寺庙的素菜馆，以致即使不出去吃饭，也总是嘱咐方玲多做两盘素食。那段时间，公寓冰箱里最多的食物便是蔬菜和豆类。

"你不想肉？"

"如果能把素食做出肉味儿，吃不吃肉也无所谓了。"

于是，方玲每天都要变着法儿把菜做出肉味儿，每天端上桌来的不是红烧就是爆炒，以为是什么大鱼大肉呢，拿筷子挑开一看，总是腐竹、豆皮、山药、土豆之类。

好在这样的情况并没有持续很长时间，一个月后，孟小芹在肉食魔鬼般的诱惑前败下阵来，除了每月初一十五的两天禁忌，她又恢复了在美食上的愉悦体验。

"这不，爱情终归抵不过一桶炸鸡，我还不是一个月就从良了。"

"不然你再仔细想想？没准儿几天后你又不想去了呢。"

"我可是有原则的好吧，小芹就是个不折不扣的吃货，哪里有美食，就算天上下刀子你顶着菜板也得去啊。"

"那你也是个不折不扣的懒汉，一到放假，可以头也不洗脸也不擦床也不下地待好几天，地震都震不动你。"

两个人瞬间开启了互相拆台模式。

"你俩都省省吧，谈个恋爱怎么还糟心上了。炸鸡该吃吃，G市要去去，路上自己注意着点就是了。"

"早这样不就完了嘛，还是米粒干脆！"

21

元旦放假前一天晚上，方玲进进出出收拾着行李，一边内衣袜子面膜地细数需要带去的东西，一边还不忘对孟小芹和陈米粒再三叮嘱。

"我再和你们强调一点啊，这回去G市我爸妈可是完全不知情，你们出门做事小心着点，可别把我暴露咯……"

早在半个月前，方玲就特意嘱咐陈米粒和孟小芹，元旦出门可千万小心，中央商场、方玲妈工作的百家好超市、河滨公园、她家周边都是方玲妈时常出没之地，都被划入了两个人元旦出行的禁地。

"我说你们家大汉就真放心你一个人出远门？"关于这事，米粒和孟小芹已经在她耳边叨叨了一个多月了，却也没听说大汉对此有什么看法。

"跟你俩一个德行！每天在我耳边叨叨八百遍，但还是没辙，拗不过我。"

"拗不过你就惯着你呀！"陈米粒从方玲一背包的零食中翻出一包薯片吃了起来，"这一大包吃的，你是坐一天一夜的车又不是三五天。"

"他是怕我在车上闲得慌，就在网上买了一箱东西给我寄过来了。"

"你看看人贴心小男友，宗教男可只会让你吃斋饭。"陈米粒不禁将两位的男友做起了对比。

"和喜欢的人在一起，吃什么都香，不像某人，连个吃素的对象都没有……"孟小芹又给怼了回来。

"米粒你也差不多该找了啊，不然孤独终老我俩可不陪你这老太太。"

正说着，大汉来了电话，本以为两个人又得按照惯例，卿卿我我你侬我侬地煲上一小时电话粥，谁知说了两句就挂了。

"今晚不聊啊？"

"大汉让我早点休息，明天一早的车呢。"

事实证明，早点休息根本办不到。第一次单独远行前的夜晚总是难以入眠的，在床上辗转反侧一个小时却毫无睡意的方玲果断敲开了陈米粒和孟小芹的门，三个人挤在孟小芹柔软的床上谈天说地，最后在凌晨两点的时候才沉沉入睡。

新苗工场的元旦晚会在晚上六点开始。工场大厅的长条桌一字排开，酒水饮料水果糕点烧烤炸鸡，琳琅满目缤纷斑斓的食物摆满了桌子，现场的宾客或手捧酒杯或手端餐盘穿梭其间。现场没有固定的座位，人们可以选择站着坐着甚至窝在大厅的亚麻沙发上，享受音乐、表演、聊天甚至发呆，然后用美食抚慰挑剔的嘴和胃。

作为晚会最大的贡献者和牺牲者，陈米粒和滚爷的乐队与台下的美食及人们之间流传的话题可无缘，从一开场便不断演奏着，用音乐为现场颇为热烈的氛围及人们同样热烈的情绪锦上添花。

"米粒可以啊，没想到还有这一手，看来滚爷没找错人。"尚夏和孟小芹各端一杯色彩绚丽的鸡尾酒，随意聊着什么。

"我们认识这么久，还真没听过她弹琴，今天可是把这些年来落下的全补回来了。"

"你最近怎么样，工作还顺利吗？我看你在朋友圈的首饰生意，可是进行得如火如荼啊。"

"是啊，有首饰生意的支撑，没有刚开始那么辛苦了，也不用接那么多家教，终于可以有正常的周末了。"

微信首饰生意进行了两个多月，孟小芹的收入可是成倍数增长，总算脱离了方玲和陈米粒的救济。从入不敷出到盈余颇丰，三个人的生活质量已然噌噌往上涨，这改变是公寓装潢和每日餐食的改善，是时不时添置的小首饰和随身物件。

"想想你们刚来的时候，还是三个初入社会的黄毛丫头，为房租焦头烂额，现在对生活也能从容应对了。"尚夏注视着孟小芹，好像看到的是半年前那个房子、工作都没着落的她。

"人都需要成长嘛。"

"对了，今天怎么没看见方玲？"

"哦，她找男友去了，不然你今天还可以听到她唱歌呢。"

"就是那个大汉？好像听你们说他在 G 市工作。"

"是啊，连周边小县城都没单独去过的人，竟然大着胆子坐一天一夜的动车加大巴去 G 市，我也真是服她了。"说起方玲这事，孟小芹又吐槽了一番。

"爱情的力量呗。"尚夏一口喝干了杯子里剩下的酒，"你不知道，爱，可是能让人做出很多不可思议的事情的，有时连自己都想不到。"摩挲着空了的杯子，尚夏好像在想些什么。

孟小芹正揣摩着尚夏说话的含义，揣测着这话是否与自己关联，然后便看见宗教男从工场大门进来了，孟小芹向大门方向挥挥手："这儿呢，这儿呢。"

"你们这儿可有点不太好找，说是在热闹的中心地段，却又藏在这么个巷子里。"宗教男迟到，原来是迷了路，后来在路边随便找了个大妈一问，才知道新苗工场在附近的居民中无人不晓，这才顺利到达。

"这就叫大隐隐于市，就跟这工场里的人一样，一个个都不简单。"完全不同于刚才和尚夏聊天时的气氛。宗教男一来，孟小芹的话里多了几分俏皮轻松。

"这么说你也不简单啦……"说着宗教男轻轻捏了捏孟小芹的脸蛋，又被嗔怒的孟小芹轻轻拍了一下，"哎呀，痛痛痛！"

孟小芹撒娇似的对男友哼了一鼻子，意识到还不曾介绍身边的两位男士认识，便又转变语气，变得正经起来。

"对了，介绍你们认识，这是我男友，这是我好朋友，尚夏。"

两个男生客气地互道你好。

"看来你是感情生活双丰收嘛。"尚夏对两个人表示祝贺。

"只能说运气到了，缘分到了。"这话如同孟小芹和宗教男的相识，带着强烈的宿命感。

"那你运气也太好了，我怎么就碰不上这样的运气和缘分。"

尚夏的深意绝不像听起来那么简单随意，从大学到现在，自己追随了孟小芹两年多，这种运气和缘分却不曾降临在两个人之间，反倒是眼前这个男生，有了将自己心爱的女生牵在手中的权力。尚夏突然想起了半年多前自己从加拿大回来的决定，不就是因为对这运气和缘分有些许期待吗？

尚夏为孟小芹所做的一切，孟小芹当然不可能全部了解，但尚夏对她的心意她却是再也坚定不过了。孟小芹也听出了尚夏话里的含义，却无法正面回应，正思索着该如何接这话茬，台上滚爷的一句话把她解脱了出来。

"尚夏，差不多准备了。"话筒传来滚爷富有磁性的声音。

"到我了，不和你们聊了。"

今晚尚夏将和几个外国朋友表演群口相声，刚才便是滚爷在提醒他该上台了。尚夏放下了手中的杯子，离开前还不忘说一句以尽地主之谊："玩得开心！"

两分钟之后，孟小芹和宗教男依偎着坐在了沙发上，尚夏和四个年龄相仿的老外穿着红色大褂也在台上亮了相，一个标准的中文领着四个发音曲里拐弯的中文，引起了台下一片哄笑。

"尚夏这么多外国朋友呢？"

"他原来在国外当过两年汉语教师，回国后除了正常工作，也在培训机构兼职教汉语，这些都是他的学生。"

"挺有意思。"宗教男似乎对尚夏的印象挺好。

宗教男用胳膊将孟小芹环抱起来，依靠着男友的臂膀，孟小芹认真地听着台上的一字一句，时而仔细辨认老外口中到底吐出的是哪个词，时而被段子逗得会心微笑，时而又着迷于尚夏雄厚而温和的嗓音，一个在上面娓娓道来，一个在下面侧耳倾听，好像回到他们相识的课堂。

终于圆满完成任务的陈米粒回到房间，正东倒西歪地躺在床上放松发呆，电脑屏幕下方的窗口亮了起来。陈米粒懒洋洋地从床上爬起来，点开窗口。是微光斑斓。

"在吗，最近怎么都没看到你更新了？"

疲惫好像稍微轻了点，陈米粒回复："最近在忙其他事情，压根就没时间写。"

"网文最忌讳的可就是断更了，你的读者会跑光的。"

"可我实在是没有时间，又没有存量。我已经在公告栏里告知读者，会暂停一段时间。明天，明天就开始更新。"

"什么事比更新还重要？我可是上着班都要写满一天的量啊。"

"就是我住的这个创新工场，今天搞了一个元旦晚会，我是充当临时键盘手的角色。我可是十年没摸钢琴的人，苦练了一个多月，今天总算是没出状况。"

"没想到，你还是个文艺青年。"

"什么呀，就是小时候随便学学的，也是三天打鱼两天晒网。"

"哈哈，不过，写网络小说可不能这样哦，不然是挣不到钱的。"

"你怎么知道我写小说是为了挣钱？哎，看来我靠网文走上康庄大道是遥遥无期了。"

"别气馁嘛，谁一开始就名声大噪的，还不是一部一部地写才能成功。我告诉你，就我认识的一群网络作者，其中也不乏靠写网文发家的，但人家也是写了好几部都无人问津，然后突然有一天，一部作品就火了，连他自己都想不到，反正就是戳到读者的兴奋点了。"

"这么说来，我还是有希望的？"

"那可不，你才刚开始，这才哪儿跟哪儿啊。"

"那从明天开始，我好好修炼，修炼不成，誓不出关！"

"这就对了嘛。对了，上回和你说了穿越小说的几种类型，还没说完，我继续跟你说。"

"大哥，今晚先饶了我吧，忙了一个晚上，我真是累得不行了。不然，我们下次再说？"前一秒刚下了奋笔疾书的决心，转眼还是抵不过一场舒适温暖的睡眠。

"……好吧，那你休息吧，明天开始，努力加油。"

"加油！"

22

这边，陈米粒和孟小芹享受着工场的表演和美食，然后进入甜美的梦想，那边，方玲的旅途却没有料想中顺利。事实证明，即使是丰富可口的零食，也拯救不了方玲这次糟糕的旅程。

没有憋不住的内急，没有晕车呕吐，也没有臭脚的汉子，唯独那不正经的臭流氓不幸被孟小芹言中。

下午三点换乘大巴，方玲先是打了一个小时的盹儿，醒来后开始消化背包里的干粮，接着开始手机 ipad 轮着玩，晚上在加油站吃过快餐解决了温饱问题后，又睡了一个半小时的午觉，继续手机 ipad 轮着玩。一切相安无事。

直到晚上七点半。

"小妹妹，在玩手机啊……"

一直坐在第一排的瘦司机换下了从早上开到现在的胖司机，胖司机并没有坐下来休息，而是开始在车内徘徊。刚走到方玲这儿，探头瞄了一眼她的手机。

方玲抬头瞄了司机一眼，没说话。

"小妹妹，我看你一个人出来的吧，会不会寂寞啊，要不要陪你玩一会儿。"胖司机满脸横肉，无耻地咧嘴一笑，露一口黄板牙，带出了浓重的烟味。

看出了司机不寻常的意图，方玲更是不愿意开口，稍显厌恶地往里面侧了侧身子。

即使看出了方玲的态度，司机仍旧不依不饶，这下还得寸进尺，将那双指甲泛黄的糙手伸向方玲的面颊。

"小妹妹皮肤不错呀，用的什么化妆品啊，我看看……"

"别碰我！走开！"方玲没来得及躲过伸过来的魔掌，脸上明显感觉到了茧子的粗糙质感。

"小妹妹手机里有什么呀，有没有漂亮的自拍给我看看。"胖司机还是一脸坏笑，伸手想拿方玲的手机。

第一次单独出远门就遇到这种事情，方玲被吓得发了毛，但除了在语言上吓唬吓唬司机，她还真想不出什么法子。老娘真该带着管制刀具，方玲心里这么想。

"你给我滚开点，小心我报警！"方玲拿手臂用力挡开了胖司机的手。

这时，坐在前面的大姐转头上下打量了一通胖司机，话也不说又转了回去。脸上不带任何表情。

"哟，还要报警哟，那你报你报，我先去睡会儿觉。"说着胖司机便回第一排的位子了。

我这是被调戏了？以为要继续和胖司机死磕硬拼，没想到转眼就走了，转变发生得太突然，方玲都还没来得及反应。好歹老娘也是有男人的人，你敢动手动脚，看到了 G 市我男人不弄死你，方玲脑海里掠过一阵大汉和胖司机干架的画面。转眼又想，这男人关键时刻不在，任自己受人欺负，方玲顿时又悲伤了起来。

没有了吃零食和玩手机的心情，方玲只是呆呆地看着窗外，委屈又害怕。半个小时后，大汉来了一通电话。听到大汉低沉而磁性的声音的瞬间，方玲一下子放松了下来，没有告诉大汉车上的经历，而是用一些愉快的话题化解内心的不安。

挂了电话，方玲总算是恢复了些心情，玩了一会儿手机以后又沉沉地睡去了。等她醒来时，车内的灯已经关了，只有窗外的路灯和个别座位上投来的手机屏幕的亮光让车厢模糊可见。打开手机一看，已经十二点多了。

看着窗外一盏接一盏一闪而过的路灯，方玲迫不及待地想到达目的地。正当她看得入神的时候，感觉旁边有身影晃过。瘦司机被换了下来，这下轮到他在车厢里游荡了。不是无目的的游荡，方玲成了他的目标。

方玲本想装作睡着了，没想到还是被瘦司机发现她正醒着。

"小妹妹，怎么没有睡觉呀？"怕其他人听见，瘦司机压低了音量。

方玲翻了个白眼，大眼珠子在昏暗的车厢里格外明亮。

"听说你长得又漂亮皮肤又好，来，让我看看。"

"你他妈想干吗！"方玲大喊道。

"你看大家都睡了，要干吗也没关系嘛，你说是不是……"瘦司机欲言又止，语气里充满下流的意味。

"是你个屁！你他妈离我远点！"

方玲正反抗着，无意间迎上了隔壁座位上那位男子的目光，像是抓到了救命稻草，方玲瞪大了双眼，皱起了眉头，以向男子示意求助。男子与方玲对视了三秒钟，又看看瘦司机的背影，最终将脑袋转向了另外一侧。这稻草还来不及握，就自行折断了。

求助不成，比被调戏还让方玲伤心，绝望无助的她只能死马当活马医了。

"有本事到 G 市了别走，老娘有的是人！"说这话，方玲自己都没有底气。

"有的是人？原来小妹妹好这口啊，那也带我一个呗。"

"我还就不信，警察都治不了你。"方玲说着就拿起手机按110。

还没等方玲按下拨通键，司机就认怂了，"哎哟我的好妹妹，我就开个玩笑，何必当真呢。时间不早了，你快点休息吧。"看来这两个司机也是瞎猫碰死耗子的主儿，碰到愿者上钩的就上钩，不愿上钩的也就放弃了。

看这样子，今天晚上这俩混蛋是不会再来了，只要挨过这个晚上就好。方玲心有余悸地望着窗外，一夜无眠。

第二天见到大汉的瞬间，方玲忍不住号啕大哭。

"见到我不用这么感动吧？"看方玲哭得梨花带雨，大汉不明所以。

"为了见你一面，老娘差点被人占便宜！"方玲一边抹鼻涕一边对大汉哭诉大巴上的遭遇。

"占便宜？什么便宜？"大汉紧张了起来，并上下前后打量了一通方玲，看看有没有受到伤害。

方玲眼泪一把鼻涕一把地将大巴上的经历倾诉而出。

"他大爷的，看老子毙了他！"大汉怒目圆睁，脸红筋胀。

别说，大汉还真认识几位"道上"的朋友。他先是将方玲送回了自己的住处，安抚下方玲之后，多方联系，根据车牌号打听来了司机的下落，打算去车场找司机干一架。

"坐了这么长时间的车，你也累了，先休息一下，我出去一趟。"

"你不会真的找司机报仇吧，不要啊，他又没占到我便宜，就算了吧。"

回来的一路上大汉就表现出对司机的痛恨，找他们算账之类的话也说了不少，方玲除了对大巴上的事情心有余悸之外，也担心大汉会不会做出什么不该做的事情来。两个人好不容易到了家，大汉又立马出去，方玲怀疑的同时又害怕了起来。

"怎么会呢，我就是出去买点东西，回来给你做顿好的。"

"我看冰箱里吃的挺多的呀，不要买了，我们随便吃点就好了。"

"哪能随便啊，我女朋友第一次大老远地来看我，我当然要好好犒劳犒劳她啦。"

"可是……"虽然方玲在大汉的安慰下身心已经放松了许多，但毕竟是一个陌生的地方，她还是希望大汉能一步不离地陪着她。

"好啦，别再可是了，去晚了可没有新鲜的海鲜了哦。你可以玩玩电脑，或者睡一觉，我很快就回来了。"

一边说着，大汉穿上了外套，急匆匆地就走了。

一个人在家的方玲根本就睡不着，尽量相信着大汉真的只是出去买东西去了。她打开桌上的电脑，逛淘宝、看电影、看小说、玩游戏，可就是什么都看不进去，大巴上的情景以及大汉和司机打架的画面在脑子里不断掠过。正当她对着电脑发呆的时候，一阵铃声把她从焦虑中拉了回来。是大汉的手机声。

"喂，你到哪儿了？赶紧的，半个小时之后他们又要出车了。"电话那头传来一个年轻男子急切的声音。

"你是谁？他出去忘带手机了。"方玲小心翼翼地问道。

"哦，原来是嫂子啊。他没带手机？也没什么事，那就等他回来再说吧，嫂子你好好休息，我先挂了。"对方匆忙挂断了电话。

对方说的话明显前后不一，方玲左思右想，得出的结论是大汉肯定是叫了几个兄弟找两个司机去了。方玲担心把事情闹大，更担心大汉的安危，用自己的手机拨通了刚才打来的那个号码。

"你替我告诉大汉，要是他敢去，我们就结束了！"只说了这么一句话，方玲便挂了电话。

半个小时之后，大汉的的确确提着方玲最爱吃的海鲜回来了。

"媳妇儿我回来啦，我买了你最爱吃的虾姑和螃蟹，你等我给你露一手。"大汉故意不提刚才的事，好像他真的只是去买菜一样。

"出门了也不记得带手机，刚刚有朋友打电话找你，你看看是不是给人家回个电话去。"方玲也对早已知情的事闭口不提，倒是有模有样地提起了那通电话。

"我看看是谁？"大汉装模作样地拿过手机一看，"咳，我们公司一个小屁孩，肯定是又找我打球了，不用理他，陪媳妇儿要紧。"

"这样啊！"方玲意味深长。

之后，方玲心闲气定地看了两集电视剧，上淘宝为大汉买了几双袜子和一套保暖内衣，一直到米饭飘香，鱼肉鲜香。大汉把虾一只只地往方玲碗里夹，方玲剥好了虾壳，却将虾肉往大汉碗里放。就这么甜蜜温馨的，两个人交往以来第一次以这样的方式坐在一起吃饭。方玲仿佛看到了不久的将来便会来到的日常家庭生活。

大巴的事，到此为止。

按照大汉的计划，他是真的打算带着几个兄弟找司机打一架的，虽然最后没有打成，但为爱不惜一切的举动却把方玲深深感动。

这次两个人见面，方玲付出的不仅有单独远行的第一次，还有，第一次。

三天后，大汉将方玲送回了八州城。

23

星期三晚上吃完饭，方玲抱着 iPad 窝在沙发上看韩剧。孟小芹铺满了一料理台的金银珍珠首饰，拿着手机时而拍照，时而回复买家处理订单。饭后便把自己关在屋里写小说的陈米粒开门出来了。

"你们猜怎么了？"

客厅的两位先是一愣。

"小说挣钱啦？"

"涨工资啦？"

"别老钱、钱、钱的，你们俗不俗。"

"我俗，这一晚上估计又能挣不少。"孟小芹得意于她的首饰生意。

"说正事儿说正事儿，你想让我们猜什么？"

"猜我明天要干吗去？"

"请假？"

"辞职？"

"哎哟，有点想象力可以不，相亲，我明天要去相亲！"忍不住的陈米粒终于直接揭晓答案。

挣大钱涨工资辞职之类的事发生在陈米粒身上，还是可以让人理解的，但要说陈米粒相亲，那可是惊天地泣鬼神的大事。

向来都是孟小芹和方玲的相亲对象、前男友、现男友被拿出来讨论，陈米粒的感情问题从来不会成为大家感兴趣的话题。单了二十多年，大家理所当然地认为，向来与异性绝缘的陈米粒，其父母对她的人生大事算是放任自由了，没想到最后还是没能免俗。

"行啊，陈米粒，我以为你这辈子跟这事儿都扯不上关系了呢。"

"我还真没把你往'谈恋爱'上想！"

其实，陈米粒自己何尝不是这么想的，看着朋友圈中越来越多的同学朋友晒娃秀恩爱，但父母却对自己找对象这事儿只字不提，正当以为父母对自己嫁不嫁人无所谓的时候，也神不知鬼不觉地踏上了相亲之路。只是这路才刚刚开始，就匆匆结束了。

就在陈米粒从房间出来的两分钟前，接到了一个电话。

"你好，我不是卖保险的，也不是拉贷款的，我是你姨夫介绍来和你相亲的。"这是对方的开场白，只是并没有字面上读起来这么顺畅，而是夹杂着稍显紧张的清嗓子的声音。

"哦，你好。"陈米粒不知道该说什么，只觉得反正也应该是男生主动些。

"我现在正好在放寒假，你看什么时间方便，我们出来见个面？"对方虽然很直接，但没有给人不愉快的强迫感。

"好啊。"

"我家住中央商场附近，你住在哪里？约一个你比较方便的地方吧。"虽然未见其人，但凭仅有的几句话，就看出了对方的善解人意。

"我离中央商场也不远，不然就在那儿吧。"

"我这些年在外面念书，家里变化太快了，我都不知道有什么好吃好玩的，你定个地方吧。"语气不像是从未联系的陌生人，而是充满亲和力，让人放下防备。

"星巴克。"这是陈米粒脑海中第一个冒出来适合见面的地方，没有多想，脱口而出。

说明时间地点，陈米粒便挂了电话。

这个电话来得并不突然，因为这是一个星期前，陈米粒妈征求过陈米粒同意的。

上周周末陈米粒回家吃饭，饭后东倒西歪地躺在床上玩手机，老妈进来了。

"米粒啊，现在忙不？妈妈跟你说件事呗。"对陈米粒从来都没好气的老妈，这天竟然如此客气温和。

"什么事？"陈米粒小心翼翼地试探。这好长时间不见，难道老妈脾性大变，或是认识到从前对女儿的态度太过凶残，现在想改头换面？陈米粒脑海里飞闪而过各种假设。

"你大姨父给你介绍了个对象，是他同学的儿子，他说非常不错，问你有没有兴趣见见？"

此话一出，陈米粒懵了好一阵，这不就是传说中的"相亲"？这下终于轮到自己了！

陈米粒这才知道，原来，爸妈并不是对自己的人生大事放任自由，只是有他们的要求罢了。看了身边太多嫁入有钱人家却婚姻不幸的例子，陈米粒爸把有钱人家首先排除在外。其次，对传宗接代有强烈要求的所谓"传统"家庭，也是陈米粒爸极力反对的选择对象，人品好、上进、有孝心才是他在意的品质。所以，即使在陈米粒大学还未毕业时就有亲戚朋友向他推荐各种优质资源，但总逃不过他的两项基本原则。当然，这样的对象他也根本不会向女儿提及。所以在陈米粒这儿，就成了父母对自己的放任自由了。

这次算是误打误撞，陈米粒的大姨父参加了一次同学聚会，见到了一位同学家正在念研究生的儿子，在眼光向来挑剔的大姨父看来，此男相貌堂堂彬彬有礼，成熟稳重处事得当，思维灵活幽默风趣……反正是入了他的法眼了。此时，大姨父脑海中就跳出了还单身着的外甥女的身影，脑门一拍，当天晚上就给陈米粒妈来了电话。

"身高多少？胖还是瘦？在哪里工作？家里什么条件？"虽然从没相过亲，但媒人总是夸大其词的套路陈米粒还是知道的，所以，即使是颇为靠谱的大姨父，陈米粒也抱着谨慎态度。

"听你大姨父说，这个男生身高一米八多，够高了吧，身材匀称，人家爱打篮球，体形应该过得去，现在还是暨南大学的研究生。"米粒妈一脸满意的表情，好像说的就是自己的女婿一样。

"一定要去？"米粒知道没有拒绝的合理理由，但还是无力地问了一句。

"不强求，但也是一个机会，再说了，你上班哪有时间找对象，难道公司里有看上的男生不成？"

米粒像筛糠一样在脑子里把公司的男同事筛了一遍。接触最多的是本部门的主管，作为编辑部的带头人，主管为人和善，写得一手好文章，做得一手好策划，培养得一副好酒量和重烟瘾，也在二十七八岁的年龄开始严重脱发；与米粒仅一个过道之隔的另一个部门的主管，上官疯子，在米粒来公司的第二天就对他讨厌上了，他看着身材小，但脾气可不小，下属工作稍不称心，就一脸嫌弃地指指点点，除了工作外，私下里他只与几个熟悉的同事聊天，见到新人更是连招呼也不愿意打一个，只是面无表情地从别人身旁走过，"蛮横无理的自大鬼"，每当他对部门下属数落一通，米粒便在心里这么咒骂一句，虽然上回新闻稿的事情他还主动帮了陈米粒一把，但也不足以消除他在陈米粒心中早已根深蒂固的恶劣印象。其他男同事，不是太胖，就是太矮，好不容易有外表还过得去的，却又思想肤浅，要让米粒在公司里选择一个，就好比在男装店里挑高跟鞋，根本没有可能性。

"打死也没有看得上的。"这么一想，米粒二话不说就答应了。

第二天，陈米粒如时赴约，两个人通过短信互相确认之后，才在一张桌子前坐定。男生一米八二的大高个儿，身材匀称，浓眉大眼，脸上总是带着笑意，眼神闪闪发亮。鉴定结果：长得挺帅。

男生不仅有颜值，还是个不折不扣的高才生，四川科技大学本科毕业，被保送上的暨南大学，计算机专业，理工男专注理智、高智商的形象在陈米粒脑海中浮现。不同的是，传统理工男的宅而木讷、不解风情的定式并没有在他身上显现，相反，幽默风趣、见多识广、思维活跃是他最吸引人的地方。

总是健谈的男生在寻找话题，一个多小时下来，其实陈米粒并不记得两个人具体都聊了些什么，也就是想起什么说什么，反倒像是好久不见的朋友交流近况而非两个全然陌生的人。陈米粒觉得时间过得飞快。

临近中午两个人才离开，在经过中央商场负一楼的游戏厅时，男生问陈米粒愿不愿意玩游戏。

"念中学的时候这里只有一个台球厅，有的时候学习压力大，我会来这里打台球解压。后来这里改成了游戏厅，每次放假回来的时候会偶尔过来玩一下，也算是回忆学生时代吧。"

后来，男生又问陈米粒要不要一起吃午饭。陈米粒借口家里做了饭，拒绝了，总觉得第一次见面，聊聊天互相了解一下就可以了。最后，男生送米粒去了街对面的车站，等米粒上车后便独自走路回家了。

陈米粒回到公寓，本以为方玲和孟小芹会迫不及待地刨根问底地对自己逼供，谁知两个人都不在，方玲公司加班，孟小芹去做家教。第一次相亲，幸运的是竟遇上个还不错的对象，此时陈米粒的心中百感交集，回忆着两个人的谈笑，想象着过几天男生会不会又约自己出来，或是对方根本看不上自己，但又不想显得自己有多在意今天的相亲，于是抛出无所谓的姿态，不就是一次相亲吗，能成成不能成拉倒呗。

陈米粒一边胡思乱想，一边在料理台边为自己倒腾午饭，半个多小时后，待她吃过午饭想睡个午觉，看到一直放在卧室里的手机，发现早在半个小时前，男生发来过一个短信："和你聊天很开心，感觉我们还挺聊得来。"

看着多么像是一个可以延续的美好故事啊，但就因为陈米粒的一句没头没脑的回复，将这个美好的故事在摇篮中扼杀："刚吃完饭，现在才看见信息。"

"你脑袋让驴踢了吧，让智商上上线可以不！"晚上两个人回来，对陈米粒进行迟到的刨根问底。

"陈米粒你可真让人发愁啊，我算是明白你怎么都二十五岁了还没谈恋爱，敢情人家都是被你吓跑的！"孟小芹看了米粒的短信回复，捶胸顿足，就像将自己心爱的衣服拱手让人一样。

"人家都说和你聊天很开心了，你好歹回一句'我也是'啊！"最惋惜的是方玲，因为陈米粒一直强调对方是个帅哥。

"这下好了，这男的估计不会再找你了。"

"你这么确定？如果他真喜欢我，肯定不会因为我的回复就打退堂鼓的。"

即使被俩闺密批得狗血淋头，但陈米粒对男生还是抱有一丝幻想和期待的。

"真喜欢你？你以为相亲中一见钟情的概率有多高？"

"我家大汉……"方玲正想提醒说大汉对她正是一见钟情，又立马被孟小芹打住了："哎，我知道，你家大汉就是对你一见钟情。陈米粒我问你，你能确定你俩就是方玲和大汉吗？如果不能确定以及肯定，我劝你还是早晚死了这条心吧。"

"有那么绝对？"

"你想想，如果换作是你，心花怒放地给异性发了个短信表示好感，结果对方冷冰冰地来了这么一句，你还会死乞白赖地再约他？"

为了说服陈米粒，让这个从没恋爱经验的榆木脑袋明白相亲、恋爱的门门道道，孟小芹可谓使尽浑身解数，一会儿动之以情晓之以理，一会儿又劈头盖脸地吐槽，陈米粒的这颗心，就在自己的满怀期待和闺密的一棒子打死间忽上忽下，忽冷忽热。

事实证明，孟小芹的判断是再也正确不过的了。男生果然没有再给陈米粒来过任何消息。奇怪的是，即使方玲一直惋惜"一个优质男就这么被你放跑了"，陈米粒对这第一次相亲的结果竟也没有想象中那么失望与可惜，甚至觉得这种结果理所当然，第一次相亲就成功，自己可没有那样的运气。

陈米粒欣然接受这一合情合理的结果，就好像有一种力量在冥冥之中牵扯着自己的走向，在一个方向迷失，就有另一个方向在等着自己走去。

24

明媚耀眼的午后暖阳透过窗户斜射在陈米粒的办公桌上，把本子上陈米粒密密麻麻歪歪扭扭的字迹照射出一副光怪陆离的模样。陈米粒戴着耳机，脑袋抬起又低下，在电脑屏幕和本子间来回交换，绞尽脑汁地搞出一篇采访稿来，无奈抵挡不过困意来袭，脑子一片空白。

微光斑斓的出现，将陈米粒从恍惚中拯救了出来。

"你开新书啦？"

"是啊，第一本实在没什么信心，准备另起炉灶。"

元旦晚会结束之后，陈米粒认真回顾了一遍自己的小说，虽有可取之处，却无以掩盖不足，所以最终还是决定放弃，从头再来。

"你还真是干脆利落啊，辛辛苦苦写的东西，舍得扔？"

"不扔也得死，不如早死早超生。"

"虽然字数不多，但我觉得这第二部的开头比第一部好很多。"

"真的？都说开头最重要，我可是纠结了好久，才勉强构思了这么个能拿得出手的。"

"已经进步很多啦，反正我是有继续追下去的欲望。"

"哈哈，谢谢夸奖。看来动脑子是有用的。"动脑子从来都不是陈米粒擅长的事情，没想到还用个正着。

"不过，我能提个意见吗？"对方客气道。

"当然可以！你尽管提！"

"我觉得主人公的性格还不是特别突出，虽然人物性格是随着剧情的推进慢慢展开的，但是你的开头比较刺激，如果一下子将主人公的性格特点表现出来，冲击力会更强烈一点。"

"原来主角的表现会更激烈一点，但是我觉得会不会太强了，后面就没得写了，所以就改成现在这样了……"

"看来咱俩的想法差不多，果然英雄所见略同！所以，第一感觉是最准确的。"

"早知道不改了，不然我把已经写好的先给你看看吧，你给提提意见？"

虽然陈米粒和对方并没有聊过几回，熟识更是谈不上，但陈米粒连客套一下的想法都没有，直接抛出了这么个问题，因为对方的态度让陈米粒有一种自来熟的感觉，完全不用担心不好意思。

"让我提意见，看来我在你心目中还是有点分量的嘛。哈哈，既然你这么看得起我，我就恭敬不如从命了。"

"我的发家致富之路，看来指日可待了。"陈米粒念念不忘靠写作走上人生巅峰的初心。

"苟富贵，勿相忘！"

"哪儿能啊！"

陈米粒和微光斑斓聊得正酣，"西天取经三缺一"的微信群又来了消息。

"晚上不煮饭了，外面吃吧。"是方玲。

"今天什么日子？"

"什么日子还不能出去撮一顿。"

"上哪儿吃？"

"牛排工房。"

"牛排工房！人均三百！你捡钱啦？"

"好久没吃大餐了，我馋了。"

"馋了咱吃麻辣火锅去，美味又实惠。"

"反正我已经订了位置了，今晚六点，中央商场五楼，来不来你们自己看着办。"

晚上六点，陈米粒和孟小芹准时到达餐厅。方玲已经提前点好了餐。

"这环境可以啊，方玲，你怎么会知道这种高大上的地方？"这种高级餐厅，可不是三个这样的工薪阶层能经常消费的地方。

"怎么样，还满意吧。"为挑了个好地方，方玲有些得意道，"我跟你们说，这儿的牛排超级好吃，绝对值这个价。"

"敢情你以前来过？"

"没考察过，敢带你们来吗？"

"不用说，肯定是和大汉一起'考察'的吧。"

正说着，餐前沙拉、浓汤、开胃酒被依次送了上来。

"嗬，还一套一套的，这下该怎么办？"看着桌上大小不一的几套刀叉，陈米粒无从下手。

"这个，吃主食，这个，吃甜品。"方玲煞有介事地说明餐具用法。

"我说方玲，今天来吃这豪华大餐，不只是嘴馋了这么简单吧？"孟小芹将夹着鹅肝的面包放进嘴里。

"我觉得肯定有问题，你快从实招来，不然这顿你埋单。"

"你们猜？"方玲贱兮兮地一笑。

"我猜你今天请客。"

"别价呀，我说我说。大汉要回来了。"

"他上个月不是刚回来的嘛，怎么又要回来。我说你俩就省省吧，每天三五通电话加视频聊天，还不够折腾的呀，来来去去的何必呢。"

"什么呀，他要回来，回八州城工作，再也不走啦。"

"啊？！"

"是啊，G市那边他亲戚的工程做得差不多了，他也没打算在那边发展，所以决定回来了。"

"这敢情好，这下再也不用整天听你俩腻腻歪歪地电话视频了。"

"去，你一个没谈过恋爱的人是不会理解恋人间的相思之情的，小芹你说对不对？"方玲抒发了一番情感之后向孟小芹寻求赞同。

"你这相思之情也忒过了吧，我感情可没你这么丰富。"孟小芹也不愿和方玲统一战线。

"大汉回来他们是不用打电话了，我看没准改天天夜不归宿了。"

"我是那种人吗？我能抛下你们吗？"

"你总有抛下我们的一天的。话说回来，这次他回八州城，你们是不是也准备谈婚论嫁了？"

"这个嘛……"方玲娇羞地低眉弄眼，"他之前也问过我，什么时候上我们家提亲合适。可我总觉得吧，虽然我们都见过双方父母，他们对我们也都挺满意，但毕竟这才一年呢，一年就结婚，这是不是有点着急啊。"

"你不就想着嫁人生娃，早日过上相夫教子的生活吗？"

"说是这么说，可一旦结婚，那就是日复一日平平淡淡的家庭生活啊，再说了，我们很有可能是要和他爸妈一起住的，我可不想这么早就被拴住。"

"都说感情平平淡淡才是真，可我身边好多朋友，结婚之前感情好得恨不得变成一个人似的，结婚之后天天见时时见，吵架和矛盾反而多了。"

"谁说不是呢，我担心的就是这个呀。"方玲环顾四周，低声道，"你们看，来这里吃饭的都是小情侣，哪有什么老夫老妻，只有谈恋爱的时候才会想办法制造浪漫，结婚后就只剩柴米油盐了。"

"现在的……"陈米粒仔细观察着每一桌用餐的客人，看上去都像是热恋期的恋人，正想说现在的年轻人怎么都这么有钱的时候，突然看到了一个熟悉的身影，"尚夏？"

孟小芹和方玲顺着陈米粒的目光看去，从发型到体形，果然和尚夏如出一辙。

"真是他吗？"

"他怎么会在这儿？还和一个女的？"眼尖的方玲立马将注意力放在了与尚夏面对而坐的年轻女子身上。

"长得还挺漂亮哈，属于气质型美女。"方玲斜头歪脑地打量着那女生，还不忘时不时地评论几句。

三个人好奇的目光还在那边的桌子上徘徊着，也许是意识到有人往自己这儿瞧，那女生的目光也突然看向这边，与方玲撞个正着。

"妈呀，被发现了！"

还没等这边的三个女生反应过来，那边尚夏就转过身，朝这边看了过来。他朝三个人挥挥手笑一笑，算是打了个招呼，然后又转过去接着和坐在对面的女生说说笑笑。

"他女朋友？"陈米粒猜想。

"他什么时候有的女朋友？"好像理所当然地，方玲问孟小芹。

"我哪儿知道，你问我。"

"坏了，肯定是看你有了男朋友，所以才找了个女朋友。"

"人家有女朋友不是很正常吗，有什么可大惊小怪的。"孟小芹不以为然。

"有女朋友是正常，但在这个时候有女朋友就不太正常了，你想啊……"方玲本想来一番长篇大论，结果一下子就被孟小芹噎了回去："你就别八卦人家的事情了，吃你的牛排！"孟小芹叉起一块牛排塞进方玲嘴里。

"今天这牛排还真不错嘿。"陈米粒满足地打了个饱嗝。

"我喜欢那道甜点，草莓慕斯，你说这牛排贵还真是有道理，普普通通一个蛋糕，做得和外面的就是不一样。"孟小芹对晚餐也相当满意。

"刚刚我拍了几张照片发给大汉，可把他馋得呀……"

酒足饭饱的三个女生晃晃悠悠地回到新苗工场时，已经是晚上九点多钟了，大厅里只有稀稀拉拉的几个人，聊天，看电影或者发呆。尚夏正和马克坐在沙发上聊着，三个人一进门就看见了他。

"哟，尚夏，你怎么过来啦。"还是方玲先看到了他。

"吃完饭，顺道过来看看。"

"晚饭吃得不错呀？"陈米粒一语双关，一方面表示晚餐好，一方面又暗示有美女作陪。

"牛排确实不错。"尚夏听出了其中含义，所以做精确回答。

"牛排不错，我觉得人也可以啦。"一旁的马克说道，听上去好像他知道尚夏有个约会对象。

"人嘛，也许我们是有缘无分吧。"这话听起来好像是说尚夏和那女生没戏。

"有缘无分什么意思？我们正好奇着那美女是谁呢。"方玲乘机打探两个人的关系，当然是为了孟小芹。

虽然方玲和陈米粒表现积极，但孟小芹对这个话题似乎不怎么感兴趣，她在手机上不停操作着，为询问首饰的买家解答。

尚夏下意识地看了眼孟小芹，原本想和她来个意味深长心领神会的眼神交流，没想到却撞了个空，于是他开始试图清晰地表述事情的前因后果，当然也是为了孟小芹。

"最近我爸妈老逼我相亲，这个月我都已经见了三个女孩儿了。"

"就今天吃饭这个，我俩就是上周刚相的，长得好看是好看吧，但我尚夏是那以貌取人的人吗？精神交流才是最重要的嘛，所以我当然不可能对她有什么感觉啦，可是呢，我爸妈又说，就一次见面怎么知道人家怎么样啊，要多约人家出来逛逛街吃吃饭什么的，就我妈那唠叨得哟，每天出门上班前下班回家后都要在我耳边叨叨个八百遍，实在拗不过他们，我只能再约那女孩儿一次咯。"

"不过这次以后肯定不会有下一次了，你们不知道今晚这顿饭吃得，别提多别扭了，两个人完全说不到一块儿嘛。"

尚夏语气故作轻松，好像是想表明这件事自己根本没有放在心上，就像他自己说的，只是奉命行事而已。

"这就算是相亲失败？"方玲试探。

"绝对失败啊！"尚夏坚定地表明了自己的立场。

方玲和陈米粒异口同声地"哦"了一声，意思是这样我们就放心了。

25

陈米粒有气无力地从快餐盒里夹起一块被过度烹调得色泽鲜艳的五花肉，食之无味，弃之可惜。

"哎，早上吃外卖，中午吃外卖，晚上还要吃外卖，这已经是我这个礼拜吃的第六份外卖了。"

"我比你好点，这是第三份。"孟小芹工作的七色花培训中心有食堂，物美价廉品种丰富，让她避免了不少油腻又没营养的外卖。

"方玲倒好，今天下馆子，明天下馆子，后天还下馆子。"

以前每天下班，陈米粒和孟小芹从来都是闻着饭菜香进门的，如今"得益"于大汉的归来，512已经好几天没揭锅了。

大汉回来的这半个多月，和方玲俩人总有下不完的馆子逛不完的街，看不完的电影遛不完的弯儿，好像要把异地一年以来没见过的面全给补上。

"他俩什么时候是个头啊，我们不会从此以后都要吃外卖了吧？"

"我倒觉得这外卖吃不了多久。"

"我不赞成，你看他们异地一年，每天打电话视频聊天那是雷打不动的，这好不容易团聚了，还能忍住不腻腻歪歪？"

"这你就不懂了吧！"孟小芹拿出一副颇有经验的姿态，"见不着面的人那是只争朝夕，恨不得一天二十四小时都保持联系。一旦在一个城市待着了，就没那么新鲜了，时间一长，连见都懒得见了。"

孟小芹说的话句句像是悟透了什么真理，陈米粒想到了她和宗教男。

"对了，我看你俩最近不怎么出去约会了，不会是懒得见了吧？"

"咳，谈个恋爱嘛，干吗非得朝思暮想的，我可不是方玲。"

其实在交往的前三个月，孟小芹和宗教男的状态还真就是朝思暮想，一周三到四次的约会，每天不定时电话，上班有空就聊微信，有时孟小芹晚上下课晚了，宗教男也负责接孟小芹回工场，顺带还捎着些点心消夜，不辞辛苦任劳任怨。

三个月后的一天，晚上九点半，孟小芹一个人回来了，啃着面包就着奶茶。

"楼下新开的奶茶店，味道还不错！"孟小芹一脸的心满意足。

"怎么你一个人？"自从孟小芹谈恋爱后，还是头一次大晚上一个人回来。

"一个人回家而已嘛，我有那么娇气？"

"你俩吵架了吧？"

"什么呀，我俩好着呢。我让他不用来接我了，大晚上加大老远的，跑来跑去浪费时间。"

从孟小芹轻描淡写的这句话开始，她对约会或者见面这事不再像以前那么上心了。用她自己的话说就是，过了三个月的热恋期，感情会趋于理智和平淡。

而事实也正是如此，现在的孟小芹，更愿意在周末约上陈米粒和方玲，逛街吃饭看电影，而非和宗教男腻在一起一整天；更愿意在晚上下了课后马上回家洗澡休息放松身心，而非和宗教男在工场附近的公园逗留徘徊，难舍难分；更愿意在不上班的午后泡杯茶品读佛经，而非抱着手机和宗教男聊天一聊一个下午……

所以，这才有了当方玲和大汉在外面潇洒快活的时候，孟小芹和陈米粒在公寓吃盒饭的"有难同当"，而陈米粒也不至于落单。

如果要从大汉回到八州城开始算起的话，他和方玲毫无疑问正处于热恋期，吃饭互相喂个食、逛街搂肩抱腰之类的肉麻事当然不会少干。

"快尝尝这孜然牛肉，好嫩啊！"方玲夹起一片牛肉，温柔地放进大汉嘴里。

"哦，好吃好吃。"大汉做出一副无比享受的表情。

还没等大汉嘴里的肉消化，方玲又端起大汉的碗，为他添了一碗苦瓜羹："你看你，额头又长两颗痘痘了吧，多喝点苦瓜羹，败火。"

"媳妇儿，我们最近老是炸鸡牛排，火锅烧烤的，能不上火吗？"

"那怎么着，你是不是不想和我吃饭呀？"方玲嗔怪道。

"怎么会呢，陪媳妇儿吃饭不是天经地义的事吗，我敢不从，你就宰了我。"大汉拿手在脖子边一比画，做出杀头的动作。

"嗬，这话说得，倒像是我逼你的是吧！"上纲上线是女人检验真爱的惯用伎俩。

"这话怎么说的，我刚回来，多陪陪你不是应该的吗，怎么成了你逼我了，媳妇儿你别多想，我说错话了还不成吗？"

"不过媳妇儿，我以后可不能经常这么陪你了。"

"怎么？你什么意思啊？"听大汉的语气，方玲又敏感起来。

"你看看你，又多想了吧，你听我把话说完嘛，我是找到工作啦。"

从 G 市回来的半个多月，大汉一直在找工作，自己找也通过亲戚朋友的关系找，现在终于有了着落。

"找到工作啦？什么工作？"

"司机，给老板开车。"

大汉文凭不算高，大专毕业后先是干了一年多的厨师，然后就去了 G 市给亲戚承包的工程帮忙，说有什么专业技能也算不上，初回到八州城，对工作也没有可挑选的余地，碰到个合适的就想试着做一做。

"司机啊，那岂不是要经常出差？你这才刚回来，怎么感觉又要分开了。"方玲觉得又要回到以前异地的日子。

"怎么会分开呢？出差是肯定要的，但一个月就一两次，一次去的时间也不长。你放心，既然我回来了，就肯定不会再走啦。"大汉耐心安慰道。

"真的吗？"方玲一脸担忧的表情。

"当然啦！再说了，我总要找一份工作吧，有了足够的收入，我才可以经常陪你到处吃吃喝喝，走走玩玩的，还有，我也该开始攒钱了，为我们以后结婚做打算吧。这份工作的收入还是挺不错的。"

听到大汉已经想到了结婚，方玲既不好意思又心花怒放，刚才的阴霾瞬间消散。

"也对，你以后可是要养我的，所以你就好好工作吧。"

这时候的方玲还是那个愿意做个贤妻良母的方玲，在学习和工作上未曾有过突出表现的她，从来不认为仅靠自己的收入就能支撑自己的生活，也从来不会想到，这种她不曾预料到的状况，将会是她的未来。

26

"下面有请金奖获得者，陈米粒，上台领奖。"

在主持人热烈的宣告声中，从头到脚装扮一新的陈米粒自信地走上舞台，等待着接受台下的掌声和欢呼。

"作为本届大赛的金奖获得者，也是历届大赛好评率最高的金奖获得者，大赛主办方决定奖励作者陈米粒五十万元的创作基金，对作者的成果表示支持与鼓励，也希望我们的陈米粒在将来能创作出更加优秀的作品。"

礼仪小姐拿着一张巨大支票走上台来，主办方某负责人和陈米粒在支票旁站定，下面是一片掌声和单反的"咔嚓、咔嚓"声，疯狂得根本停不下来。

"同时，在今天这个激动人心的日子，我国最大的影视传媒集团'新新传媒集团'，也将与本次大赛的主办方'读了么文学网'签订改编协议，这部金奖作品被搬上大荧幕指日可待！"

台下掌声高潮迭起，台上的陈米粒淡定自如地接受赞扬，心里却早已笑到面瘫。

哈哈哈哈哈哈……

咕叽咕叽咕叽……

哈哈哈哈哈哈……

咕叽咕叽咕叽……

咦？哪里来的奇怪声响？台上的陈米粒向四周张望，鼓掌的拍照的面带微笑的交头接耳的，就是没有能发出这奇怪声响的疑似来源。

哈哈哈哈哈哈……

咕叽咕叽咕叽……

哈哈哈哈哈哈……

咕叽咕叽咕叽……

哈哈哈哈哈哈……

哈！陈米粒猛地睁开眼睛。

床头柜上的小鸡闹钟叫个不停。

你个蠢鸡！陈米粒猛地拍了拍小鸡头上的大红鸡冠，声音戛然而止。

原来是做梦，真是遗憾。失望的陈米粒正想睡个回笼觉，突然又想起了什么，被子一掀，看一眼床头那只表情傻里吧叽的鸡，一骨碌从床上爬了起来。

刷牙洗脸穿衣服，十五分钟后，陈米粒匆匆出门了。

"这大热天的，上 KTV 多好啊，爬什么山呀。"抱怨的是编辑部的沈真真，公司出了名的宅和懒。

"上班待公司，周末待家里，娱乐待 KTV，再不出来，我看你就要成木乃伊了。"一旁抽烟的主编说道。

"那我好歹也是个世界奇迹。"

"我看是奇葩还差不多！"

这边几个人正聊着，行政部的爱姐发话了："好了好了，人差不多到齐了，大家可以开始爬了！"

"等等、等等，我都没到呢，你们怎么就开始了！"

爱姐话音刚落，五米开外就传来了另一个声音，大家转身一看，是上官泽丰。与大家背着登山包穿着运动服不同，上官骑一辆山地车，一身紧身骑行服就来了。这与他平时大相径庭的形象和登场方式，让大家措手不及。

"嘀，大家都走路就你骑车，你这是要碾压我们所有人是吗？"

"碾压？你以为骑车就比走路的快？我这一路的上坡，比你们走路痛苦一百倍好吗。"

"那你瞎折腾什么劲啊。"

"他就是犯贱。"上官部门一个大大咧咧的女孩说道。大家喊她兰兰，公司出了名的女汉子，一言不合就开怼是她的常见风格，尤其是对直属领导上官。

不像编辑部、多媒体部的工作氛围和上下级关系要轻松得多，虽然平时上官嫌弃手下不在少数，但下属和他动不动开怼也是常有的事。

"骑车怎么能比走路还慢呢？"话刚出口，陈米粒就觉得自己问出了一个幼稚的问题。

"大姐，你蹬一辆二十多斤的玩意儿上坡试试，你不是自己走，而是让它带着你走，你说累不累。"

"那你怎么不自己走？"

"算了，你们这些平时都不运动的人，跟你们说了也白说。"

"你运动，你倒是长八块腹肌我看看呀。"又是兰兰。

上官的瘦是众人皆知的，一米七的个儿目测一百斤的体重，别说其他男生了，就是在陈米粒公司的女同事眼里，都是能一推就倒的主儿。但是，上官又是公司里有名的运动健将，什么羽毛球比赛爬山比赛，不是第二就是第一，这次还秀了回骑行，只可惜长了个与实力严重不符的外表，瘦也成了他经常被大家吐槽的槽点。

"你还有意思说我，你看看你，别人是大长腿，你是大粗腿。"又胖又壮还能吃，是兰兰的致命弱点。

"背那么大包东西，你是爬山还是野餐啊。"

"爬上去了野餐不行吗？有本事你别吃啊。"

"你能爬得上去？"上官一脸怀疑的表情，分明是在嘲笑她胖得爬不上去。

"瞧不起谁啊，你就等着，在山顶看我们吃薯片啃鸡腿吧。"兰兰一脸不屑。

"薯片我不感兴趣，有没有泡椒凤爪啊，记得给我留点。"上官瞬间一脸奸笑。

"想得美！"

陈米粒在一旁走着，两个人的对话不断从耳边飘过，和周围的人一起，时而哄笑，时而应和兰兰对上官的吐槽。

这上官泽丰也真是没意思，在这么多人面前说女生胖，虽然只是并无恶意的玩笑。兰兰天生自带的自黑属性也让她不介意此类玩笑，但陈米粒觉得这玩笑可一点也不好笑。如果他当众戳穿的是自己的缺点，陈米粒觉得自己绝对没法儿忍受。

不善于正视自身缺点是陈米粒的缺点之一，回想起曾经遇到的批评和不如意，陈米粒好像没有诚恳而认真地接受过。唯独一次，就是微光斑斓对自己小说的意见，陈米粒全盘接受，而且心服口服。

对比眼前这个有些傲慢有些刻薄的上官泽丰，陈米粒觉得同样是男生，差别怎么就那么大呢？就连他那次帮过新闻稿配图的忙，都无法为他在陈米粒心中早已根深蒂固的"恶劣"形象洗白。陈米粒庆幸，还好自己的上司不是他，不然真是会有吵不完的架。

女生们三五成群叽叽喳喳地在宽阔的上山公路上走着，聊的不外乎恋爱啦化妆打扮啦好吃好玩之类的话题。上官泽丰一开始还是大距离领先大队伍的，但骑到一半速度就开始渐渐下降，上车下车歇了几次后，就与大队伍持平了。

"怎么样，不行了吧，我看你还是下来走吧。"看上官泽丰艰难前进的样子，兰兰嘲笑道。

"有车我干吗要自己走，不是受罪吗？"

"你这样才叫受罪呢！"

"我说上官，我觉得你一点也不适合玩骑行，我看大街上骑行的，那都是身材好颜值高的帅哥，而且别人的车，那叫一个拉风，再看看你的……"

"帅哥？还拉风？我告诉你们，那都叫装备党，装备牛逼可技术那叫一个菜鸟，真正骑行玩得好的，骑的都是我这种的普通车，懂吗，你。"

"净往自己脸上贴金！"

"这是事实，你们外行人，不懂。"

"上官，你怎么还不谈恋爱啊，像你这样喜欢户外运动的，应该很招女孩子喜欢呀。"沈真真突然转换了一个话题。

"谁会看上他呀！"兰兰嫌弃地翻了一个白眼。

"谁说喜欢运动的就招女孩子喜欢啊。"

"我的作者啊！我有好几个作者都是运动型的，据说桃花运可旺啦。"

"你的作者？就是你们网站签约的作者？我说你们签的都是些什么作者啊，那天我随随便便翻了几篇小说来看，我天，写的都是什么玩意儿，就这样网站还有人看？"上官泽丰再一次转移了话题。

"你什么意思？竟然吐槽我们编辑部的工作？"一直没说话的陈米粒终于忍不住了。

"我的意思是，你们网站签约的作者水平都不咋的，是吸引不了读者付费阅读的。"这下上官的语气反倒没有了之前的随意，而是一秒钟变正经，好像深谙此道似的。

"你还懂小说？"

除了跑活动，编辑部和多媒体部在工作上几乎没有交集，虽然同在一个公司，但多媒体部的人从来不了解编辑部签了哪些作者收了哪些书。

上官笑了笑，什么也不说。

一路晃晃悠悠到了山顶，所有人都饥肠辘辘口干舌燥，好不容易找到了一处宽阔的空地，大家开始了盼望已久的野餐，好像费这么大劲爬上来就是为了这顿吃一样。

正当陈米粒啃着一节鸭脖的时候，看见不远处一个熟悉的背景，仔细一瞧，竟然是孟小芹，她旁边的自然是宗教男无疑。

与同事打了声招呼，陈米粒走了过去。

"你怎么在这儿？"

"哟喂，你怎么也在这儿？"

"公司活动，我今天一早就出门了，你俩还呼呼大睡呢。"

"我们上来吃斋饭，刚吃完。"

山上的一家素菜馆在八州城远近闻名。

"方玲呢，又和大汉在一起了吧？"

"那还用说，他俩现在就跟糨糊糊上了似的，分不开。"

"你俩呢，吃完了打算上哪儿呀？"

"我俩……对了！"孟小芹突然想起了什么，却又先对宗教男说，"你去给我俩买根雪糕，一个巧克力味一个香芋味。"陈米粒喜欢香芋味的任何东西。

待宗教男走后，孟小芹接着道："你知道吗，今天大汉给我发信息了。"

"怎么？"大汉给孟小芹发信息，这一看就像是有事的。

"他想让我帮他挑一对戒指，说是送给方玲的生日礼物。"

"方玲的生日是快到了哈，送对戒，这算是惊喜吧？"

"他说千万别让方玲知道。"

"这大汉，还挺擅长玩惊喜的嘛。"

"难怪对方玲口味呢。所以啊，我下午打算去厂家给他挑戒指咯，要镶钻的，还要刻上他俩的名字，做工还得一段时间呢。"

"这么细心哪，看来好事也不远了啊。你可好好挑，没准方玲看了一高兴，就早点嫁了。你说，大汉会不会打算求婚哪？"

"谁知道呢，如果真是的话……"

两个人相视一笑，好像把方玲嫁出去，革命就成功了。

正说着，宗教男举着两支雪糕回来了。

"你不吃呀？"

"不爱吃这玩意儿，你们吃。"

"我先过去了，你们该干吗干吗。"陈米粒举着雪糕要走，还不忘交代孟小芹，"好好革命！"

27

为方玲和大汉的爱情革命，孟小芹也看清了自己的爱情。

这天一下山，孟小芹就带着宗教男直奔首饰厂家，为了大汉的用心也为了方玲的惊喜，孟小芹又直奔高端产品区。

"在一起这么久，我还从来没送过你什么值钱的东西，今天既然来了，咱也表示表示，喜欢什么尽管挑，我给你买。"宗教男拍拍胸脯，从未有过的豪气。

"真的？"

"真的！"

琳琅满目闪闪发亮的各式首饰前，与所有女孩一样，孟小芹也心花怒放两眼发光。

"哇，我以前还从来没来过高端区，没想到真的好高端啊！这些产品看起来，品质确实比我卖的那些好很多。"

"工厂价也要这么贵？"宗教男在一个柜台前看到了一对钻戒的价格，吃惊道。

"这还算贵？你去商场的专柜看看，这里的价格只是商场里的零头而已。"

"这行这么暴利哪！"

"可不是吗，要不然我当初怎么会选择卖首饰呢。"孟小芹窃喜，"只不过我卖的都是平价产品。"

"哎哎哎，快看，这条项链怎么样？"孟小芹被玻璃橱柜里的一条项链吸引住了。

"心形镶钻挂坠，哟，还就是你喜欢的款式。"宗教男对孟小芹的喜好还算了解。

"请问两位需要什么。"看见在橱窗里驻足的两位客人，店员出来招待。

"这条项链怎么卖？"宗教男直接询问价格。

"两位真是好眼光，这条海洋之恋是我们店品质最高的钻石项链，也是卖得最好的，价格是四千元。"

"四千！你们这儿不是厂家直供吗，这比外边儿商场价格也没便宜啊。"

"这款项链在商场是要卖到一万多的，这价格差异可不是一点点。"

"这也忒贵了点，这么小颗钻卖四千？"

"钻除了大小，还要看品质，你们如果实在觉得贵，可以考虑其他款式的吊坠，你们可以进来看看，大颗还便宜的钻石我们也是有的。"说着，店员将两位客人往店里请。

"小芹你看，这里的款式好多啊，而且价格不及刚才那个的一半，你挑一个试戴看看。"

孟小芹在柜台里仔细寻找，但找了一圈也没对得上眼的，无论从色泽、透明度还是设计感上看，这满满一柜台的钻石吊坠没有一个能与海洋之恋相媲美。一对比才知道，镇店之宝果然名不虚传。

"哎呀，这些怎么能和海洋之恋比呢，价格虽然差了一半，但品质我看差了可不只是一半。"

"还是这位美女有眼光，海洋之恋是我们店卖得最好的钻石挂坠，贵是贵了点，但也是有传承价值的。钻石恒久远，一颗永流传，说的就是这个道理不是。"

孟小芹被店员的伶牙俐齿说动了心，渴望的小眼神望着犹豫不决的宗教男："就海洋之恋吧，我可喜欢了。"

宗教男眉心紧锁，仍然纠结。

"不然我自己买？四千块钱，我一个月卖首饰的收入而已。"孟小芹在宗教男耳边小声道。

"那怎么行，你现在可是有男朋友的人，怎么还要自己掏钱买东西呢。"宗教男一口回绝。

"可是我就是喜欢这个呀。"

两个人僵持住了，一旁的店员也不知所措。

"两位考虑得怎么样？这位帅哥，海洋之恋可是送给女生最好的礼物了。"

"我们先去别处转转，如果没有比这更好的，我们再回来。"宗教男说得肯定，好像一定会回来似的。

被宗教男从店里拉着一口气走了好几家店的距离，孟小芹停了下来，甩开了宗教男的手："你干吗呀！"

"带你去其他店看看，没准有你更喜欢的呢。"

"可是我也说了，我就喜欢海洋之恋。"

"一个挂坠而已，没必要买那么贵的，你要是戴两天又不喜欢了呢，那不是浪费了。"

"哪有那么容易就不喜欢呀，我又不是富二代，花那么多钱买一个挂坠还能随随便便不想要咯？"

"哎呀，好啦好啦，我们再看看别的去，或者先给方玲买对戒去吧，不然我们也买对戒？你一个我一个，多好。"宗教男一边赔着笑，一边小心翼翼地安抚孟小芹。

"……肯定是要戴钻的啦，方玲喜欢钻的，说金子戴起来太老土，那就买钻的吧，款式嘛，你也知道她喜欢简单大方的，你就往简洁的挑，我相信你的眼光，至于价格嘛，价格不是问题，最重要的是方玲喜欢……"

孟小芹想起了大汉给她发来的那条帮他物色对戒的微信，从材质到款式到价格事无巨细，最最关键的是把方玲的喜好放在第一位，只要能让她开心怎么都可以。反观身边的这位男友，为了区区价格却可以牺牲女友的喜爱之心。

孟小芹并不是那种大手大脚花男友钱的女生，相反，自从他们在一起以来，她绝不会以"男生埋单理所应当"的"通用法则"作为相处之道。况且，加上首饰生意，孟小芹有时的月收入竟比宗教男的还要高，虽然孟小芹并没有一定要让宗教男为自己买下海洋之恋，自己赚钱自己花向来是孟小芹所崇尚的追求，但宗教男的态度和处事方式让她大失所望，要么因为价格否定了女友的心头之好，要么又大男子主义地认为男生就该为自己的女友付钱，两者悖论选其一，怎么都是悖论。

都说祸不单行，在孟小芹这儿，宗教男所有与她难以融合的观念，也都像商量好似的，在同一天一一暴露了出来。

为方玲和大汉挑好了一对钻戒，宗教男正在为要买的两款对戒中纠结不定的时候，孟小芹妈来了电话。当然，这两款对戒，孟小芹哪款也不喜欢。

"芹啊，好几个礼拜没回来了吧，晚上回来吃饭啊。"

"妈，我今天在厂家进货呢，大包小包的，回家麻烦，下周再回去吧。"

大包小包是假，不想回家是真，毕竟，她觉得还不是时候把对象领回家。

"进货哪，那小周是不是和你在一起啊，正好领他上家来吃饭！"

也不知孟小芹妈是怎么机智地把"进货"与"和男友在一起"联系在一起的，但也许是因为同样信佛的缘故，她对这个未曾谋面的"疑似未来女婿"还是比较期待的。

"哎呀不要啦，我们还要好一会儿呢，我下周再回去啦。"

"今天买了好多你爱吃的海鲜呢，别浪费了啊，反正我做你俩晚饭了，你必须给我回来。"还没等孟小芹反驳，老妈就挂了电话。

"我妈请你晚上去家里吃饭。"

"今天？好啊，我还没见过阿姨呢。"

"咦，你好像很期待的样子？"

"我们在一起都半年了，也该见家长了，我爸妈也嚷嚷着要见你呢。"

"是吗……"见双方家长本不在她近期的计划之内，孟小芹犹豫着，"既然这样，那晚上你就跟我回家吧。"

第一次见家长，总是慎重而准备充分的。放弃了对对戒的纠结，宗教男回家换了身衣服，又在家附近的商场买了些水果和保养品，便带着孟小芹直奔"疑似未来丈母娘"的家。

孟小芹家虽然不位于八州城传统的商业中心，但小区周边不断兴建的城市综合体和各项高端配套设施，也让孟小芹所在的居住区一夜晋升为高档住宅区，房价自然也一路攀升。

"我们家三年前就搬来这儿了，那时候周边还多是待拆迁的老房子，现在老房子都变成了商品房和商业综合体。"

"因为这些综合体，这片区域的房价也跟着水涨船高啊。"

"是啊，不过这小区的配套各方面也都不错，我觉得也值得起这个价。"

"这房子建起来也有五六年了吧，外墙看上去也有些陈旧了啊，小区的配套设施好像也长期缺少维护的样子。"

"毕竟住的人也不少，风吹日晒加上人来人往，自然会有些损坏。"

"所以啊，还是管理不够到位，真正好的小区，无论什么时候走进去都跟新的似的，绿化啊卫生啊设施维护啊，那都是一等一的，让人不自觉地就身心愉悦。"说着，宗教男捡起脚边的一个矿泉水瓶扔进了垃圾桶。

真正好的小区？一等一？身心愉悦？他这话什么意思？难道我们小区不

够好？不够一等一？不够让人身心愉悦？也不知道是宗教男说的话确实不地道，还是孟小芹心情欠佳精神敏感，反正这已经是今天第二次让孟小芹对宗教男的话感到反感了。虽然我孟小芹家算不上大富大贵，但一两套中高端商品房还是供应得起的，你一个家住市郊小县城的人竟还吐槽我们小区不好？再怎么不好也比你们家强吧！

什么也没说，孟小芹讪然一笑，刚好拐进了楼道，等着电梯下来。

聊天客套、家庭基本情况、未来发展规划、婚姻家庭观，按照惯例，初次见面，家长想了解的无非是些常规问题，而家庭情况又是这些常规问题中的重点。家住哪儿，家里几口人，几套房，基本收入多少，既然关乎女儿的人生大计，这些当然是孟小芹妈关心的头号问题。

其实，深刻信奉佛教的孟小芹妈并不是一个势利的丈母娘，只是出于老家的歪风劣俗，男方的聘礼、房产多寡等物质因素，已经成为邻里乡亲评判一个家庭嫁女儿是否嫁得成功的唯一标准，即使这些并不一定是孟小芹妈所真正关心的，毕竟女儿是否幸福才是关键，但碍于家乡的所谓"风俗"以及在人前的"面子"问题，孟小芹妈也只能将女儿的幸福归功于钱财。

以此作为标准，与宗教男的初次见面，孟小芹妈得出的结论是，女儿可能不会幸福。

晚饭后，将女儿和女儿对象送出门，孟小芹妈也送走了一个未来女婿的可能。

28

"哎，这个月的签约量还没着落呢，看来绩效又要打水漂了……"

下午上班刚半个小时，睡眼惺忪的沈真真神游似的长叹一声，不情愿地开始这百无聊赖的漫长下午。

陈米粒所在的编辑部，编辑工资是与每人每月的小说签约量挂钩的，签到一部小说有相应的绩效，而小说达到一定点击率，签约编辑也能从中抽取福利，只不过这福利实在是少之又少。

一开始，陈米粒还是满怀热情地从各大网站、论坛发掘作品，但由于公司的文学网站在业界实在没有半点名气，自然也无人问津，除了初出茅庐在大网站碰得头破血流的菜鸟新手，和出版过几本自娱自乐的诗集随笔的传统老作者，网站能拿得出手的作品几乎没有。

一没名气二没实力，陈米粒觉得无论再怎么忙活也活不过那些大网站和大神。找不到大神，陈米粒便想自己成为大神。于是乎，上班的大部分时间，陈米粒都在为成为大神而努力着。

"还在纠结签约量哪，我都已经放弃了，你也趁早放弃吧，还是多跑点活动多写两篇新闻稿实在。"陈米粒停下指尖噼里啪啦的键盘，扭头对沈真真说道。

"这个月都过半了，活动才去了两场，其中一场还没有媒体费，看来这个月是要吃土了。"沈真真一手托着下巴，气馁的眼神看向陈米粒。

"你上个月不是拿了不少媒体费吗，应该还有余粮吧，没事儿，挺挺就过去了，下个月又会迎来明媚的春天。"

沈真真刚想回应什么，突然被兰兰的一声大吼惊得缩了回去。

"上官，你不是让我做后期吗，赶紧发过来啊，还要不要做了！"整个公司唯一敢这么跟上司喊话的，也只有兰兰了。

"这大下午的，能别这么吓人不。"沈真真惊魂未定地看着兰兰，对方回应过来一个略带歉意却调皮的笑脸。

突然，沈真真眼前一亮，眼中好像有希望在闪过。

"对啊，我说上官，你不是也写网络小说吗，怎么不来我们网站投稿呀！"

"谁说的，简直扯淡！"

"你就别藏着掖着了，我的消息来源绝对可靠！"

"靠！哪个大嘴巴子说出去的！不过，哥不混网站已经好多年了。"

"听你这么说，好像曾经混得很好的样子嘛。"

难道上官以前还真写过网络小说？传说中月入五六万的大神就在自己身边？刚要把上官捧上天，陈米粒又转念一想，月入五六万也不至于在这儿待着了。

"一个月收入多少？"在陈米粒的概念里，写网络小说从来都是与高收入相挂钩的，"视财如命"的她情不自禁地就脱口而出这一稍带隐私的问题。

"现在动不动就上万的，我那时可没法儿和现在比，但日子绝对比身边的同学过得滋润。"

"同学？大学开始写的吧？那是有点时间了……"陈米粒根据上官的年龄，在心里默默推算他写小说的时间。

"那你后来怎么不接着写了呀，公司刚好有个网站，月入上万也指日可待啊，哪还需要上什么班呀。"天真的兰兰为上官画着一幅美好的未来蓝图。

"你这脑袋每天都在想些什么，除了吃、睡和不劳而获，你还能想些什么？赶紧做你的后期去，下班前给我！"

"我这不是为你着想吗，算了，你这辈子就苦逼地到处摄影摄像做后期吧！"

兰兰和上官的互怼拌嘴属于办公室日常，见怪不怪的沈真真心中依然执着着自己的小九九："毕业这么多年，你不会一字没写吧，总该有些库存吧，不然贡献点给我们呗，也算是为公司做点贡献咯。"

"我可没那么伟大，还做贡献呢，怎么没人给我做贡献啊。"

"你想要什么吧？"

"想要女朋友！"兰兰又抢先一步，戳到了上官要害。

"怎么哪里都有你啊！闲得慌是吧，也别下班了，后期五点前给我！"

"兰兰，我们今天暂时对上官的私生活不感兴趣，办正事要紧。"

沈真真说着向兰兰抛出一个"你懂的"的眼神，兰兰也意会地点点头，表示"我懂我懂"。

"这么跟你们说吧！"上官谨慎地朝办公室前后看了一眼，确认领导不会突然出没后，接着道，"我觉得你们那网站根本不行，没有好的作品就努力去找啊，怎么也不能将就啊，看看你们签的那些，要不就是老掉牙的作者自卖自夸，要不就是毛都没长全的新手，要故事没故事要风格没风格，这样的网站，哪里会有点击率嘛。"

"现在的网络小说，都是一个套路，看到开头就猜得到结尾，主人公一出场就能预料得到他的命运如何发展。这样的小说就算再好，看多了也会审美疲劳的。"

平时对同事爱答不理的上官，今天竟然一口气说了这么多，不过，这话听着怎么这么耳熟呢？突然一个名字在陈米粒的脑海中冒了出来,微光斑斓。微光斑斓也说过类似的话，原来，英雄所见略同。不招人待见归不招人待见，但陈米粒第一次觉得，这傲慢的家伙还是有点斤两的嘛。

"所以你到底贡不贡献？"

"所以我无可奉献。"

好吧，一顿白瞎。沈真真继续拿手托着下巴，一脸生无可恋状。

一身黑色优雅长裙，一双简约黑色高跟，一头褐色大波浪，手捧一束红色玫瑰，方玲就这么身姿袅袅地走进了正在看电视的陈米粒和孟小芹的视线。

"嘿，晚上好呀。"方玲装模作样地在两个人面前搔首弄姿，一脸的自我陶醉。

"哟，这谁家的大美女啊，老漂亮啦。"陈米粒配合着方玲的表演。

方玲继续摆胯扭腰，举起左手捋了捋耳边的头发。

孟小芹一下就明白了她的意图："哟，美女还戴个大钻戒，真是闪瞎我的眼咯。"

"哎呀，好大的钻戒呀，大汉可真是下得去本啊。"

"钻石恒久远，一颗永流传，真想不到，大汉还是这么个心思细腻懂浪漫的人哪。"

陈米粒和孟小芹都装作不知情的样子，只是死命给大汉赞美。

"我跟你们说，这事儿我也没想到哇。"两个人如此夸奖男友，让爱夫心切的方玲也心花怒放，放下端了好久的身段，撩起长裙一屁股在沙发坐下，秒变神神道道的女神经，"你们说，今天是我生日加我们周年纪念，吃个饭送个花什么的也理所应当，可是当他从口袋掏出对戒的时候，我也懵了，谁能想到有这一出啊。他就说呀，今天是个双喜临门的好日子，在这个特别的日子里，希望能有一个特别的纪念，纪念我们这一年里走过的每一天，也希望……"

方玲还陶醉在浪漫的回忆中，却一下子被打断："行行行，你们那些肉麻的话我们可不想听，直接说结果吧，他这、算求婚？"

"你们急什么呀，想知道结果，继续听不就完了吗！"方玲先是不耐烦道，语气又一转，"用一个特别的纪念，纪念我们这一年里走过的每一天，也希望……"又一转，"哎，算了算了，直接跟你们说吧，他今天向我求婚啦。"

两个人相视一笑，事实印证了猜测。

"可以嘛，都走到这一步啦，看来你俩好事将近啊。"

"你怎么说？"

"哎哟，这都戴着戒指回来了，还能怎么说。"

"所以，你们这就打算结婚啦？"

虽然早点把方玲嫁出去，一直以来都是两个人的共同心愿，但真到这儿了，陈米粒还是觉得事情来得有点突然。

"我们说了也不算呀，还得看父母不是。"

"你俩是相亲的，父母那儿肯定没问题。"

"你爸妈要求礼金多少？肯定要有车有房吧？"

"车房应该没问题，礼金嘛……这个还真得问问我爸妈。"

从姑妈一路介绍的相亲对象来看，虽然不尽是非富即贵的主儿，但经济条件绝对能给方玲这样刚好满足温饱的家庭带来不小的改观。曾几何时，方玲妈幻想着女儿嫁人后衣食无忧，方玲自己也一直愿意过上相夫教子、免于奔波的生活。

如今，这一切似乎都将要实现。

"看来你成为贤妻良母指日可待了。"

"米粒，你也别在这待了，抓紧时间找一个呀，我和小芹算是有主的了，你说等我们都嫁了，你一个人可怎么办呀。小芹你说是不，不然咱一块儿嫁？"方玲兴奋劲儿上来，刹不住那想象的小马达，不自觉就开始异想天开天花乱坠起来。

"你嫁你的，千万别捎带上我。"孟小芹一口回绝。

"怎么，难道你俩不朝着结婚去哪？"

"你一个快结婚的人是不是看谁都像是要结婚的呀，光谈恋爱还不行啦？"

"不以结婚为目的的恋爱就是耍流氓，你不会是想耍流氓吧？"

"你才耍流氓呢，都什么年代了，思想怎么还那么落后。"

"我这不都是为你着想嘛，难道你只谈恋爱不结婚呀，虽说解放思想，但咱也先别解放到这程度吧，还是得为自己着想。"

"哎呀，好啦好啦，这种事我自己知道掂量，你们就别替我操心了。那啥，累了一天了，我先洗洗睡了，你俩慢慢聊。"说着孟小芹就起身回了房间。

孟小芹的兴致明显比刚才低了一截，陈米粒和方玲互相看了看，想不出原因。

29

孟小芹突然间的失落，不是没有原因。

一开始，看着方玲春光满面地炫耀钻戒，孟小芹还是打心眼儿里替她开心的，但后来方玲问到她是否打算结婚的问题，这让孟小芹不知所措，因为至少在她看来，两个人能走到最后的可能性微乎其微。

如果说买首饰时宗教男的表现可以解释为理性消费，孟小芹妈对宗教男的否定是在歪风恶俗下的不得已为之的话，那么，宗教男对于两个人婚后生活的规划，绝对是让孟小芹对这段感情持消极态度的关键。

从家里出来以后，孟小芹就两个人未来的发展问题，对宗教男展开旁敲侧击。

"你说你们家在县城买房子了？"

"是啊，去年刚买的。"

"这房子是给你的？你不是还有个妹妹？"

"也没说给谁吧，反正谁住都可以，一起住也不错呀。"

孟小芹脑补着和他们一家四口同住屋檐下的情景。

"你妹妹有对象吗？"

"没呢，大学毕业工作才一年。她就是我们家的宝贝，如果条件不够优秀，我爸妈哪舍得轻易把她嫁出去。"说起妹妹，宗教男也是一副疼爱的样子。

这话倒是让孟小芹想起了自己的爸妈，哪个当爹妈的不希望女儿找个好人嫁呢，但当宗教男在说这话的时候可能不会想到，自己也没能成为孟小芹爸妈眼中那个"优秀的人"。

"看来你也挺疼你妹妹的嘛。"

"那是当然，就这么一个妹妹，当哥的有义务照顾她。"

"可是你现在在八州城，应该也难得回家吧？"

"所以啊，我以后是打算回县城发展的。"

"那、如果我们结婚了，我岂不是也要跟你回县城生活？或者、你有打算在八州城买房？"

"县城已经有房了，为什么还要在八州城买呢，不是浪费吗？再说了，一家人在一起多好啊，我妹妹还多了个大嫂疼她呢。"

"可是县城那么小的地方，有什么好工作呢，工资应该也不高吧？"

"怎么没工作啊，大家不都工作得好好的，你要找个教英语的工作，还是很容易的。至于工资嘛，那确实是比不上八州城，不过小县城物价水平低，工资是绝对可以满足日常开销的。"

宗教男信心满满地描绘着和孟小芹的美好未来，但这未来对于孟小芹来说，却是黯淡无光的。让一个从小在大城市生活惯了的人从此在一个小县城安身立命，任谁也很难接受。

"你不是还想创业吗，小县城哪有那么多机会和资源啊。"

"创业哪是你说做就能做的，再说了，我爸的生意可能还需要我回去帮忙呢。"

宗教男他爸经营小生意，在县城应该算是富裕的，但在八州城就不好说了，从他们家在县城买房子来看，八州城日趋攀升的房价对他们来说还是有点压力的。

"这么说你是铁了心要回去咯？"

"十有八九吧。"

这让孟小芹对两个人的未来彻底没了期待，并且，她也根本想象不到，有哪个城市里的女生会愿意和他一起回小县城生活。他真的只是因为疼爱妹妹孝敬父母，才希望一家人在一起，还是不适应大城市的生活节奏？继承父亲的小本生意，也许只是逃避压力的理由罢了。

本来这几天关于两个人未来的思考和猜测就一直没有停止，方玲又来了这么一个刺激，孟小芹就更觉迷茫焦虑了。终于，在工场附近的一间小酒馆，孟小芹将心里的困惑和盘托出。

"我觉得他的想法也挺奇怪的，享受惯了城市生活，哪个女孩子愿意随他去那么个小地方呀。"陈米粒说着喝了口鸡尾酒，那享受的表情印证了城市生活给人带来的愉悦。

"关键是什么你们知道吗，他喜欢有文化有学历，还要有点长相的女生，你说这种女生在小县城能待得住？"

"哟，要求还不低呀，说服这样的女生跟他回家，他要怎么做到啊？"

"先吐槽我们小区名不副实，再夸他们县城多么多么好，他还真是有信心让我跟他回去！"

"看宗教男平时老老实实木木呆呆的，那长相也绝对算不上帅哥，没想到还有这思想。"

"他要求高，小芹，要是把你爸妈的要求告诉他，估计他能吓尿咯。"

撇开孟小芹妈因为风俗这一不可抗因素而对未来女婿有所要求不谈，孟小芹爸对未来女婿的选择则更带功利性。同样做生意的孟小芹爸，希望未来女婿和亲家能为自己的生意带来一定利益，他的生意能因为女儿的婚姻而有更高更远的发展。

"不过，你确定你爸不是卖女儿？"陈米粒一直对孟小芹爸的想法感到疑惑。

"我觉得按照我们老家那习俗，家家户户都在卖女儿。"

"你们家也是身不由己。"

"谁说不是呢，所以啊，就按照习俗来说，他也不可能成为我的结婚对象。"

"所以、你这是打算分手？"

"反正我觉得我们是走不到最后的。"

"哎，就因为一个破习俗或者异地的缘故而拆散两个人，这也太扯淡了吧，以后还能不能相信爱情了！"对爱情一向抱着理想主义幻想的陈米粒，不明白两个人在一起为什么会有那么多决定因素，难道不是你喜欢我我喜欢你就行了吗？

"其实也不完全是这样，就算没有这两件事，我也不能保证能和他结婚。我这人吧，属于喜新厌旧型，和一个人在一起久了容易腻，而且他有时候确实挺无聊的，没有可以让我保持新鲜感的东西,时间久了也就没有吸引力了。"

"那你要这样，不是和谁谈恋爱都一个结果？"

"所以我觉得我不适合谈恋爱。"

"难道你要孤独终老？"

"或者找个非常有趣的人，可以让我时刻保持新鲜感。"

"要同时符合你爸妈和你的要求，这概率……"在谈恋爱之前，陈米粒从来都觉得，遇到一个各方面条件符合的结婚对象是一个小概率事件。

"哎呀，哪有那么复杂呀，一个你真正喜欢的人，是可以打破你原先所有设定的，到时候什么条件啊外表啊之类的，就都是浮云了。"方玲说。

　　"哟，道理还一套一套的，可以啊。"

　　"这经验总结的，恋爱教科书啊。"

　　方玲得意地笑了笑。

　　星期五的晚上总是慵懒而放肆的，三个人在酒馆胡侃瞎聊到午夜十二点多，才一路摇摇晃晃胡言乱语地回了工场。

　　孟小芹和方玲，一个有分手的苦恼，一个有收到求婚的喜悦，各怀情绪的两个人都喝得微醺，到公寓后倒头就睡。剩下一沾酒精就失眠的陈米粒心无波澜，想了想，打开电脑，开始码字。

　　平静的夜像是灵感的催化剂，再加上酒精的清醒作用，破天荒地，陈米粒在一个小时内码了两个章节，又破天荒地，在凌晨一点半的时间更新了小说。

　　还是没有睡意。从来不熬夜的陈米粒也学着夜猫子的样子，抱着手机进了被窝，在黑暗中仅有的幽幽蓝光中，竟也找到了熬夜那种肆意而为的乐趣。

　　陈米粒逛淘宝正上瘾，突然收到了一条消息："这个时间更新？"顶部弹出的提示框显示消息来自微光斑斓。

　　他也还没睡，还看到了我的更新！陈米粒意想不到。

　　"今天失眠，加上灵感还挺好，就更了。"陈米粒回了信息。

　　"看来大家都是夜猫子！"

　　陈米粒本想解释，平时可是按时上床，今天是喝了酒睡不着，但转念一想，这样会不会显得自己是个生活放荡的酒鬼，于是也就默认了对方的说法。

　　"星期五嘛，总要放松一下自己。"

　　"你放松的方式很特别嘛，大半夜码字。"

　　"哈哈，今天是第一次，估计着，应该也是唯一一次。"

　　"别呀，大半夜更新也挺好，我刚刚正无聊着呢，你的更新就来了。"

　　"原来我这是给你解闷用的。"

　　"好小说不就是给人解闷的吗，如果一部小说连闷都解不了，而且还越看越闷，那还有谁愿意看呀。"

　　"明明看着像歪理，怎么突然被你给说正了呢？好吧，我要努力写出能解闷的小说。"

　　"哈哈，本来就是真理！对了，仔细看了你今天的更新，写得很不错，看来灵感这东西果然要在半夜十二点之后才出现。"

"谢谢，我也觉得今天写得特别顺，连修改都没有，写完就直接更了。"

"如果每次写都能有这状态，估计写作就没那么痛苦了。"

"你老觉得我写得不错，可是我点击率怎么一直就少得可怜呢，你不会只是安慰我呢吧？"开始到现在陈米粒已经更新了五万多字，可是点击率并没有增加多少，这或多或少也让陈米粒慢慢失去信心。

"知道为什么吗？因为你的小说没有玛丽苏没有绿茶婊没有撕逼没有……反正就是没有大家都爱看的那些元素。"

"大家都不爱看，那怎么还是好小说呢？"

"大家爱看的不代表都是好的，因为现在的生活都太无聊了，只有这种强烈的冲突才能刺激神经，可是同样的套路和人设，看多了也腻歪，而且没有意义。"

"要是能多几个像你这样的读者那该多好。"

"我倒是觉得应该多点像你这样的作者才是。前几天我还给公司的同事提意见呢，说他们签约的作者都是文笔不行剧情不行，想借鉴别人的套路吧又是生搬硬套，难怪网站都三年多了还没什么阅读量。"

"你们公司也做文学网站？"

"其中有一个部门在负责，我倒是没参与，只是提了点意见而已。"

这模式怎么和自己的公司这么像呢？陈米粒先是感叹这世界竟有那么多巧合，但越想越不敢相信，这么巧的事怎么可能发生在自己身上！第一次在网络上写小说，所有人都不看好的时候偏偏出现一个读者说好，还和自己成为好友给自己提各种意见，然后又发现两个人所在的公司竟然也巧合地相似。

陈米粒仔细翻看着两个人的对话内容，又有神奇发现。微光斑斓那些关于网文的观点，看着怎么这么眼熟，好像曾经在哪里听过似的……似曾相识……难道还有人跟自己谈过关于网文的话题……陈米粒几乎不会和同事以外的人聊起网文……同事……部门主管？沈真真？主编？上官泽丰！

"你在哪个城市？"

"八州城。你呢？"

陈米粒倒吸一口气。

"时间不早了，我先睡了，晚安。"

不敢多想，陈米粒匆匆下了线。

30

星期一早上，陈米粒根本无心上班，不是还没从周末的慵懒中缓过神来，而是惦记着一个过道之隔的上官泽丰。

好奇心驱动之下，陈米粒觉得必须来一次对他的试探。

向来对公司规章制度置若罔闻的上官泽丰，早上从来就没有准点踏进公司过，一般要到十点多钟，才能看见他晃晃悠悠地走进公司大门，好似神游。今天也不例外。

"又迟到了，你可真是中国好员工啊！"兰兰爽朗的声音又打破了公司的平静。

"要你管！"上官没好气道。

就冲这态度，有那么一瞬间，陈米粒在脑海中完全浇灭了他就是微光斑斓的猜想，一个蛮横傲娇，一个热情耐心，怎么可能是一个人呢？

"周末上哪儿嗨去了，怎么跟个死人一样！"

"还能上哪儿，宿舍睡觉呗。"

"单身狗的人生哪，真是一言难尽……"兰兰总能在无聊的办公室日常中发现可供吐槽的乐趣。

换作平时，陈米粒对上官的私人生活可没有半点兴趣，今天却认真听着他说的一字一句，好像能从中找到他与微光斑斓相关联的线索似的。陈米粒一边假装忙碌，一边密切关注着他的一举一动。

上官在座位上坐下，先是发了五分钟的呆，然后慢慢卸下背包，又愣了半分钟，然后才打开电脑。接着，他并没有立刻开始工作，而是起身走去技术部，和一个技术员不痛不痒地说了几句话，两个人笑了几声，他又返回办公桌旁，拿起桌上的马克杯，去厕所冲洗杯子，回来时顺便在饮水机旁接了杯水，这才又在座位上坐了下来。

直到兰兰对他说了一句，"剪好的视频发给你了，你接收一下。"陈米粒这才确定，上官已经开始进入工作状态。两分钟后，陈米粒打开了微光斑斓的对话框。

"周末又更新了两章，你看了吗？"

"周末在宿舍睡了两天，啥也没干……"

同样睡了两天。

"你早上工作忙不，有空帮我看看呗，我觉得这两章写得不是很好。"

当然，这些话都是陈米粒瞎编的。

"中午帮你看吧，我才刚刚到公司，一堆工作要做……"

同样刚到公司。

同在八州城，公司经营模式相似，发表过类似的关于网文的观点，连周末怎么过的以及上班时间都一模一样，这下陈米粒有了九成的把握。

为了更加确定自己的猜测，工作中从未主动与上官沟通过的陈米粒，第一次给上官发了一条微信。公司同事间的工作往来通常用微信。

"你有没有看过一部网络小说，叫《512成长记》？"

"最近正在看，怎么，难道你打算把作者签过来？这本确实不错。"

虽然陈米粒怎么也不相信，但上官和微光斑斓应该是同一个人无疑了。

"其实从周五晚上，哦不，应该是周六凌晨那次更新后，周末两天我压根就没写，我只是想证明你是微光斑斓罢了。"最后，陈米粒发出了一条确认信息。

"带上你心爱的人，一起旅行吧。"

工场门口，512的三个女生就听到了这个熟悉的声音。

"尚夏，果然是你，你可好久没来了呀。"一见到本尊，方玲就热情地打招呼。

"前段时间太忙了，连着出差了半个多月，这下总算是可以休息休息了。"

"一闲下来就到工场来了，看你这架势，是不是又替谁搞什么活动宣传呢？"

"玛丽和马克策划的情侣游活动，哎，我觉得正适合你们。"说这话时，尚夏的眼神跳过了陈米粒，直接聚焦在方玲和孟小芹身上。

"情侣游？"

"就是带上你的男朋友女朋友一起旅行啊，并且，这次活动仅限情侣参加。"原先在一旁给别人做介绍的马克也走了过来。

"啊？没对象的还不能参加啊，这是为什么？"

"没为什么，就是活动的一个形式而已，也许以后还会有和闺密、和死党一起旅行的活动。"

"一个团队里面都是一对一对的……我怎么觉得这活动这么像是集体婚礼啊。"

"你们要是愿意，我也是可以为你们安排的哦，在旅途中顺便把婚给结了，还挺有意义的。"

"怎么样，两位有兴趣不？"尚夏问方玲和孟小芹。

方玲假装咳嗽了两声，指了指陈米粒和自己："你应该问我们两个。"

尚夏愣了几秒："啊？米粒有对象了！"

就连陈米粒自己也没想到，最后会和原本讨厌至极的上官走到一起。

"那是！"方玲得意地笑笑，就跟自己找着了对象似的。

"哎呀，那可恭喜恭喜啦，这下你们仨都有着落了。哎，看来我真是离开太久了，原来这段时间发生了这么多新闻哪。"

"你先别急，还有一个新闻。"孟小芹终于开口了，"不是我们仨，而是她们俩，我现在可是黄金单身贵族。"

在孟小芹和宗教男的人生观和价值观出现重大分歧后，过了热恋期本就渐渐降温的感情更是直降到冰点。那段时间总有些误解和矛盾在两个人之间发生，两个人渐渐发现了彼此在观念和原则上的巨大差异。于是，孟小芹提出分手，宗教男欣然接受。

还没从陈米粒令人欣喜的消息中缓过神来，一个更大的消息毫无防备地从天而降。这就是说，孟小芹和宗教男分手了？为什么她宣告分手的语气如此轻快？尚夏愣愣地望着孟小芹，不知道该以怎样的心情面对这个消息。

"怎么？你……"在还没确定孟小芹此时的情绪之前，尚夏不愿轻易说出"分手"两个字。

"分手了。"孟小芹面带微笑，语气里没有丝毫沉重。

"哦……"

显然，尚夏有点不知所措。分手本是件令人遗憾的事，但在初初听到孟小芹分手的那一瞬间，尚夏在内心还是有那么丝毫喜悦的，毕竟，两颗孤独而自由的灵魂，随时有碰撞出火花的可能，但令他没想到的是，孟小芹竟然如此随意而轻易地宣告分手。是她在这段感情中本不开心？还是她只是在掩饰自己的痛苦，假装不在意而已？尚夏也想不明白，但他唯一清楚的是，他的心里渐渐开阔明朗起来了，虽然他和孟小芹仍然没有任何关系，但至少他们属于同一类人了，这类人，孤独而自由。

两个人之间尴尬而不明朗的气氛，方玲和陈米粒都看在了眼里，方玲最先打破了僵局。

"哎呀，好啦好啦，反正在你不在的这段时间，一个分手了，一个有对象了，就这样，也没啥嘛，该吃吃该喝喝，该玩还是得玩嘛。这个活动，反正我和大汉是报名了，米粒你呢？"

"我？我……"陈米粒本也想不出个所以然来，孟小芹倒是替她做了决定，"你俩在一起才多久，这就单独出来旅行，太快了吧。"

"哦，那我也不去了，方玲你和大汉去吧。"

"什么呀，怎么就只剩我一个人了，多没意思呀。"

"不然，你俩结个伴？"尚夏向孟小芹和陈米粒建议。

"人家马克说了，只让情侣参加，我俩算什么嘛。"

"都是熟人了，通融通融呗？大不了，让米粒在小说里给你安排个男五号之类的，作为报答。"尚夏开马克的玩笑道。

"你确定不带男朋友？"马克问陈米粒。

"不带。"陈米粒摇摇头。

"别人都是一对一对的秀恩爱，你俩不介意？"

"你们要不介意，我们也能秀恩爱。"说着，陈米粒挽起孟小芹的胳膊，脑袋轻轻靠上她的肩膀，两个人作恩爱状。

"那成吧，就给你们个例外。"

"哇，太好啦，马克真是太感谢你了！"方玲差点没跳起来，比孟小芹和陈米粒都兴奋。

"你们开心就好。"

"我现在就已经很开心了！"谁也阻止不了方玲那一脸傻笑。

"你们先聊，玛丽和闺密看电影该结束了，我得去接她了。"

"可怜的马克，又被抛弃了。"尚夏这么说，看来在玛丽那儿，经常是闺密第一老公第二。

"习惯就好。"马克说着正往外走，突然回头又对陈米粒说了一句，"米粒，可别忘了我的男五号！"

"赶紧去吧，你！"尚夏哭笑不得。

31

陈米粒和上官在一起，出乎意料又在情理之中。

出乎意料是大家都没想到，平时在公司鲜有交集的两个人竟会走到一块儿；情理之中，是从微光斑斓看上陈米粒的小说，并使两个人保持着不间断联系的时候起，就已经埋下了一些别样的种子。

星期一的那个早上，当上官泽丰看到微信中收到的那张聊天截图的时候，是疑惑而惊讶的，疑惑陈米粒怎么会有这些消息，惊讶原来陈米粒竟就是那本小说的作者。

世界之大，无巧不有。

此后，两个人照样聊着网文的话题，不仅在网络上，也在中午下班吃饭的路上。终于，在两个人单独吃午饭的第三个礼拜的那个中午，两个人的关系在同事间昭然若揭。

"我有对象了。"三个女生一起吃晚饭的时候，陈米粒突然说了这么一句。

方玲和孟小芹同时停下了手中的筷子，用疑惑的眼神看着陈米粒。

"我说我有对象了。"陈米粒的语气中并没有兴奋和欣喜，而更像是在陈述一件事实。

"真的假的！谁？"

"公司同事，就是我跟你们说过的那个，让人极其讨厌的上官疯子。"

"啊！你怎么和他在一起啦！你不是成天吐槽他来着吗？"

"我跟你们说，我之前不是在网上写小说吗，他竟然是我的读者之一，而且是唯一一个看好我的读者，后来我才发现，原来那读者就是他，你们说巧不巧。"

方玲和孟小芹觉得，陈米粒的故事就像是一部小说。

　　"然后你们怎么就在一起了？"

　　"然后我们就经常在一起聊小说，聊着聊着就在一起了呗。"

　　"啊？就这样？他总得有点表示什么的吧。"

　　"没有。"

　　陈米粒回想起来，还真没有什么特别的事情，表示两个人正式在一起了，双方都没有明说，但也都明白对方的心思，自然而然就成了。

　　"这可是你的初恋呀，对方都没开始追呢，你就到手了，多亏得慌啊。"此时，方玲正脑补陈米粒被热烈求爱的剧情。

　　"你以为谁都像你似的，成天白马王子巧克力红玫瑰什么的，陈米粒这叫务实，懂吗？"孟小芹当头一棒敲碎了方玲的美梦，"再说了，你和大汉在一起的时候，难道他有对你展开猛烈的攻势？"

　　"这……好吧好吧，只要他以后对你好就成。"方玲无言以对。

　　"我就好奇了，你以前不是讨厌他的吗？怎么会一下子就接受了呢，不会只是因为他看好你的小说吧？"

　　"之前是还挺烦他的，但后来慢慢发现，其实他也不是一直那么烦人，有的时候还是挺为他们部门员工着想的。而且我还发现，他私底下和他在工作中一点都不一样，生活中他也是很有趣的一个人呢。"

　　"那也许他在工作中的状态才是真实的,和你在一起时才是装出来的呢，其实他一点也不有趣。"为了不让毫无恋爱经验可言的陈米粒不致被恋爱冲昏头脑而看不清现实，方玲想方设法对上官发出考验。

　　"哎、哎、哎，想象力够丰富啊。米粒虽然是第一次谈恋爱，但人家也是有分辨能力的好吗？你以为谁都像你啊，成天跟个傻大妞似的没心没肺，人米粒眼睛可透亮着呢，我相信她是不会看错人的。"

　　"好歹我和他在一起工作也快一年了，从他身上看不出什么，从同事嘴里也能听出点什么吧。所以我说嘛，他这人平时烦人归烦人，但本性还是相当好的。"

　　"哟，还相当！算了算了，既然小芹都相信他了，我也姑且相信吧。"

　　"我说咱能对人有点信任不，你这疑神疑鬼的毛病哪儿来的呀，不会是大汉那儿落下的吧。"孟小芹戏谑道。

　　"怎么可能！他干什么我还会不放心，心放肚子里！"

至于方玲，大汉从来都是令人放心可靠的存在，但每每她在对大汉赞不绝口的时候，不会想到，也终究会有被自己打脸的一天。

　　"今晚的电影简直太赞了，没想到一个严肃的片子也能拍得这么有意思。"

　　"一听是科幻片，我还想着自己会不会看着看着就睡着了，谁知道竟还有不少笑点。"

　　"我推荐的电影不错吧。"

　　"是是是，看来你专业没白学。"

　　这天晚上，陈米粒和上官看完电影，走在回工场的路上。一路上，学多媒体出身的上官从专业角度对电影进行评价，让陈米粒觉得，原来电影也是能这么欣赏的。

　　走到工场门口，陈米粒看到了一个熟悉的背影。

　　"你怎么在这儿？"走近了才看清楚，是宗教男。

　　"我……"对方支支吾吾。

　　上官当然不知道这个男生是谁，孟小芹和方玲的事，他也不完全清楚，于是，陈米粒先让不明所以的上官离开了。

　　"孟小芹在吗？"宗教男先开了口。

　　"应该在吧，我也刚回来。你找她有事？"

　　"也没什么事……"

　　"要我叫她下来？"陈米粒猜测，分手后的男友又找上门来，多半是说些后悔之类的话。

　　宗教男正犹豫着，尚夏和滚爷也回来了。大老远就能听见两个人放肆地说说笑笑。

　　"哟，这不是……"估计是大晚上的俩人看走了眼，以为和陈米粒站在一起的男生是新交的男朋友，正想打招呼，没想到走近了才看清，原来是孟小芹的前男友，顿时止住了声。陈米粒看到，滚爷手上还捧着半拉西瓜。

　　四个人互相尴尬地看了看。

　　"我俩进去吃西瓜。"滚爷举了举手上的西瓜，没事似的嘻嘻哈哈地拽着尚夏进去了。

　　"我还是叫孟小芹下来吧，你等会儿。"

陈米粒觉得，与其不相干的两个人在这儿干站着，还不如把当事人找出来，毕竟，人家的事还得靠他们自己解决。留宗教男一个人站在外面，陈米粒一边走进门，一边拨通了孟小芹的电话。

五分钟后，孟小芹下来了，陈米粒、滚爷吃着西瓜，看着孟小芹从眼前经过，径直走向大门外。尚夏坐在一旁，一言不发。

隔着落地窗，里面的三个人能看见外面两个人的一举一动，从宗教男的姿态神情以及不时传来的三言两语判断，他的确是来求和的。

宗教男一脸懊恼悔恨的表情，一会儿拉起孟小芹的手，一会儿晃了晃她的肩膀，一会儿又从口袋里掏出一个小盒子打开，看起来像是戒指之类的首饰。孟小芹则全程平静地站在那儿，义正词严地说出每一个字，不为宗教男的情绪所动，当对方打开首饰盒的时候，孟小芹看了一眼，又冷静地把目光收回，好像看到了一件不再值钱的旧物。

十分钟后，孟小芹走了进来，径直回公寓。宗教男在外边独自呆立了两分钟，才悻悻然离开。

尚夏始终镇定地坐在一旁看着窗外，即使孟小芹走进来，他的眼神也未随之移动。陈米粒放下啃了两口的一片西瓜，待孟小芹消失在视线中时，又转向一旁的尚夏。

"看来前男友是来求复合的。"尚夏觉察到了陈米粒在自己身上的眼神，故作轻松地说了一句，以免尴尬和误会。

"这才知道后悔，这么好的姑娘当初就不该分！"对尚夏和孟小芹的事完全不知情的滚爷，象征性地发表了一句评价。

"女生大多在分手的时候伤心欲绝，但只要有朋友有闺密陪着，多出去吃吃喝喝玩玩乐乐，时间长了也就慢慢恢复了。而男生不同，男生在分手时大多没什么感觉，有的甚至觉得分手了才好呢，这下没人管我烦我了，可时间一长才发现，原来没有女朋友的日子，是这么不一样，这下才开始后悔怀念。"

"这分析透彻！不愧是作家！"滚爷对着陈米粒竖了个大拇指，一脸佩服的表情。

"所以，她之前伤心欲绝了？"尚夏试探道。

陈米粒看得出来，他是想知道孟小芹对待前任的态度到底是怎样的，如果她伤心欲绝，说明对前任还是有感情在的，那么宗教男的求和还有可能成功，如果伤心但没有欲绝，那两个人的感情也确实差不多了。

"你们觉得呢？"

"我总有一个疑问，记得之前她说分手的时候，好像还挺平静的，一开始我还想，估计是这宗教男和她真的八字不合，分手了倒好，但后来又一想，小芹只是用平静掩饰悲伤也说不定。"滚爷的疑问，估计也会是尚夏的疑问。

"其实有的时候，世界并没你想象得那么复杂，你最初觉察到的，反而是最正确的。"

陈米粒没有明说，因为孟小芹肯定也不愿意自己的事被过多地讨论，但陈米粒这么说也明确了一个事实，那就是孟小芹并没有在这段感情中陷得太深，宗教男也并没有给她留下多么深刻的回忆。这个事实，是陈米粒给尚夏的解答，也是暗示。

32

一向公司请完假，陈米粒就将旅行的事告诉了上官。

"我请了一个礼拜的假。"

"干什么？"

"旅行。"

"去哪儿？"

"雨崩。"

"雨崩，我去过！怎么不带上我？"

"什么，你去过！去过了还带上你？"

"那个地方值得一去再去。"

"不行，我和孟小芹她们一起，你一边去。"

玛丽和马克的情侣游活动，目的地是云南香格里拉境内梅里雪山脚下的雨崩村。人家都说，爱一个人就带他去雨崩，恨一个人也带他去雨崩，于是，在玛丽和马克对雨崩"身在地狱心在天堂"的形容中，三个人就这么爱恨交加地上路了。

此次同行的人不多，除了带队的玛丽和马克外，还有方玲和大汉、洛洛和沈老师、孟小芹和陈米粒以及另外两对不熟悉的年轻夫妻，也都是玛丽和马克的朋友。

　　滚爷本想参与，但他既没有女朋友又没有好基友，马克便说，"这是情侣甜蜜游，你一个人算怎么回事。"

　　"实在不行，我可以拉上尚夏。"

　　"唯一一个非情侣的名额已经留给米粒和小芹了，你还是先去找个对象吧。"

　　于是，在大家远行的日子里，独守空房的滚爷和尚夏两个人，便成为工场附近那间小酒馆的常客。

　　此次旅行收获最大的要数沈老师了。沈老师热爱画画众人皆知，除了平时上课，他更喜欢在大自然和现实生活中发现值得记录的画面。与相机相比，他更喜欢用寥寥几笔呈现事物的本来样貌。于是，他带着纸笔上路，旅途结束回来后，竟也带回了一背包生动斑斓的记录。

　　用木条和麻绳随意装裱，沈老师从千里之外带回来的雨崩美景，点缀在新苗工场的墙上、桌上和置物架上。工场又恢复了往日的生气。

　　"我以为你们都留在那儿当喇嘛，不打算回来了呢。"嘴上这么说，但是一向喜欢热闹的滚爷又看到了多日不见的熟悉面孔，还是开心了很久。

　　"我们都是有主儿的人了，还当什么喇嘛，我倒是觉得你们可以去试试。"玛丽调侃滚爷和尚夏。

　　"没有我们在，你们应该很孤单吧？"

　　"谁说的！"其实尚夏心里正是这么想的，但还是佯装满不在乎的样子，"我们每天过得那是相当有意思！"

　　"比如？"

　　"比如，滚爷和隔壁小区那老爷子又斗琴来着，别看老爷子年纪大了，人家玩起音乐来，就跟魔怔了似的，我觉得他年轻的时候肯定也是一滚爷。"

　　滚爷和隔壁小区那老头儿可谓不打不相识，先是为了斗气，一个打鼓一个听收音机互相骚扰。自从那次滚爷展示一曲二胡之后，俩人就跟换了个人似的，不但不斗气不扰民了，有空还相约切磋琴技。要说滚爷也是深藏不露，不但架子鼓、吉他、贝斯、键盘玩得开，连二胡、扬笛、三弦这些民族乐器也要得有模有样，深得老爷子欢心。

"哟，这老滚爷碰到了小滚爷，看来你们可以开个专场音乐会了。"

"哎，米粒这主意好，你们两个一老一小，你再把吉他键盘这些西洋乐器和二胡笛子什么的结合一下，重新编个曲，中西合璧，老少咸宜，怎么样？"尚夏灵活的脑瓜子总能从别人无心的言行中发现奥妙。

"嗬，尚夏总导演又上线了嘿！"滚爷以为尚夏的建议只是随口说说。

"不开玩笑，自从元旦晚会后，这也大半年没有活动了，安排点节目娱乐娱乐大家呗。"尚夏用怂恿和期待的眼神看着滚爷，看来不像是随口一说。

滚爷也用"有那么点意思"的眼神看了看尚夏，但其中的"意思"稍纵即逝，前一秒刚开始考虑这件事的可能性，后一秒就立马自我否决了："哎呀，别整天老瞎折腾的，谁有那工夫呀，人老爷子还忙着带孙子呢。"

为了转移话题，滚爷又给大家透露了一个工场新闻，"跟你们说个八卦。"滚爷顿了顿，一副"小心隔墙有耳"的鬼祟神情，"二楼刚搬进来三个月的妹子，跟着原来闹离婚的路虎姐做微商卖玻尿酸，第一个月就赚了两万，虽然现在还买不了路虎，但也是各种国际名牌奢侈品加身。就上周我听说，好像她也打算和老公离婚呢！"

"真的假的！那妹子看起来就是个傻白甜，这还一下子逆袭成女王了？"

"现在女的怎么一有钱就想离婚，敢情当初结婚是因为自己没钱呀？"

"我看，不是女人有钱就离婚，而是女强男弱根本就行不通，你说，一个月入三五万的妻子整天面对着工资只有她零头的老公，能看得进眼里吗。"

"这女人一旦有钱了，还真是可怕……"

"我倒是觉得，这也不能完全怪女的，最重要的是，两个人在精神和能力上要相互契合，如果仅仅一方在不断提升，另一方只是原地踏步，也是很难长久的。"虽然孟小芹的恋爱经验不算太多，但她总是最看得透的一个。

"可你说从一个无业游民一下到月入上万，这提升得也有点猛吧，估计人老公都还没反应过来呢，老婆就没了。"

"有钱人的世界真是看不懂，看懂了也没用，反正我也成不了有钱人，还是哪儿凉快哪儿待着去吧。"马克破罐破摔地自我调侃。

"哦，对了！"滚爷似乎又想起了什么，提起手正想示意孟小芹，却被尚夏一把拍了下来，"干吗呀你，疼着呢！"

"那什么、时间差不多了，我们该去、那什么了……"尚夏按住滚爷反抗的手，打断滚爷的话，自己却支支吾吾不知道在说什么。

"哪儿啊什么啊，时间就差不多了？"滚爷不明所以。

"你别废话，我叫你走你跟我走就是了嘛！"说着，尚夏拉着滚爷就要走，两个人一路推推搡搡，嘴里还在嘀嘀咕咕着些什么。

众人不知道发生了什么，随意又聊了几句，然后便各自散去。

"干什么呀你，有话能好好说不。"尚夏将滚爷一直拉到了工场旁边的停车场，这才停了下来。

"说什么说，该说的说，不该说的别瞎说！"

"我这还什么都没说呢，怎么就瞎说了，你知道我想说什么？"

"你不就想说孟小芹前男友那事儿吗？"

"这事情明摆在那儿了嘛，怎么是我瞎说了。"

"那你也不能在那么多人面前说！"

"孟小芹分手前男友还死缠烂打的事大家又不是不知道。"

"你这人能不能有点脑子啊，你愿意大家整天有事没事讨论你和你前女友啊！大家知道是大家的事，人孟小芹愿不愿意大家知道呢，这你又知道？况且这次他前男友也忒丢人了点，就不要张扬了吧。"

"我说你是不是傻，人家都分手了，你还替人前男友着想，你怎么不为你自己想想。"

"我还能想什么。"

"把握机会啊！"

"去去去，我是那种乘人之危的人吗？"

"这怎么就乘人之危了，你单身她也单身，你趁人家什么危了？"

"这事你就别掺和了，她前男友的事，我去跟她说。"

"你要说就好好说，顺带地，也说说你自己……"

"你要再提这事我跟你急！我真是、怎么就把这事告诉你了呢！"

"那既然你告诉我了……"看滚爷又要摆出一副苦口婆心的样子，尚夏赶紧扬扬手赶他走，"哎行行行，该干嘛干嘛去！"

滚爷转身正要走，刚迈出去一步又转身回来："我发现你这人真的是……哎，算了，不说了，你自己看着办吧。"说完又甩甩手摇摇头，一脸孺子不可教也的无奈表情。

尚夏正盘算着怎么向孟小芹开口，迎面就撞上了孟小芹。

"你一个人在这儿干吗呢？"

"我还说呢，你怎么出来了？"

"去超市买点东西。"

"哦，要不我和你一块儿去吧，正好也有东西要买。"尚夏找了个理由，让自己显得不那么刻意。

"行，那走吧。"孟小芹爽快答应。

两个人一路有一搭没一搭地聊着，一路到了超市。孟小芹将专心挑选的商品一件件放入购物车，推着购物车的尚夏还不时给出建议和评价，一切看起来都像是一次再也平常不过的购物。但其实，尚夏脑海里一直没有停止过思考该如何开口。

"最近宗教男有没有找过你？"尚夏总算开口了。

"没有。"孟小芹正要从货架上拿一包白砂糖，听到尚夏的问题后停住了两秒，才又继续动作。

"哦……那什么，你们去旅游的时候，他来过工场。"

"是吗？"孟小芹态度随意，好像只是单纯为了应付尚夏的话而已。

"嗯……"见孟小芹没有继续往下问的意思，尚夏便继续道，"你不想知道他来干什么？"

"干什么？"

"其实也没什么，就是说那几天给你打电话发信息都联系不上，就跑过来看看，我说你们在深山老林呢，没信号肯定联系不上。"尚夏故作轻松的语气，好像是在陈述一件与他们都无关的事情。

"哦。你喝过这种酒吗？米粒一直嚷嚷着想试试，买瓶回去尝尝吧。"孟小芹拿下一瓶日本清酒，询问尚夏意见。

"这个牌子味道不好，要喝喝那个。"尚夏说着从下面一层的货架上拿出一瓶酒，装进购物车，然后又顺势说道，"那天他也喝了好多酒，还是我和滚爷把他扶进来的。"

孟小芹拿着酒的手又停了停："他还会喝酒？我还从没见他喝过呢。"

"我们在小酒馆就看见过他，也没过去打招呼，谁知道倒是在工场门口撞个正着。"尚夏顿了顿，"他找了你好几次，看你没搭理他，就急了。他让我们帮忙转告你，说是有话想对你说，让你给他一个机会，见你一面。"

"他能有什么可说的，不就是那些话吗？"自从分手后，宗教男给孟小芹打过的电话不下二十次，每次都是些后悔挽留的话。孟小芹猜到了他要求见面的目的。

"其实感情是两个人的事，作为外人我们也不好说什么，但我看他那样子也不是太好，看来最近确实不怎么好过，既然被我们遇上了，我也就帮忙传个话，顺便也劝你一劝，至于具体怎么办，还是得看你自己。"尚夏想了想，又说，"还有，他是真的想和你一直走下去的。"

尚夏尽量将话说得圆满，既保证传达到宗教男的意思，又不对他们的事情做主观判断，至于最后补充的那句话，他也不知道自己在说什么，想到了就说了。话音刚落，尚夏就想起了刚刚滚爷对他说过的要他"为自己着想"之类的话，但也只是在脑海中突然的一个闪现。除非孟小芹开口，不然自始至终，尚夏都不曾执着地将自己早已表明的主观愿望一再强加于孟小芹。从前是这样，今后也是这样，他们所有共同经历的都是这样。

33

因为宗教男那始料未及的一出，使得尚夏将自己对孟小芹的感情向滚爷倾诉。

众人旅行的一个多星期里，几乎每天晚上，尚夏和滚爷都要到工场附近的小酒馆小酌几杯。一天晚上，尚夏照例点了两扎黑啤、一碟毛豆和一份薯条，滚爷照例拿犀利的眼神在酒馆昏暗的卡座上和吧台边，发现能让自己一见钟情的美好身影。当滚爷环视一周没有任何发现的时候，却在一个小角落里搜索到一个熟悉的影子。

"哎哎哎，你瞧，那人是不是特眼熟？"滚爷用手肘撞了撞一旁专心喝酒的尚夏。

尚夏定睛看了看，没有任何想法："谁啊？"

"是谁呢……这么熟悉……"滚爷坚定此人肯定在哪见过，在脑海里将身边熟悉不熟悉的人都筛了一个遍，最后一拍脑门，有了结果，"不就是那谁，孟小芹前男友，宗教男！"

"是他吗？"

"肯定是！"滚爷不假思索。

尚夏又仔细看了看，当角落里的人仰头将酒一饮而尽，暖色的灯光在他脸上投射下一束暧昧的光线的时候，尚夏才确定了滚爷的判断。

"他怎么在这儿？"作为酒馆的常客，在这里见到宗教男，两个人还是头一回。

"大老远地跑来，该不会是找孟小芹的吧？"

"人孟小芹也不在呀。"

"难道是扑了个空，一个人喝闷酒来了？"

"不知道。"不愿多做猜测，尚夏继续喝酒，但心不在焉。

一会儿，宗教男离开了，留下了满桌大号空啤酒杯。

从酒馆回来的路上，滚爷对刚才在酒馆里看到的各式女生做了一番评判，可是尚夏似乎对这一话题提不起兴趣，只是敷衍地"嗯嗯""哦哦""是吗""好吧"，有一句没一句地回应。

"我心目中的女神，就像……"

"孟小芹……"

滚爷正陶醉地脑补着他心中千年女神的美好形象，话没说完，"孟小芹"的名字就远远地飘了过来。

"这可不是我说的……"滚爷怔怔地望着同样一脸疑惑的尚夏。

"小芹……"

判断出声音正是来自新苗工场，滚爷和尚夏两个人呆愣地四目相对了三秒，然后慢慢向工场走去。

"宗教男？怎么又是他？"滚爷一下就辨认出了工场外的那个身影。

"难道真是来找小芹的？"

"小芹你出来，你为什么不接我电话呢，我有话对你说啊！"宗教男身体摇摇晃晃，说话口齿不清，一看就是喝多了。

"你要再不出来，我可进去了，我、我进……"看着宗教男歪斜着身子好像要倒下，尚夏和滚爷立马上前搀扶。

"嗬，这满口的酒味，你怎么喝成这样啊。"

二话不说，两个人先将宗教男扶进了工场。尚夏给宗教男倒了一杯热茶。

"你说说，你怎么喝这么多酒？"

"孟小芹呢，她怎么还不下来？麻烦你们上去告诉她，我来了。"

"你是来找孟小芹的？"

"我找了她好几天，电话也不接信息也不回，我就不信，来这儿了还找不着她。"喝了茶，宗教男开始慢慢镇定下来，说话也渐渐清晰。

"你今天还真就找不着她。"宗教男不可思议地看着滚爷，滚爷继续说道，"她这几天去云南了，回来还得几天呢。"

"云南？旅游？一个人？"

"是旅游，但不是一个人，你不觉得工场冷清了许多了，玛丽和马克带大家玩儿去了。"

"你们怎么不去？"

"我们、我们没资格不是，人家的主题是，情侣甜蜜游。"

"情侣？"宗教男吃惊，自己还在分手的泥沼里不能自拔，难道孟小芹这么快就又陷入新恋情了？

"你别误会，小芹是和米粒结伴去的，她们是例外。"

宗教男这才安心下来。

"他们去的是一个偏僻的小山村，你找不到她，有可能是信号问题，她也许根本就没收到信息。"尚夏解释。

"小山村、小山村……"宗教男毫无意义地重复着这个词，心里回想着，他们在一起这么久，还不曾一同出游过。瞬间，一种难以弥补的遗憾涌上心头。

"我记得你好像来找过她一回吧？哎，我说你这人也真是，既然你们都分手了，为什么还要三番五次地缠着她呢？男人哪，干脆一点。"

宗教男该断未断的纠结情绪，让处事一向干脆利落、既然已经这样了就别再想着那样的滚爷实在不能理解，他这样劝着宗教男，却没有丝毫瞧不起看不惯对方的意思，两个人不算熟络，滚爷纯属好心。

"是啊，我也想干脆，当初分手的时候我就很干脆。本以为自己能放得下，谁知道时间长了才发现，原来我是舍不得的。"

尚夏和滚爷都觉得这话听着耳熟，后来想起来，原来陈米粒也说过类似的话，就在上次宗教男来工场找孟小芹的时候。现在这话从宗教男的口中听到，才更觉陈米粒的言之凿凿。

"所以你就不断来找她复合？"

"复合，你们觉得我们还有可能复合吗？"

滚爷和尚夏没有回答，他们不想打破他的希望，就算要打破，也应该由孟小芹来。

"我也觉得不可能。"宗教男似乎从两个人的沉默中得到了答案，"所以，我也想清楚了，不再向她挽回什么了，只想最后做个了断，表明我的态度。毕竟，小芹是我认真对待过的一个，不怕你们笑话，我还真做好了和她过一辈子的打算呢。"说着宗教男也无奈地笑笑，自己对着两个不甚相熟的男人说了这些情真意切的话，都是实话，也都是废话。

"你们能帮我一个忙吗？"

"你说。"

"分手以后，我找过她，也给她打过无数个电话，也少不了酒后的疯言疯语，不管她是不是在旅行，反正她现在肯定是不愿意再和我说什么了。我想拜托你们帮我和她说说，让我再见她最后一次，我还是有些话想对她说。请你们相信，这次之后，我绝对不会再打扰她了。"宗教男说得坚决。

三个原本各不相干现在却扯上了点关系的男人沉默地坐了会儿，宗教男喝光了剩下的茶，起身离开。好像离开了就是和一段过去告别，不忍告别却又不得不告别，走得艰难却决绝。

"这事……哎，也真是，不过人家的事我们也不便干涉，既然他让我们传达，我们就帮人帮到底，谁让我们今天遇上了呢。"宗教男走后，滚爷发表了自己的看法，还是那副干脆的态度。

尚夏却相反，他什么也没说，只是一直沉默着，好像迟迟没有从宗教男的情绪中走出来。

"嘿，我说你干吗呢，人家闹分手，你跟这儿忧伤什么劲哪。"

"至少人家还有资格分手，我连人手都没牵着呢。"

滚爷愣住了，待他似乎搞清楚了尚夏这句话中所隐藏的含义的时候，就像神志不清的人结结实实挨了一个大嘴巴子，"啪"的一下，脆生生被扇醒了。

"你说什么！"与其说滚爷还不太确定，不如说他不敢相信。

"别一惊一乍的，你听得没错，我连人家手都牵不到。"尚夏淡定地重复了一遍，之前从未有人察觉的事，不知道为什么，他今天就是愿意坦白。

"这这这、你、她、哎这、这什么时候的事。"滚爷惊讶地开始结巴。

"好多年了。"尚夏叹了口气，开始从头回忆。

"你俩都认识好多年了！"像是知道了什么惊为天人的秘密，滚爷倒吸了一口气。

尚夏将他和孟小芹的事，从头到尾说了一遍。听完故事之后，滚爷用一分钟的时间消化，然后做出评价："你可真成，天时地利人和可都冲着你呢，倒是被别人捷足先登了。"

"我俩要能成，早成了。"

"为什么就不能成呢？你尚夏这么好的条件，学历好颜值高，肯定是你没好好追人家来着。"

"我追了，人家不愿意，我没办法啊。"

"没办法就想办法啊，绞尽脑汁地想，废寝忘食地想，把你学霸那学习劲儿拿出来想！"滚爷又想，"这也奇了怪了哈，按说你比宗教男可是好太多了，孟小芹怎么就选了他也不选你呢？"

不说别的，就从外表和性格上看，尚夏也自认为胜宗教男一筹，可孟小芹没有选择自己，这个问题尚夏自己也搞不懂。于是，他把这个问题归结于缘分和宿命。

"命中注定我们有缘无分，认识了这么久却成不了恋人，不是命你说是什么。"

"你怎么也像孟小芹似的相信起宿命论那一套来了，不会想成为下一个宗教男吧。"

"我倒是觉得这是一个机会。你看哈，他俩刚分手，作为好朋友你刚好有理由好好安慰她，你知道吗，女生在悲伤的时候是最脆弱的，这时候如果有人伸出援手，可是很容易让她们产生好感的，你不就可以趁机和她发展关系了吗……"滚爷说得有头有尾，好像真是那么回事似的。

"想什么呢你，他俩刚分手，我就见缝插针地下手。"尚夏对这种投机倒把的事嗤之以鼻。

"你是不是真想和孟小芹在一起，如果真想，就应该想尽一切办法争取啊。"

"感情不是一个人的事，你想，我们都认识那么久了，从学校到现在，我也不是没有表达过心意，要是她真对我有感觉，还用你在这儿给我出馊主意？"

"怎么就馊主意了，我这不都为你好嘛。我跟你说，感情有时候也是需要时机的，以前没在一起可能是时机不对，现在这机会不是正好吗。"

"你说的这些我都懂，但是你看，她原来想当汉语教师，我该主动帮她复习也主动帮她复习了；后来知道她因为家里原因不出国了，我也放弃了自己的理想从加拿大回来了；她要租房，我也介绍来工场，还让朋友帮她减了房租，那会儿她找工作也愁呢，还不是我通过在培训中心工作的朋友了解到的招聘信息。"

"从前在学校开始，好像她所经历过的重要的事我也都参与了，可也仅仅是参与而已，她没有因此对我产生什么特殊的情感，我也从来没有想过要从中得到回报。如果她真的因为我的帮助而选择了我，这反而不是我想要的，我希望我们在一起纯粹是基于感情。"

滚爷万万没想到，一个晚上竟然听到两个男人对孟小芹如此情真意切地表白。

"不过要我说，你为了她从国外回来，真是挺地道的。但关键是，她也不知道你是因为她才回来的呀。"

"知不知道又有什么关系呢，事情都已经这样了，我也不再奢望什么了。"

"这话说得，怎么跟没救了似的，要我说啊……"

滚爷还想劝点什么，却被尚夏打断了："行了行了，你也别说了，你的好意我心领了，反正就是这么个事，估计今天也是被宗教男这事感触到了，就都对你说了。时间不早了，我也该走了，你也早点休息吧。"说着，尚夏起身要走。

"这都几点了，要不就别走了，跟我屋将就一晚？我再好好给你捋捋……"滚爷看看表，快凌晨一点了，但他劝说尚夏的兴致好像一点没减。

"得得得，就冲你这给我捋捋，我就不该留下来。"

"你这人……"

"好了好了，我懂我懂，这茶杯你记得收，我先撤了。"这下尚夏头也不回地走了。

滚爷在沙发上坐了好一会儿，捋了捋今晚发生的所有事。自己本来好好地在酒馆物色美女呢，怎么到头来就听两个大老爷们儿敞开心扉了呢，而且还是对同一个女生，今天到底是个什么日子？这么想来，滚爷竟也感到些恍惚。

140

35

如果可以用天气来比喻情绪，那么在近一个月的时间里，方玲的情绪则一直处于晴天阴天暴雨天的随时切换中。

"方玲，这红烧肉咸了点，今天怎么放这么多盐。"陈米粒往嘴里塞了一大块红烧肉，一边咀嚼一边鼓起腮帮子"呜呜"地说道。

"手一抖就倒多了，哎，你爱吃不吃！"

"怎么了这是，这状态不对呀。"

"怎么不对了，我哪天不这样。"

"你哪天都不这样啊。"

"行行行，你俩这火药味有点浓啊，都省省吧。"孟小芹从中劝阻，"不过我说方玲你也是，这几天你是怎么了，情绪老是阴晴不定的，上一秒还阳光明媚呢，转眼就狂风暴雨了？"

方玲正想开口，电话铃声响了，虽然话还没来得及说出口，但从她的表情看，应该也是暴躁回应无疑。

方玲从口袋里掏出手机："喂、哦，到了是吧、嗯好的、没事、好好好、你去忙吧，记得按时吃饭哦，拜拜……"声音温柔体贴婉转妩媚，与刚才简直判若两个人。

挂了电话，方玲端起桌上那盘红烧肉："咸了是吗，你们等着，我去加点糖，重新回锅一遍，放心，照样好吃。"方玲面带微笑地说完，扭着腰就端走了盘子。

"看来暴雨转晴了。"陈米粒和孟小芹面面相觑。

"红烧肉来啦，米粒你再尝尝，试试还咸不。"不一会儿，方玲又端上来红烧肉，声音甜得像个服务员似的。

"嗯，不咸不咸，味道真不错呢！"学着方玲的样儿，陈米粒也甜甜地回应。

"哈，太好啦，吃饭吧。"脱了围裙，方玲心满意足地给自己盛了满满一碗饭。

看得出来，方玲情绪的转变，关键在刚才那通电话，不用说，一定是大汉打来的。

"刚刚大汉来电话了吧？"孟小芹想试探其中缘由。

"是啊是啊，他开车送老板去上海，刚到。"

"哦，一到目的地就打电话来汇报，看来大汉还真是靠谱哈。"孟小芹向陈米粒使了个眼色。

"你还说呢，他这会儿才打来，以前他在出发前就会给我来电话的，我早上还纳闷儿呢，他到底去没去上海。刚才电话里都说了，他们一早就出发了，估摸我还在睡觉呢，就没打。"

陈米粒和孟小芹又互相看了看，原来是这么回事。

"就算不打电话，下回也应该发个短信什么的，省得你一早上胡思乱想。"

"嗯，你这建议好，一会儿我就跟他说。"

自从大汉趁着方玲生日和两个人纪念日的机会求婚以来，方玲就像是被中指上那枚钻戒拴住了似的，从此把自己的心牢牢拴在了大汉身上。大汉一个甜蜜恩爱的小动作能让她心花怒放好几天，一个小小的疏忽或稍稍的不在意，也会让她闷闷不乐郁郁寡欢，并自行脑补各种两个人吵架分手的惨烈画面。

尤其是最近一段时间，公司业务繁忙，老板出差频繁，作为司机的大汉必定也跟着四处奔波，之前三天一大餐每天一小聚的惯例被打破，就连往常不定时的微信和电话都没有了着落。方玲顿感被深深的冷落感包围，倍感失落。

于是她便出现了提心吊胆胡思乱想的强烈症状，只要大汉在该打来电话的时间没来电话，或是两个人长时间地间断联系，都会让方玲既阴沉抑郁又焦躁不安，只需要大汉的一通电话或一条消息，就又能让她瞬间舒心开朗起来。

"恋爱中的女人，都这样。"

孟小芹每每这么解释方玲的情绪波动，虽然当孟小芹自己沉浸在爱恋中时，大家也不曾见过她的如此状态，但她以敏锐的洞察力和细腻的同感心，对方玲表示感同身受的理解。由于缺乏孟小芹所拥有的特质和经验，同在恋爱中的陈米粒对此表示暂时无法理解。

陈米粒和上官的爱情自然而然地开始，自然而然地被公司的同事知晓，但一开始时两个人沟通感情的方式，却不像其他恋人那般自然而然。由于双方都是初恋，再加上都是腼腆内敛的性格，这就决定了两个人的交往不可能轰轰烈烈。

根据陈米粒的经验，下班回家后晚上睡觉前这段时间，通常是情侣间沟通交流最密切的时候，比如部门的沈真真，从跨出公司的第一步起就与异地的男友连线，到家了一通电话，吃晚饭了一通电话，玩电脑玩手机了一通电话，最后一直持续到睡觉前的那声"晚安"；比如方玲，睡觉前两个小时和大汉的电话粥雷打不动；再比如孟小芹，和宗教男刚在一起那会儿也是恨不得二十四小时保持联系。

与其他恋人间有说不完的话不同，陈米粒和上官不仅没有什么可以长时间说的，而且都不知道该如何开口，所以，两个人的交流从发短信开始。作为公司出了名的话痨，上官这才发现原来自己也会陷入词穷的境地，通常他在告诉陈米粒自己在干什么、问陈米粒在干什么之后，就再也说不出什么来了，然后便各自干各自的事，直到要睡觉前互道一声"晚安"。

这样的情况持续了一个多月，两个人对照了身边朋友和对象的相处方式之后发现，这种交流方式似乎有些反常，于是，在一个毫无征兆的晚上，上官终于鼓起勇气，拨通了陈米粒的电话。结果和发信息如出一辙，通常双方在互相汇报了自己此刻在做些什么、路上或室友间的见闻之后，就再也说不出什么了。

一天晚上，在照例汇报了自己如何度过下班回公寓后的这段时间后，陈米粒心血来潮，向上官咨询自己小说的意见，这是两个人第一次以恋人而非网友的身份讨论网文。谁知，说起自己的强项和兴趣所在，上官顿时没有了谈情说爱时的木讷腼腆，竟瞬间打开了话匣子，滔滔不绝，头头是道。

"我们聊了一个多月，今天你说的话比之前加起来的都多。"陈米粒对上官终于回归话痨本质的感慨，甚至多于关注上官所说的实质内容。

电话那头，上官嘿嘿一笑。

"既然你有这么多想法，为什么不试着接着写呢？"

"不加班就不错了，哪还有时间写小说。"

"现在写网文的，不都是上班族吗，你要真想写，还腾不出时间？"

"有时间当然要陪你啦。"

"得了吧你，与其绞尽脑汁怎么才能不词穷，还不如构思一部小说去呢。"陈米粒一下揭穿了上官的尴尬境地。

"可是我都已经好几年没写了，给别人找缺点还行，要让我写，还真不一定能写得出来。"

"你这就是借口就是惰性，你不试着怎么知道写不出来，难道你大学那会儿就确定自己能写出来，还能靠这挣钱？"

"那时候闲得发慌，每天脑袋瓜子里都是些稀奇古怪的想法，现在满脑袋都是工作、工作、工作。"

"你知不知道，现在写网文可赚钱啦，那些个大神，动不动就是月入好几万的，如果我们也能写到那份儿上，还工作什么呀。"

"嗯、你这目标有点宏大……"上官在变相地说，月入上万可不是一朝一夕就能有的，况且，这样的大神也只在少数。

"反正我不管，就算胜算不大，总还是要试试的嘛，万一成了呢，好了好了，不跟你说了，我要构思剧情去了，先挂啦。"

好像总是被那月入上万的神话牵引着，每每幻想着自己也有可能成为别人口中的神话，陈米粒就跟打了鸡血似的，脑筋便开始急剧转动，然后自顾自地在脑海中上演一部又一部大片。

挂了电话的上官百无聊赖地逛微博刷朋友圈，当他看到朋友圈一个网文写手朋友发的一条编辑催稿的发狂状态的时候，突然就想起了陈米粒的话。他打开电脑，登录自己大学时曾经发表小说的网站，那时的辉煌战绩历历在目：上百万的点击，占据排行榜前三名的经久不衰，以及当时看来相当可观的收入。再看看自己的文字，不禁佩服那时自己的想象和表达，即使在现在的网文界，当时的作品也是不可多得的。

也许是被曾经的自己引发感触，上官在脑海中一遍又一遍回想与陈米粒的对话，脑中顿时没有来由地天马行空着。于是，今后的几天里，像拼凑碎片般，一些七零八碎的构想开始在上官的脑海中慢慢成形。

36

　　方玲一边心不在焉地在电脑上跟客户核对订单信息，一边时不时瞅一眼桌上的手机，期待它屏幕亮起的奇迹。昨天和老板出发去深圳的大汉，已经整整一天没有消息了。

　　隔壁办公室新婚的妹子送来一盒喜糖，笑容甜美地说一句："请你吃喜糖哦。"方玲即使心中郁闷，也只能莞尔一笑，佯装喜出望外地说："恭喜恭喜。"

　　正当妹子走过方玲，将喜糖发到她后面第三排的座位上时，手机屏幕终于亮了起来。方玲兴奋地握紧了手中的糖盒，好像是它将奇迹带来的一般。

　　"晚上不回去吃饭哦，做个了断去。"

　　消息来自"西天取经三缺一"的微信群，是孟小芹，显然，她说的了断，是和宗教男。

　　并不是期待中的奇迹，方玲的心情一下从山峰又跌落回谷底。

　　"哈，这么巧，我也不回去了，晚上看电影。"紧接着，陈米粒又发了一条信息。

　　"方玲，我昨天晚上做的咖喱还剩不少，你晚上吃掉吧，不然又浪费了。"孟小芹写道。

　　"哼！你们又抛弃我，算了算了，反正孤苦伶仃也不是一天两天了，已经习惯了。"

　　话虽这么说，但方玲并不希望这种落单的感觉慢慢成为习惯。想我方玲曾经也是三天两头约会逛街吃饭看电影的人，现在竟然沦落到要吃剩饭的地步！这种落差更让方玲不禁自怨自艾了起来。

　　下了班回到工场，滚爷和隔壁小区的老爷子又一起斗琴来着，滚爷的手指在吉他弦上快速拨弄变换，老爷子在琴弓的一拉一推间也专注热烈。两个人正合奏一曲《卡农》。

　　一旁的沙发上，洛洛和沈老师依偎着享受美妙的乐声，还不时拍打着节奏，玛丽和马克从厨房出来，每人手里各拿两支瓶装鸡尾酒，分别给了洛洛和沈老师之后，也坐下来一起享受这惬意时刻。

他们一下就看到了进门来的方玲。

"方玲，快来坐这，免费音乐会哦。"玛丽向方玲招手示意。

本就感觉失落的方玲，看到了这一派其乐融融的和谐景象，竟更觉失落。她走到沙发边，故作轻松。

"哟，挺享受的嘛，有音乐有美酒的，这生活让我们上班族那个羡慕啊。"

"也就今天难得老爷子不用带孙子，又刚好手痒痒了，才找滚爷来过过瘾的，我们也是运气好遇上了。"

"吃饭了吗？今天米粒和小芹是不是不回来吃啊，这么晚了也没见着她们，如果你一个人，就跟我们待一块儿吧，回房间也没意思。"洛洛热情地邀请方玲加入大家的行列。

一个人吃晚饭的事实马上被看穿，方玲怀疑，此时此刻是不是全世界的人都有同伴相陪，唯有她方玲只身一人，看着全世界热闹。

"看来我是没福气享受了，公司还有点事情没做完，晚上只能加班了。你们好好享受，我赶紧回去吃个饭就得接着干活儿了。"方玲为自己找了个借口，迅速离开了这个她无心融入的地方。

吃完了冰箱里剩下的咖喱饭，方玲并没有工作需要加班。百无聊赖的她拿出iPad，找了一部电视剧就开始看。估计是方玲悲哀抑郁的磁场过于强大，使得身边聚集起来的事物也带上了哀伤的色彩，就连随便点开的一部电视剧，也是女生被男友冷落抛弃的情节。方玲将自己代入女主角的角色里，一会儿悲伤一会儿愤怒，就像自己曾经经历过一样真实。

难道我和大汉也是这种情况？难道这就是要分手的节奏？难道我正在慢慢被忽略被抛弃？也许等他回来，就该和我说分手了？天哪！我都在想些什么呀！方玲将iPad狠狠扔到一边，望着天花板无可奈何。

方玲还没来得及将和大汉分手的剧情想象得过于深入，陈米粒就回来了。

"干吗呢你。"陈米粒一回来就进了方玲卧室，查看她是否安好。

"你不是看电影吗，怎么回来得这么早？"

"本来是要看来着，后来发现时间有点晚，看完都大半夜了，所以就不打算看了。"

"大半夜就大半夜呗，你又不用担心明天起不来上班迟到，反正你上班从来也没准时过。"情绪低落的方玲就连说话都带着呛。

"嘿，你这人真是，我知道你一个人在家，好心早点回来陪你，倒被你这么一通说，算了，那我还是看电影去吧。"陈米粒说着假装往外面走。

"哎、哎、哎，都回来了还走什么呀……"方玲不好意思明着承认自己的误会，便支支吾吾若有所指。

"你这意思是，不赶我走了呗？"陈米粒故意反问。

"你们也真是的，我多怕一个人待着多怕无聊你们又不是不知道，大汉这连着出差一出就是一个多月，你们不陪我也就算了，还个个都有伴，就连老爷子都有滚爷一起玩琴，全世界好像就我一个落单了。"方玲将一肚子的苦水一倒而出。

陈米粒机智地笑了笑，她和孟小芹其实早就看穿了方玲的心思。

"谁说你落单的呀，我这不是回来了吗，不然，咱俩看电影去？"

"算了，电影院还不更是出双入对的呀。"

"要不我们下去找大家玩儿去？洛洛和玛丽她们都在呢。"

"有洛洛就有沈老师，有玛丽就有马克，我掺和什么劲啊，这不是给自己添堵吗。"

"那算了，咱那儿也不去行吧，就在这儿待着。"

"哎哟，我都快愁死了！"

出门又怕触景生情，待着又憋得慌，看来唯一能让方玲好受一点的，只有大汉的消息了。

这时，门口传来了开门声。孟小芹回来了。

"方玲，快来，看我买了什么！"未见其人先闻其声。

"什么呀。"方玲并没有期待地跑出卧室，仍然一动不动地坐着。

"小龙虾！你前几天不老嚷嚷着要吃小龙虾吗，快来尝尝，凉了不好吃啦。"

"你怎么也这么早回来？"陈米粒来到客厅，看着孟小芹将满满三大盆不同口味的小龙虾摆上料理台。

"我还想问你呢，你这电影看得也忒快了吧。"

陈米粒向孟小芹使了个眼色，表示是为了方玲提早回来了。孟小芹也一边使劲点头，一边投来表示赞同的眼神。

"哟，这龙虾味道可真不错嘿，我觉得我得吃两盆！"陈米粒夸张地说道，想诱惑方玲出来。

"那剩下那盆就归我咯。"孟小芹也帮腔。

"什么呀什么呀就归你，你俩不能吃独食吧。"

方玲总算走出了卧室。对于一个足足一个月没吃上麻辣鲜香嫩、蒸煮煎炒烹炸等各式美食的十足吃货来说，这会儿最有用的武器就是大餐了。与只是放弃了一场电影的陈米粒相比，孟小芹果然深谙此道。

转眼三个人就开动了。她们技巧娴熟地剥开一只又一只膏黄肥美的小龙虾，然后一口送进嘴里，唇齿留香，回味无穷。

"我觉得小龙虾是世界上最好的东西了！"方玲正吃得不亦乐乎，好像已经忘记了一晚上的不快。

"比大汉还好？"

方玲愣了愣，赌气似的肯定道："比大汉还好！"

"这我就放心了。"孟小芹为自己把方玲从思念的泥沼中解救出来而感到欣慰。

"看到你们对我这么好，我也就想开了，我竟然为了一男的伤心了那么久，他凭什么呀，我还有俩闺密呢！"

"大汉不找你，你怎么也不给他打电话呀？"

"他这么长时间不联系我，还要我主动找他？我倒要看看，他到底什么时候才给我来电话，看看他怎么解释！"方玲对大汉的焦急等待的心情，似乎已经慢慢发展为怨恨了。

"也许人是真的忙呢，你也知道，司机就是没日没夜地跑，这跑的还都是长途，就算他有空了闲下来了，估计也累得倒头就睡，哪儿还顾得上打电话。"

"米粒说得还真是，你不是说这段时间他们公司业务繁忙吗？你肯定也希望他多挣点钱吧，那他两只手都铆足了劲儿挣钱了，哪儿还有手来抱你呀。看看你手上的戒指，难道不是他一分一毫挣回来的？你也得体谅体谅人家嘛。"

"我觉得啊，他能给你买这么贵的戒指，说明他是真的想对你负责，如果你们下一步打算谈婚论嫁的话，他现在肯定是在努力攒钱娶你。"

本以为俩闺密会站在自己这边，和自己一起讨伐大汉，没想到却反而为大汉说话，但是这并没有让方玲十分生气。

"其实你们说的这些我都懂，但我也不知道为什么，反正没有他的消息，就感觉是被冷落了，心里就是不舒服。难道你们没有这种情况吗？米粒你想想，如果有一天上官和你联系的频率突然减少了，你不会瞎想？还有宗教男……哦，不好意思。"方玲刚想问孟小芹，又突然想到他们早已分手，便立刻打住了。

"我没事，都过去了。"

"对了，你们今天谈得怎么样？已经了断了？"

"我是早就了断了，是他自己放不下。不过今天话都说开了，他以后不会再来找我了。"

宗教男将孟小芹约在了他们第一次约会吃饭的餐厅，说是从哪里开始就从哪里结束，这在对这段感情已经没有留恋的孟小芹看来，似乎稍显婆婆妈妈。

两个人的谈话简单而直接，宗教男不太明白孟小芹提出分手的原因，以及为什么在分手后她竟一点难过悔恨的感觉也没有，孟小芹简单明了地列举了让她觉得两个人的价值观人生观严重不符的事例，尤其是关于两个人对于婚后如何生活这一问题的严重分歧，以及父母对她未来另一半的期待与要求。

宗教男本想反驳，结婚应该是两个人的两情相悦定终身，为什么要将父母意愿摆在如此重要的地位，但转念一想，自己提出婚后回县城生活，不也正是父母对自己的期待吗，只不过这期待里因为被加上了他自己所谓的孝顺，而显得更加理直气壮罢了。

于是，宗教男也不再说什么了。两个人心平气和地吃了最后一顿晚饭，便分开了。

"全程下来，我感觉就是和一个不太熟的朋友聊了会儿天吃了顿饭而已，没什么感觉。"

"我觉得你就该学学小芹，人家分手了还这么淡定，你只不过是减少了联系而已。为了大汉的事，又影响心情又耽误工作的，多不好。你说是不？"陈米粒看了看孟小芹，向她寻求认同。

"是啊，生活还是要继续，这个世界谁离了谁还活不了呀。"

"那万一我们要真分了呢？"

"你就瞎扯淡吧！这剩下的你还吃不吃，不吃我吃了啊。"陈米粒将注意力转移到了小龙虾上。

"去去去，你都吃那么多了，这些是我的！"

"不然我们再叫两份吧，不过瘾呀这也。"

"我要那个酱香味和蒜香味的，对了，再加一份年糕吧，拌着酱可好吃啦。"

"你俩今天是怎么了，这么能吃？"孟小芹惊奇地看着面前摆着满满一盆小龙虾壳的方玲和陈米粒。

"饿！"两个人哀求的眼神望着孟小芹，异口同声。

"行行行，让你们吃个痛快，就当是庆祝我恢复单身贵族的自由生活吧！"

"要大份的！"

孟小芹和陈米粒相视而笑，笑眼里是一种不言而喻的欣慰和喜悦，这不正是 512 三姐妹该有的生活吗。

这天晚上，三个人吃了这个夏天最美好的一顿小龙虾，撑得睡不着觉，又在沙发上七倒八歪四仰八叉地聊天聊地聊人生。在大汉突如其来的一通电话后，孟小芹和陈米粒打着哈欠，总算回了卧室。

"喂，媳妇儿，我错了。我这么长时间都没给你打电话，但是我这几天实在太忙了，一直在路上开车，这下总算可以歇下来了。我一歇下来就给你打电话，不然怕我媳妇儿不高兴呀……哎呀，太好了媳妇儿，我还担心你会不会睡了呢，原来你也还没睡啊……"

37

"喂，二胖，是我，滚爷。怎么，这么长时间没联系，不会不认识了吧？最近怎么样，在哪儿高就呢？我呀，酒吧唱唱歌接接商演，好赖能养活自己。对了，我问你，你下礼拜天有空吗？是这样，我接了一个商演，报酬还不错，但现在就是人手不够，你要没什么事的话，下周天过来给我串一把贝斯手呗。啊，已经好久不碰琴了呀，咳，就你那功底，练练就捡起来了，还有一周时间，够你练习的呢。什么？下周可能要出差，哦，那行吧，那我再找找别人。行，没别的事儿，以后常联系啊。"

"喂，刀疤，我，滚爷。哎哟我俩都多长时间没见了，得有一年了吧，最近怎么样呀？哦，上班啦，金融公司，行啊你，搞金融，还有这头脑。我在八州也认识不少金融界的朋友，有需要的话可以给你介绍介绍。什么，在上海哪？我去，什么时候出去的，怎么不说一声？哦，是这样……没什么事儿没什么事儿，就是好久没联系了，还想约你出来聚聚呢。过年就回来啊，那行，那我们年底见呗……哎行，那你忙去吧。"

"大个儿，听得出我是谁不？嘿行啊你，这都听得出来。是啊，我前段时间还想呢，咱们哥儿几个也好久没见了，是不是找个时间出来聚聚，回忆回忆当年的光辉岁月什么的。今天找你啊，一个是这个事儿，还有一个事儿也想找你帮忙……哎对了，你应该还在八州城吧？在就好，是这样，我这儿接了个商演，报酬还挺不错，就是现在人手不太够，你下礼拜天有没有空过来给我客串个贝斯手？啊，带孩子呀，嗬，都有小孩啦，男孩女孩啊，女孩好，都说小情人黏爸爸，挺好挺好。那什么，也就一个星期的时间，能不能腾点儿给兄弟呀，你们一个个的，有工作的工作，回归家庭的回归家庭，要不是情况紧急，我也不想打扰你们呀。老婆不愿意你再玩儿乐队？哦，那老婆的话还是得听的，一辈子就一个老婆，是不。那行，那我也不打扰你了，对了，替我给嫂子问好，等我有空了过来看看你们。好嘞好嘞，挂了吧。"

一个早上以来，滚爷已经打了不下二十通电话，但曾经一起玩乐队的朋友们大都回归了朝九晚五、日常琐碎的平凡生活，曾经对音乐的热爱执着和信誓旦旦更是尘封于现实生活之下，就算他们有心帮忙，恐怕也是爱莫能助。滚爷陷入了僵局。

半个月前，滚爷接到了一个商演邀请，而且报酬不菲，与乐队商量后当场就签了合约。乐队排练了一个多礼拜后，主办方又突然有了新创意，希望能在流行乐中加入民乐的元素，这个当然不是问题，毕竟滚爷不仅自己会一两个拿手的民族乐器，编曲更是不在话下，但问题是，乐队只有他一个人会民族乐器，如果他负责这块的话，那么乐队就出现了贝斯手的空缺。所以，他才想到要在曾经的队友中找一个替代。

滚爷正在焦头烂额，隔壁小区的老爷子拎着二胡风风火火地就来了。

"滚子、滚子，快快快，上回你教我那什么卡、卡、卡门儿的，这几天没练有点忘了，赶紧跟我一起练习练习。"

"卡门儿？是脑袋卡门儿还是脚趾头卡门儿了呀，那叫卡农！"不想被老爷子看出有心事，滚爷原本焦虑的情绪瞬间高涨。

"对对对，就是卡农，就是卡农。你看我这记性！"

"今天这时间点不对呀，怎么不用带孙子？"

"最近放暑假，孙子给儿子和儿媳妇带去旅游啦，去香港，叫什么迪斯科，小孩儿都喜欢那个不是。"

"那叫迪士尼！迪斯科？那是二十多年前的玩意儿。"

"行行行，你说什么就是什么吧，净欺负我们老人家什么都不懂。"

"哪儿敢呀！想练习是不，说来就来！你等会儿，我回去拿吉他。"

自从滚爷和老爷子发现对方与自己有相同的兴趣爱好之后，两个人已然成了一对忘年之交，就连平时沟通交流都俨然八拜之交的兄弟状态。

在腿上架好二胡，滚爷的吉他扫弦响起，老爷子瞬间就跟打了鸡血似的，立马进入如痴如醉的状态。

"这里不对，这个小节你抢拍子了，看见没，这里有一个休止符，你在心里数一秒钟再拉弓。"滚爷指着琴谱为老爷子指点。

两个人又从头开始。

"你怎么又忘了，这段是你二胡的 solo，你甭等我，拉你自己的，这段结束后我才又加进来。"

"哎，又错了，这人老了脑子也不好使。"老爷子自觉不争气，跺了跺脚嫌弃自己道。

"这是什么话呀，跟那些个只会遛鸟跳广场舞的老人家比起来，你可是有本事多了。咱不着急，慢慢来。"滚爷耐心地安慰。

"以前都是我一个人拉，想怎么拉怎么拉，这一合奏吧，还得瞻前顾后的。"

"你以为一个乐队那么容易哪，那都得互相配合才行。我也觉得你现在有点乱，不然这样，我先不弹，你先把二胡的部分单独拉一遍，熟练了我们再合起来。"

"成！"老爷子定睛看了看琴谱，给了自己五秒准备的时间，深呼一口气，推起了弓。

滚爷静静地坐在一旁，时而看看琴谱，时而在重要处为老爷子打拍子。看着看着打着打着，滚爷脑子突然一个激灵，如果让老爷子负责民乐部分，自己不就可以照旧弹贝斯了？

"停！"滚爷突然一声吼。

"哎呀妈呀！"全情投入的老爷子被吓了好大一跳，"咋又错啦？"

"没错呀。"

"没错你吼啥呀，这傻孩子，差点被你吓死！"看来老爷子被吓得不轻，一边拿手抚摸着胸口，一边给滚爷一个大白眼。

"我错我错，是我错了。"滚爷一边赔笑一边赶紧帮老爷子摸摸胸口顺顺气。

"这又得重来一遍！"

"先不着急，我先跟你商量件事儿呗？"滚爷一脸坏笑。

"什么事啊？"老爷子半信半疑，感觉多半没好事。

滚爷便将商演的事，包括被从前一起玩乐队的小伙伴们拒绝的事，从头到尾说了一遍。

"不行不行绝对不行，抛头露面的事我可干不了。"老爷子疯狂地摆手摇头，以示拒绝。

"没有什么事是干不了的，多干几次就习惯啦。"

"听你这话，我怎么觉得干的不是什么好事啊，你不会忽悠我吧。"

"我怎么能忽悠你呢，商演，能赚钱的，这么好的事，我怎么能不捎带上老爷子你呢。"

"这都是你们年轻人的事，谁愿意看一个糟老头儿在台上啊。"

"糟老头儿怎么了，现在老头儿还有当模特的呢，这叫人老心不老，八十岁的年龄二十岁的心态。"

"哎，不行不行……"

"我就问你，你是不是喜欢音乐，年轻的时候是不是也有过音乐梦，是不是特享受拉琴时那种自信那种愉悦的感觉？这不就结了，一个人拉琴多没劲呀，就应该把音乐带给你的这种快乐再带给别人，悦人悦己，独乐乐不如众乐乐嘛。你说是不是这个理儿？"

听着滚爷的轮番劝说，老爷子一口一个"是"，本以为能把他说动了，谁知最后老爷子还是摇头摆手地拒绝。

"不是不是不是……哎，我是说，理儿是这么个理儿，但是、但是、不瞒你说，我这人吧，最怵人多，这人一多吧，我就不知道该怎么说话手该往哪儿搁了，要让我在那么多人面前拉琴，估计我连弓都不知道该怎么握了！"

"你还怯场哪，之前开着收音机跟我们闹别扭闹得那么凶，我以为你多大胆呢。"终于发现了老爷子的弱点，滚爷得意地怪笑。

"对付你们这群小崽子，我还能认怂不成！"

"那你这回算不算是认尿啦？"

"这……"老爷子倔强地看着滚爷，不愿承认。

晚上，尚夏来工场找滚爷去小酒馆喝酒。

"走走走，请你喝酒。"

"不去不去。"

"哟呵，喝酒都不去。怎么，戒啦？"

"正愁着呢。"滚爷一脸的愁云惨淡。

"怎么了？"

滚爷便又把商演的事说了一遍，这次还加上了邀请老爷子却遭到拒绝的事。

"你说你请个老头儿上台演出，主办方能同意吗？"

"你也看到了，老爷子拉起琴来那像模像样的，还真有音乐老顽童的感觉，我想着再给他打扮打扮，形象上应该不成问题。现在的问题就是……"两个人的谈话，被坐在一旁玩 iPad 的方玲听进了耳朵里。

"尚夏，你之前不是说要举行一个什么专场音乐会吗？刚好借这个机会让老爷子练练胆儿，况且……我们也好久没在一起吃吃喝喝啦。"方玲古灵精怪地向两个人使了个眼色。

"是啊，我怎么忘了这事了呢，你看怎么样？"

"我觉得嘛，方玲这建议不错，顺便，也找了个好理由吃吃喝喝。"

"我这给你出谋划策呢，有你这么报答的吗？"

"恩公在上，请受小的一拜。小的一定让恩公您吃好喝好听好，尽享极度奢华盛宴！"

38

星期六早上七点半，陈米粒睡眼惺忪地走出卧室想上个厕所，看见孟小芹已经穿戴整齐，准备要出门的样子。

"这么早，上哪儿啊这是？"

"去市郊一个什么私人果蔬农庄，采果子去。"

"是约会吧，和前几天那个相亲对象？"

"是呀。"

"这是有戏啊。"

"第二次见面而已，哪儿谈得上什么有戏没戏的。"

"至少还是可以考虑的嘛，不然你也不会答应人家。"

"好了好了，你赶紧再睡个回笼觉去，昨天回来得那么晚，我走了啊，不然该迟到了。"

两个人互道"拜拜"，孟小芹关了门，陈米粒两眼迷离地走进卧室，一想不对，又转身进了厕所。

自从得知孟小芹和宗教男分手之后，孟小芹妈便又紧锣密鼓地开始为女儿张罗相亲事宜，用她的话说："在老家，同龄人都开始考虑二胎了，你这已经是黄金剩女啦！"

有了宗教男的前车之鉴，这回孟小芹妈可是把物质标准置于相亲标准之首，凡是与他们家经济条件不相对的家庭，无论男生多么优秀，都一律排除在外。周围亲戚朋友家的儿女，结婚的结婚，抱孩子的抱孩子，这无形中给孟小芹妈带来了压力，于是这段时间以来，孟小芹总是隔三岔五接到母亲电话，也不管她是否情愿，总有那么一两场相亲在她工作之余的任何时候等着她。

都说两个人是否合得来，一顿饭便能知道答案。洞察敏锐的孟小芹更是能在短暂的交流中判断一个人的大致性情和价值观念。多场相亲下来她发现，如果不是被金钱、豪车和一身的名牌填充，这些"富二代"基本只是一副涉世未深、思想肤浅的皮囊，一戳就泄气。

自从和宗教男分手之后，孟小芹对爱情和婚姻似乎有了不同的看法。以前的她总以为找一个人结婚生子理所应当，现在发现，如果没有能找到和自己精神同步的人，独身也罢。如果每天相处的不是一个足够有趣而丰富的灵魂，她宁愿自己制造乐趣。

抱定这一标准，孟小芹对相亲似乎也不再那么排斥了，相亲也还讲究你情我愿，父母总不能逼着她和谁谁谁结婚，时不时出去见见新面孔，也算是给枯燥生活的调剂。因此，只要不是严重合不来，孟小芹还是会在初次见面之后答应相亲对象的一两次邀约，不过也就一两次之后，两个人从此便再无瓜葛了。

下午三四点钟，一辆法拉利停在了工场门口，驾驶里下来了一个高高瘦瘦白白净净的年轻男子，还没等大家猜测来者何人，男子便打开了副驾驶座的门，下来了大家熟悉的孟小芹。年轻男子又从车后厢拿出两大筐包装精美的果篮，本想替孟小芹拎进门，但孟小芹客气拒绝，两个人又寒暄了几句，孟小芹才总算把年轻男子打发走了。

"大家快来吃水果，都是些新鲜又香甜的好水果呢。"

众人没有回应更没有挪窝儿，只是直勾勾地看着孟小芹，在等着她讲故事。

"看我干吗呀，吃不吃，不吃我拿回去了啊。"

"看来有情况呀……"玛丽先开口了。

"什么情况？"

"明知故问，刚刚那男的……嗯？"

"就是一个朋友，你们可别瞎猜。"

"是什么性质的朋友呀？"

"可以啊小芹芹，刚走了一个宗教男，又来了个法拉利男，这么年轻就开法拉利，看来不是普通人。"

大家正讨论着，孟小芹都还没机会解释，陈米粒出现了。她是下来拿外卖的，老远就听见了大家的讨论。

"都别猜了别猜了，我来告诉你们正确答案吧，那就是小芹一个相亲对象，估计着，下次不会再见面了。"

如此"口出狂言"，众人把目光都聚焦在了缓缓而过的陈米粒身上。

"啊，不会吧，再也见不着法拉利了？"

"小芹都还没发话呢，你在这儿瞎说。"

"真的真的，不信你们问小芹。"

众人又把目光转回孟小芹，个个期待正确答案的表情。

"米粒说得对，你们没机会再见到法拉利了。"

"真是相亲对象啊？"

"那还能有假。"

"哇，草莓、樱桃、山竹、葡萄还有大杧果，这让我的榴梿千层情何以堪。"看见那两大篮水灵灵的诱人水果，陈米粒将刚到手的外卖推到了一边。

"想吃不？洗去！"

待陈米粒抱着水果屁颠屁颠地去厨房清洗，孟小芹这才开始解释大家都好奇的那位"法拉利"。

"就是我妈给我撺掇的相亲对象，为了应付家里，约了两回，但是吧，没戏。"

正巧，尚夏刚好走进工场："聊什么呢，这么热闹。"

孟小芹看着尚夏愣了一下，就像惊讶于尚夏的突然出现，而尚夏先是看了大家一眼，最后的眼神还是落在了孟小芹身上。滚爷各看了两个人一眼，像是突然想到了什么，故作轻松却带着只有自己和尚夏明白的意味回答。

"哦，哎呀，你来晚了一步，刚刚看见一个开法拉利的帅哥，你猜是谁，是小芹的相亲对象。我们正替她高兴呢，结果呢，她却说没戏，你说气不气人。"

在别人那儿是气人，但在尚夏这儿要说是喜人那也不算夸张，孟小芹当然明白尚夏的真实想法，但又不能在众人面前表现，只能对尚夏笑了笑，好像在说，气人也没办法，谁叫我看不上呢。

"开法拉利的帅哥？那是够气人的哈。"尚夏只能装作和众人相同的反应。

"这有什么可气人的呀，开法拉利怎么了，坐在宝马里哭泣的妻子还大把大把的呢，要真给你辆法拉利，估计恨不得撞车自杀！"陈米粒端着洗得干干净净的水果从厨房出来了，"爱情吧，不能用金钱衡量，你就说上官吧，整天骑辆小破电驴来来去去的，我也没嫌弃他不是。"

"哟哟哟，你这是方玲上身吧，什么时候也夸起自家男人来了。"

"我就是打个比方嘛。"

"尚夏你也来啦，来得很是时候嘛，还是你知道有好吃的？"陈米粒拿起一个大草莓塞进嘴里，"唔唔唔，巨甜！"

围着三大盘红的黄的摆得满满当当的果盘，大家大快朵颐。

"就冲这水果，小芹芹啊，我觉得你和人法拉利多约几次也无妨。"

"那总不能次次都去农场吧。"

尚夏拿起旁边的果篮看了看，"水果就是这个农场采摘来的？这儿我好像有点印象。"尚夏想了想又补充，"就是我这个开工场的朋友，认识农场的主人，大家下次要是想去，我和朋友打声招呼，没准还能打个折什么的。"

"我说呢，听刚才小芹的描述，那农场感觉像是有钱有身份的人才消费得了的地方，我还以为你认识人家主人呢。"

尚夏的家庭背景，工场里的人至今没有任何人知道，而真实情况是，法拉利男带孟小芹去的这个农场，尚夏何止是有点印象，其主人正是尚夏的舅舅。农场隐蔽在八州城郊一隅，知道的人不多，但去的人也都图一份避世清静，当然，农场走的是高端路线，价格肯定不菲。

尚夏发现，"开工场的朋友"还真是个好用的幌子。

滚爷自认为只有自己知道其中秘密，其他人都蒙在鼓里，作为尚夏的好基友，他觉得自己有义务为好友的人生幸福指明道路。于是他赶紧啃完手中的杧果，招招手暗示尚夏出去工场门口。

"什么事不能在里面说？"

"孟小芹的事，你希望我进去说？"滚爷开玩笑地作进门状。

知道滚爷爱出幺蛾子，尚夏一把将他扯了回来："哎，你得了吧，有什么事快说。"

"你也听到了，相亲失败，没戏！"

"这不很正常吗，相亲哪有那么顺利。"

"可不是吗，而且相亲多麻烦呀，要跟一个你不认识的人培养感情，累。"

"所以啊，你没有被爸妈逼着相亲，简直太幸福了。"

滚爷一脸孺子不可教的表情："你是不是傻，我是在跟你说相亲吗，我是跟你说孟小芹！你说你尚夏在这儿呢，她还费什么劲相亲哪！"

"你……"尚夏并非不明白滚爷一开始想说什么，他觉得这只是滚爷在瞎操心。

"你什么你，这种事还要我替你操心！我都想好了，我们不是要搞一个音乐会嘛，下周三呢，刚好是小芹的生日，我们就把音乐会安排在周三，借音乐会给她庆祝生日，顺便给你个机会表白，你看怎么样！"滚爷觉得自己的想法简直无懈可击。

"怎么样，不怎么样！这都老掉牙的套路了，也就你这脑袋能想得出来，跟老爷子待久了思想也落伍了吧。"

"我们老爷子可潮着呢！"别看滚爷经常跟老爷子斗嘴，可袒护起他来，就像对待自家人一样，"我这可都是为你好，你说你，明明对人家有想法却不

158

敢行动，你这算什么男子汉大丈夫嘛。"

"我不都跟你说了嘛，我俩没戏。"

"你这人丧不丧气，我看你思想才落伍呢！虽然你以前表明过自己的心意，人家没同意，但人是会变的，自从她们三个女生搬到工场来，你帮了她们多少忙，就连前男友死缠烂打这种事也是你出面劝阻的，她孟小芹不可能不领情吧，说不定就对你暗生情愫了呢。"

"可是……"

"可是什么可是，你这人平时做事还挺靠谱挺有能耐的，怎么一到女人这儿就变得婆婆妈妈叽叽歪歪的呢，难怪你交不到女朋友！好了好了，这事就这么说好了，需要任何的配合工作提前跟我说一声，剩下的就只能靠你自己了。"

看到尚夏再也没说什么，滚爷暗喜，总算是被自己说动了，脸上慢慢出现得意表情。

"你都不知道，为了你俩这事我是操碎了心呀，还好这事让我知道了，不然你这辈子都甭想有机会。哎，我可告诉你啊……"

滚爷正想积极邀功呢，尚夏却受不了他在耳边哼哼唧唧，赶紧将沉浸在自我欣赏中难以自拔的滚爷催促进门。

39

"不行不行，你别拉我，我要回去换衣服。"

"换什么呀，这挺好的，快点，时间差不多了。"

"一大把年纪穿成这样，你让我这老脸往哪儿搁！"

"往台上搁！"

皮衣皮裤的滚爷拉着同样皮衣皮裤的老爷子出了房间，正往工场大厅走去。为了模拟商演现场，给老爷子练胆儿，滚爷可是从造型开始还原，两个人唯一不同的，是一个顶着一泡面头，没有泡面头的老爷子也让滚爷用发胶将仍然浓密的头发坚挺定型。只不过，这造型可不受老爷子待见。

追光灯、大音响、高高搭起的舞台，荧光棒、灯牌、不时传来的尖叫，有尚夏出马，还原现场当然不在话下。

除了这些音乐会必备因素，方玲所期待的"吃吃喝喝"当然也必不可少，什么鸡尾酒啤酒红酒饮料，炸鸡翅比萨沙拉烧烤，冰激凌蛋糕布丁水果，各种食物摆满餐台，让人乍看之下还以为走进了自助餐厅。

"我去，这蛋糕也太好吃了吧。"陈米粒叉了一大口蛋糕塞进嘴里，美味到两眼发直。

"可以啊方玲，经常带着大汉在外面吃香的喝辣的，还吃出经验来了。"

这家蛋糕是方玲强烈推荐的，用她的话说是，"好吃到都忘了自己是谁"，听到大家对她品味的肯定，方玲不无得意："什么呀什么呀，是大汉带着我吃香喝辣好吗，哪儿有好吃好玩的，他精通。"

"我看你好事都往大汉身上揽的毛病呀，是改不了咯。"

"为什么要改，他可是我的大汉啊！"方玲故作花痴状。

"对了，今天这么好的日子，他怎么没来？"

"哎，别提了，老板自己有应酬，还非得叫上他一起，你说他一个司机，难不成还能上桌谈生意？"

"没准人老板想培养他呢，看他一表人才的，当司机太可惜了。"

"你的上官呢，不会也要谈生意吧？"

上官倒是说要来，可这会儿了也没见着他，陈米粒还想着要不要给他去个电话，正巧看见了刚进门的上官："傻小子在那儿呢。"

孟小芹和方玲都和上官见过面，三个人互相打了招呼。

"这么热闹啊，我以为只是一个小型演奏会呢。"上官环顾四周，一个不大的客厅竟能安下一个舞台和这么多桌椅，他惊讶于组织者对空间的利用。

"确实是小型音乐会，可地方小不代表场面就小，舞台、观众、自助餐，该有的还是要有嘛。"方玲俨然一副组织者的形象，虽然她只组织了"吃"的部分。

"比如吃吃喝喝是不？"孟小芹调侃道。

方玲翻了个无比大的白眼。

"上官，你是第一次来这儿吧，让米粒带你好好参观参观。"

"是第一次来，不过整个布局貌似一眼也就明了了，前台、台球室、分享厅、健身室，最旁边那个应该是厨房。"上官精准地认出了工场的每一个布局，"听说这儿还有办公区和公寓，应该在后面吧？"

"对，就在那儿。"孟小芹往公寓的方向指了指。

大家也朝着孟小芹指向的地方看去，没承想，竟看到了打扮惊奇的滚爷和老爷子。滚爷这副样子大家已经见怪不怪了，但老爷子这大胆前卫的装扮，绝对是生平第一次。

"哇，老爷子真是拼啊，连皮衣皮裤都穿上了。"

"看来这下玩儿真的了，说是给老爷子壮胆，穿着这身出来，这胆壮得也是挺成功啊。"

"你们说，老爷子这么固执一人，滚爷是怎么让他穿上这身打扮的呢？"

"威逼利诱？软磨硬泡？以命相胁？"

"这个老头子难道也是乐队的成员？看来玩乐队的还真是思想前卫。"上官也好奇地看着远处的老爷子，工场里的人和事，他还有所不知。

"他是被拉来救场的，商演人手不足，滚爷只好把老爷子请来了。这可是他第一次上台表演。"

"他是键盘手还是吉他手？这么大年纪还会玩这些乐器，也不容易。"

"都不是，他是、二胡手。"方玲自创了这么一个词。

"哦，原来是中西合璧的音乐会啊。"上官似乎大概猜到了音乐会的演奏形式。

"哎呀，原来你也是个音乐发烧友啊！"

"对表演形式懂一点，其实我就是个音痴。对了，那老爷子旁边那位，应该也是乐队成员吧？"上官好像对这些人很感兴趣。

"他就是滚爷，他可是新苗工场的大明星，不仅自己会弹会唱，作曲作词改编什么都不在话下，今天中西合璧的曲子大部分都是他改编的哦。"

"这么厉害，看来你们工场真是人才辈出啊。"

"这有什么，滚爷不是新苗工场唯一的特色，这里的人个个有意思。看到那边那个打台球的男生吗，旁边端着酒杯的女生是他老婆，他俩是旅游达人，每天的工作就是在地图上画一个圈，然后就去这个圈圈上玩；沙发上安安静静发呆的那个胖子是个美术老师，可又不是普通的老师，他不管去哪里都随身带着画板，别人记录用相机，他用画笔，就今天这场音乐会，估计他又能出几张大作呢，上回去雨崩他就画了不少，你看墙上挂的那些就是；

正在和闺密聊天的那位叫洛洛，他是美术老师的老婆，她也是个老师，教瑜伽，你别看他们两个平平淡淡，其实他们的恋爱过程可算惊险刺激，两个人大半年不联系，支教的支教旅行的旅行，结果半年回来后却发现更爱对方了，你说是不是很有意思；那边长得特秀气的那个男生是个舞蹈演员，前段时间考上了国外一所很有名的音乐学院，下个月就出去了，他旁边吃比萨的那个女生是个业余的演员，超级喜欢演戏，下半年准备去北京发展，说是在大剧组当群演总比自己在这儿小打小闹强……"

陈米粒挨个向上官介绍工场里的人，台上的演奏早就已经开始了。滚爷和他的乐队成员依旧活力四射激情满满，手里忙着拨弄琴弦，两眼还不忘朝台下的美女放光。再看老爷子，他完全不适应光怪陆离的舞台，只是一个劲儿低头拉琴，不过他身体僵硬表情麻木，并没有私下和滚爷斗琴时那种深情豪迈。

就在这时，聚集在舞台前面的十几个观众陆续举起手中的荧光棒、灯牌和各种演唱会必备手牌，嘴里有节奏地喊着"Jonny Jonny Jonny……"这当然是尚夏安排的，为的是让老爷子有一种万人瞩目的感觉，给老爷子增添自信心。

为了与乐队显得更加融合，滚爷给老爷子起了个英文名叫 Jonny。

"啥？走你？这是什么名字嘛！"

"不是走你，是 Jonny。"

"不，还是走你吗。"

"算了算了，反正你不需要自我介绍，只要听着别人这么喊你就成。"

这不，老爷子在台上拉琴，就听着台下"走你走你"的喊声。这怎么像是要赶我下台啊？老这么喊我，大家是喜欢我呀还是不待见我这个糟老头呀？老爷子心里这么琢磨着，手里慢慢走了神，眼明心细的滚爷听出了二胡的不对劲，猜到也许是台下突如其来的呼声把老爷子吓着了，自信心没添成反倒添了慌乱之心。于是，滚爷眼神示意舞台边的尚夏，尚夏收到信息，对着那些呐喊的观众大手一挥，呼声渐弱，老爷子这才慢慢调整回了节奏。

几首曲子奏毕，滚爷对着话筒发言。

"谢谢大家前来捧场，见证我们放克乐团新成员加入的重要时刻！"

滚爷说着伸手对老爷子做邀请状，老爷子欠身站起，向观众微微点头，动作连贯自然得好像早已谙熟这一亮相的套路。下面又响起了"Jonny Jonny

Jonny"的欢呼声，看来还是不习惯这种热烈，老爷子见状又赶忙低下头坐了下来。

"好好好，谢谢大家，谢谢大家啦！"滚爷示意大家安静，"大家可能不知道，今天除了是我们新乐团的首场演出，还是一个特别特别重要的日子，那就是，住在我们新苗工场512公寓的美女，孟小芹的生日！"

除了方玲和陈米粒，工场并没有人知道孟小芹的生日。下面先是一阵沉默，然后便是同样热烈的欢呼和鼓掌声，所有人都转向了站在最后面的512三个女生。

就连孟小芹都诧异，没想到还有其他人知道自己的生日，而且，还会在这个时候给自己这么个惊喜。

但，惊喜来得过猛，搞不好就会变成惊吓。

懵懵懂懂中，孟小芹被滚爷邀请上了台，滚爷一直在说话，但孟小芹根本无心在意他都说了些什么，只是在脑子里做着各种猜测。难道是陈米粒方玲告诉滚爷自己的生日，他们串通好了？难道自己曾经无意中透露过自己的生日，只是不记得了？或者，滚爷从哪儿打听来的？

孟小芹在脑海中来回切换这各种猜想，却没有一个可以成立。这时，突然听见了尚夏的名字，正当她欲思考此事与尚夏是否有关的时候，尚夏被滚爷招呼了上来。

之后的事情，孟小芹记得不太清楚了，她只记得尚夏拿着一捧清新斑斓的鲜花和一个精美的首饰盒子，她欣然接受了鲜花，却在首饰盒被打开的那一刹那，转身离开。

40

孟小芹转身离开，尚夏不自在地下了台。为打破尴尬的氛围，滚爷和乐队又为大家演奏了几首曲子，然后便是大家自由吃喝聊天，渐渐散场。

在送上官去公交车站的路上，陈米粒告诉了他尚夏和孟小芹的故事。

"每当孟小芹遇到困难的时候，尚夏总能成功解救，总觉得他也是个不简单的人。"

"可不是吗，尚夏好像总能有办法化解困境，想起小芹找工作的那段时间，迷茫又无助，还好有尚夏帮忙，我和方玲都觉得尚夏可比那个宗教男好太多了。"

"可孟小芹就是不喜欢他？"

"我们也劝过她好多回了，说多了又怕她不高兴。你说那么优秀一个男生，长得还那么帅……哎，感情这事，还真是说不清。"

"这下大家都知道他们的事了，以后在工场免不了尴尬。"

"这还真是个问题，尚夏那么聪明的人怎么会没想到呢？也不知道他们以后怎么办。"

"虽然发生了这件不愉快的事，不过话说回来，第一次来新苗工场，感觉很不一样，都是些故事丰富的男同学女同学。"

"我觉得呀，跟他们比起来，我们512三个女生的生活是最平淡的了，真想能有他们那样波澜的人生啊。"

"每个人都有各自不同的生活，就像三百六十行，行行都要有人去做才行，如果所有人都做着同一份工作，所有人都只过着同一种人生，那岂不是太没意思了，到那时候，你也不觉得这样的生活有什么值得羡慕的了。"

"你这观点我还是第一次听，不过这比方打得还挺生动。那你觉得他们会羡慕我们这种平淡的生活吗？"

"平平淡淡总是真，你不要老觉得这种生活不好嘛。如果给你个机会，让你体验那种三天两头在路上的生活，你愿意吗？就你这性格，肯定坚持不了多久就会跪地求饶啦。"

"不过也是，虽然我也爱玩，但也只是有空放松放松地玩，如果也让我带着一支大部队上路，我自己都顾不好呢，哪有心思顾别人呀。看来我这种人，就是宅在小屋子里码字的命！"

"哎，你会码字呀，这在别人眼里，难道不是个令人羡慕的技能？"

"是哦，你不说我还没想到呢，被你这么一说，这下我可平衡多了。"

"对了，新苗工场这么多有趣的人和事，不就是很好的小说素材吗？你怎么没想过把他们写进小说里呢？"上官突然停了下来，好像发现了什么玄机般郑重。

"啊呀呀不得了呀，不愧是老司机，让你来参加一次音乐会，还发现一部好小说了！"陈米粒像被一言惊醒的梦中人。

"不然你试着写写，就冲你们这些形形色色性格鲜明的人物，故事肯定好看。"

陈米粒大眼睛骨碌一转，拉着上官大步走向车站："快点快点，车就要来了，你自己注意安全，我先回去了啊。好构思不等人！"

"说风就是雨的呀！"

陈米粒风风火火地回到512，房间里却是一潭死水。孟小芹呆坐在沙发上，方玲早已安慰过她，可好像作用不大。

"在想刚才的事吧。"

方玲向陈米粒使了个眼色，陈米粒会意："这事我们真不知道，肯定是尚夏和滚爷两个人谋划的。"

"这种事情，他们怎么能在那么多人面前提起呢，况且大家都不知道我和尚夏的关系。我还纳闷儿呢，滚爷怎么会知道我的生日，尚夏一上台，我就什么都清楚了。"

"这事他们确实做得不地道，我觉得这肯定是滚爷那小子的主意，我看尚夏上台的时候，好像也有点不情愿。"

"他这一上台倒好，以后大家在工场怎么相处呀。"

"他们瞎折腾是他们的事，不过我觉得吧，你当时的做法是不是也有点欠妥呀？"陈米粒说得小心翼翼，生怕正在气头上的孟小芹怀疑自己有偏袒之心，"现场那么多人呢，你扭头一走什么事都没了，但留尚夏一个人在台上，他得多尴尬呀，如果你当时假装接受他的礼物，等下来了再跟他解释，是不是更好一点？"

"知道尴尬还这么做，他在做之前没想到后果吗？难道他就有把握我一定会接受，还是觉得我会给他点面子？真是可笑！"

孟小芹气呼呼地抱怨了一通，后来又委婉道："不过你说得也对，这事我确实也有不妥当的地方，但我当时真的是被吓到了，而且如果我在那么多人面前接受了，下来后还要怎么反悔，在大家眼里，那就是板上钉钉的事了。"

"你这么说也对。"

"也不知道滚爷他们是怎么收场的，不会尚夏以后再也不来工场了吧？"

"结束之后，尚夏有没有找过你？"

"他还哪好意思来找小芹呀！"

"但这事既然发生了，总得有个说法。我觉得，他这几天肯定会来找你的。"陈米粒断言。

果不其然，星期五晚上，尚夏出现在了新苗工场。

那时陈米粒和方玲刚从超市买东西回来，在楼下撞见尚夏，没等他开口，陈米粒就明白了他的来意："我明白，你等着，我去喊小芹。"

方玲还不忘补充："你可跟小芹好好说，为这事儿她可生气了，处理不好，你们连朋友都没得做！"

"我还是去隔壁的小酒馆等她吧。"

陈米粒理解尚夏的意图，什么也没说，拉着还想说些什么的方玲走了。

十五分钟后，孟小芹在陈米粒和方玲的苦口婆心下，终于去了小酒馆。她在一个昏暗的角落找到了尚夏。

"那天的事，不好意思，希望没有对你造成很大的困扰。"尚夏首先开口。

"是你和滚爷事先安排的？"

"我知道这么做不太好，但是滚爷非要替我做主，况且……我也想试试，如果……"尚夏欲言又止。

"尚夏，我知道你是个很优秀的人，而且你对我真的很照顾，从租房子到找工作，你帮了我不少忙。我也曾经犹豫过是否要接受你，真的，有那么几次我是真的很想跟你说，我们在一起吧，可是每当看到你的时候我总发现，其实我只是单纯欣赏和崇拜你身上的闪光点。在学校时我把你当作榜样，工作后我把你当作一个可以排忧解难相互信赖的好朋友，但一旦跳脱开这一层面，我不知道该如何和你相处，我觉得自己身上没有能与你相抗衡相匹配的优点。你能明白吗？"

其实孟小芹何尝不希望自己能有个像尚夏这样帅气体贴的优质男友，但两个人的初次相遇便决定了他们之间只能是仰慕和被仰慕的关系。即使是多年的相处，也没能改变孟小芹这种先入为主的观念，她觉得自己的琐碎配不上尚夏的高贵。再者，那时的她尚不清楚尚夏的真实背景，她理所应当地将父母对未来女婿的要求考虑在内，她不愿意尚夏被卷入畸形的歪风劣俗之中。

"你的意思是我太优秀了，你害怕和我在一起？其实你根本不用把我想得那么完美，人无完人，只是你还没看到我的缺陷而已。"

"自从在滨州大学的教室见到你开始，你在我心目中就是完美的。"

"这算是对我的夸奖吗？"

"在我心中，你是我的导师，是兄长，是学习伙伴，是好朋友，但唯独不是……恋人。"

"从前也被你拒绝过，我以为是我们接触时间不够长，现在我们成了生活中的朋友，没想到你还是不接受我，看来，我们真的是没有缘分了。"尚夏苦笑叹息。

"是啊，感情这事也看缘分的，我觉得我们就是有缘无分。"

"既然这样，我也不强求了，从今往后，我们只做朋友吧。我们还是朋友吧？"

"当然。只不过我怕……"

"你担心大家在工场看见我们会尴尬？这事我来解决，你就当没发生过，以前怎么相处以后还怎么相处。"

"你看，你果然是一个可以排忧解难的好朋友。"孟小芹微微一笑。

尚夏也释然地笑了笑，可是在他心里，他并不愿意仅仅只是排忧解难，而是一辈子共患难。

尚夏和孟小芹在音乐会上的举动并没有在工场留下多少话题，滚爷总算放弃了撮合两个人的执着，也认识到别人的感情外人无法强求。作为"反省"，滚爷挨个向工场的伙伴们打了招呼，这件事到此为止，而大家也万分理解，都自觉地避开这一话题，用调侃自嘲化解尴尬，用吐槽互怼调节气氛。过不了多久，新苗工场又恢复了插科打诨的和谐日常。

41

"哇靠，是不是真的啊，这是要火的节奏啊！"滚爷刚挂电话，"噌"的就从沙发上弹了起来。

"什么事啊这么大惊小怪的。"一旁的马克伸了个懒腰，要不是滚爷这一吼，他几乎都快睡着了。

"刚刚一个演艺公司的经纪人给我打电话，说是那天商演摇滚和民乐的组合给他留下了很深的印象，尤其是老爷子穿着皮衣拉二胡的形象，极富创意，深入人心！说是要给我们安排更多的演出，要包装我们！"

"真的假的？这是好事啊，玩乐队这么久，你不就盼着这一天呢吗。"

"哎呀呀，这是要出名啦！我不是在做梦吧！"滚爷越想越激动，越想越不敢相信。

"看来这老爷子还是你的福星呀。"

"不行不行，这事来得太突然，我得好好想想。你好好歇着，我回去捋捋。"

"快去、快去吧，看把你给惊的。"

滚爷一路神神道道地回了公寓，马克则在沙发上重新酝酿睡意。

"什么？小说挣钱啦！"刚要出门的陈米粒接到上官电话，兴奋地尖叫起来。

"什么事啊一惊一乍的。"沙发上马克一激灵，刚要进入美梦又被惊醒。

"上官写网络小说拿稿费啦，还不少呢！"

"真的假的？这是好事啊，你们当作家的，不就希望作品能出名还能挣钱吗。"

"出名？对啊，还能出名，这以后要真成为知名作家……"梦太美，陈米粒不敢想象。

"啊，什么什么？请我吃大餐呀，好呀好呀。"正做梦的陈米粒被电话那头的上官拉回现实。

"领导大中午的给我下任务，要我下午去公司加班。你去公司陪我？那太好啦，有你在，我可以偷懒了，快说，是不是会帮我完成任务！"

"马克马克，你好好歇着，上官要带我吃大餐去咯！"

"快去、快去吧，看把你高兴的。"

这一个个怎么都要挣大钱的样子？马克心里念叨着，又迷迷糊糊地睡着了。

"醒醒醒醒，别睡啦！"

马克再一次从梦中被惊醒，以为是谁又要挣大钱了，睁眼一开，是玛丽。

"这下不可能了……"马克自言自语，挣大钱这种好事怎么可能发生在自己身上。

"我们要挣大钱啦!"见马克一脸迷糊,玛丽用力摇了几下他的肩膀。

"什么、你说什么?你再说一遍!"

"我、们、要、挣、大、钱、啦!"玛丽一字一顿说得坚决。

"妈呀,今天是什么日子,是不是全世界的人都要挣大钱啦!"

"你这话什么意思?"

马克看看手机:"从我开始睡觉到现在,才过去四十分钟,你是第三个跟我说要挣大钱的人。滚爷的乐队被演艺公司发现,说要包装他们;米粒男朋友写网络小说一个月也拿了不少稿费,你说,大家是不是都在挣大钱。我回去翻翻老皇历,难道今天宜挣钱?"

"嗬,看来这好事都赶在同一天了呀。"

"咱们真要挣大钱?你快和我说说怎么回事。"

其实事情很简单。作为旅行达人和旅行策划师的玛丽和马克,平时除了到处旅行之外,还经营着一个微信公众号,每到一个地方,他们都会将当地吃喝玩乐及各种有趣见闻写成攻略,既是对旅途的记录,也为旅行爱好者提供参考。与其他大同小异的旅行类公众号不同,玛丽和马克以情侣身份为视角,使得攻略多了几分吵吵闹闹熙熙攘攘的烟火气。

公众号经营时间虽然不长,但已经积累了不少粉丝。粉丝口耳相传,竟传到了某旅游大省省旅游局的微信公众号上。为大力发展本省旅游业,旅游局诚意邀请玛丽和马克在省内进行一次深度游,并将经验记录成书,创新打造独一无二的旅行品牌。

"想怎么玩就怎么玩?"

"想怎么玩就怎么玩。"

"包吃包住还专车接送?"

"包吃包住还专车接送。"

"免费玩还有钱拿?"

"免费玩还有钱拿。"

"书的盈利百分之三十归我们?"

"书的盈利百分之三十归我们。"

"不仅能挣钱,我们还很有可能出名?"

"不仅能挣钱,我们还很有可能出名。"

四十分钟前的马克还羡慕着别人从天而降的机遇，没想仅仅一场梦的时间，机遇竟从天而降到自己头上。难道这才是梦？马克掐了掐自己的胳膊。

　　"是痛的！"

　　"还以为我瞎扯淡呢，我让你痛彻心扉信不信。"玛丽说着毫不客气地揪住马克的头发。

　　"哎哎哎，撒手撒手，我信我信！"

　　两个人正合计着怎么进行这项伟大的事业，孟小芹抱着一个大纸箱，大汗淋漓气喘吁吁地回来了。

　　"哟，这么大个箱子，什么好东西呀这是。"马克赶紧起身帮忙。

　　"最近首饰生意火爆，发货的速度赶不上客户下单的速度，我想着多囤点，省得老是跑来跑去的。"

　　"看看我说什么来着，今天是不是宜挣大钱！"马克作未雨绸缪的得意状。

　　孟小芹一头雾水地看着他俩。于是，马克又把他睡午觉前到现在所发生的事情说了一遍。

　　"那可真要恭喜你们啦！这可是大好事呀，跟你们比，我这算什么呀，就是挣点零花钱。"

　　"我们当初写公众号不也为了挣点零花钱，可挣着挣着，这不，挣出大钱来了嘛。所以啊，别小看零花钱，没准哪天你还能自己开首饰公司呢。"遇上好事的马克看谁都像是有好事降临似的。

　　"那我可借你吉言了。不和你们说了，我得赶紧给客户发货去，不然该给差评了。"说着孟小芹又抱着大箱子跟跟跄跄地走了。

　　陈米粒吃大餐，孟小芹忙于红火的首饰生意，坐在电脑前两个小时都不带挪窝儿的，好像大家都有自己的事情可忙，唯独方玲在房间里进进出出，百无聊赖无所事事。

　　"你在这儿都坐了两个小时了，怎么还没忙完呢？"

　　"最近客户不知道怎么了，都扎了堆地买首饰，昨天下的订单都还没来得及包装，今天又有好多单。"

　　"这么拼命，你这是要挣得盆满钵满的节奏啊。"

　　"没办法，你和米粒都有归宿了，抛弃我是迟早的事，我总得有点家底傍身吧，不然没爱情没朋友又没钱，很可怜的。"

　　"对了，我记得你说今天要和大汉看电影来着，怎么还不出门？"

"哎，别提了，说公司临时有事，取消了呗。"

"难怪看你这么消沉。他最近工作是不是挺忙的呀，我看你们都好长时间没怎么出去吃喝玩乐了。"

"是呀，他每天不是工作就是应酬，都好长时间没好好陪我了。"

"不过也可以理解，他这个年纪正是打拼事业的时候，当然要好好用功了。别说他了，你看看我，如果我现在有男朋友，为了做这点小买卖，不也是得抛弃他呀？"

"哎，好吧好吧，你们都有道理，就我小心眼。"方玲显然有些不高兴。

"我不是这个意思……"

孟小芹刚想解释，方玲却不愿意听："好了好了，你忙吧，我回屋躺会儿。"说着扔下焦头烂额的孟小芹回屋了。

如果说方玲曾经为了大汉该来而没来的一通电话一个短信而怄气是无理取闹，那么她如今的小情绪可不是无中生有。

大汉回八州城大半年后稳定了工作，两家人之间的关系也日渐紧密，方玲妈大汉妈之间更是以亲家母相称。刚开始的时候，大汉每天下了班都要来工场找方玲，有时就算因为加班没空在一块儿吃晚饭，大汉回家前也要来工场看上方玲一眼。后来发现跑来跑去实在浪费时间，于是两个人决定下班后一起回家做饭吃饭。当然，回的是大汉家。

大汉爸在外地工作，大汉和他老妈一起住。知道未来儿媳妇每天下班都会回来烧饭做菜，大汉妈当然喜不自胜，一家人其乐融融热菜热饭围坐一桌的景象，自大汉大学毕业以来她就盼望至今。毕竟还未过门，方玲也仅限于在大汉家吃个晚饭，饭后他们通常在家看会儿电视，或者在小区附近溜溜食，时间差不多了大汉再送方玲回工场。

这样简单却幸福的日子持续了三个多月，方玲对柴米油盐的平淡生活正乐此不疲的时候，大汉却让方玲对家庭生活的向往打了折扣。

考虑到今后婚礼、聘礼、组建家庭的各项花费，大汉和方玲开始有意识地节省开销，但大汉的节省却是以降低生活乐趣为代价。他们以前每个月至少看两部电影，现在每当方玲想上电影院，大汉总说："电影院多贵啊，自己在电脑上看就行。"每当方玲想下馆子改善改善伙食解解嘴馋，大汉总说："饭店的饭菜都是大油大盐的，吃多了不健康，你要是有什么想吃的菜跟我说呀，别忘了我以前可是厨师。"每当逢年过节、生日或纪念日，方玲向大汉讨要礼物，大汉总说："巧克力总会吃完，鲜花总会谢，不管是项链戒指手镯，还是你喜欢的需要的各种东西也都有了，好像也不缺什么了吧。咱都老夫老妻了，就别再搞这些花花肠子了吧。"

虽说这些话并无道理，但方玲真正想要的并非流于以上事物的表面，她只是想用一些简单的乐趣填补生活的空洞，让琐碎的日常家庭生活也能因不经意的精彩和一点点改变而增添一抹亮色。可事实是，她越是渴望这抹亮色，生活却越黯然失色，大汉开始对她的要求感到厌烦，晚饭后看电视的时间越来越短，遛弯压马路也越来越心不在焉。后来，每天晚上工场门口也只能看到方玲独自归来的身影。

这下方玲才意识到，真正的家庭生活，原来是这么个样貌。

42

上官重拾网文事业的第三个月就拿到了可观的稿费，可见写作和构思功力没有减退，并大有向上发展的趋势。照这个趋势下去，据他估计，不出半年，他就可以靠写小说挣钱养活陈米粒了。心情大好自信心爆棚的上官两天前就在一家高级西餐厅预订了座位，打算和陈米粒好好庆祝一番。

饭后，他又带着陈米粒逛商场，二话不说买下了一件之前陈米粒无比喜欢却又因价格最终放弃的连衣裙。穿着连衣裙，拎着上官买的一大包零食，陈米粒婀娜多姿地走进了新苗工场的大门。

"哇，米粒你今晚真是太美了。"玛丽首先看到了陈米粒。

"天哪，平时老看你穿 T 恤牛仔裤的，没想到你还是一支潜力股。"沈老师也赞叹。

"哈哈，我不介意下回给你当模特哦。"陈米粒学模特摆出一个妩媚的姿势。

"我知道、我知道，肯定是上官给你买的，是不是？"马克不知从哪里突然冒了出来。

"这裙子一看就不便宜，看来上官真是挣大钱了。"

"咦，这事你们都知道啦？"

"别提了，马克从下午到晚上，满脑子都是挣大钱。"

"我跟你说啊米粒……"马克三步并作两步地走到陈米粒跟前，把从下午到现在已经重复了七八遍的话又不厌其烦地向陈米粒复述了一遍。

"哟，那今天可真是好事连连啊！不过你们是挣大钱，和你们比，上官这也就挣点零花钱。"

"你这话说得怎么和小芹说得一模一样！"

"是吗？"

"是啊是啊。我是这么回答她的，谁一开始不是从挣零花钱开始的，可挣着挣着，不就挣成大钱了吗？搞不好你和上官以后都成大作家了呢。"

"照你这么说，我也是有可能靠写小说挣到钱的吧？"

"那可不！"

"哎呀，那我可得回去好好考虑考虑了，你们都从零花钱挣到大钱，我为什么就不行呢？好了，不跟你们说了，我回去好好琢磨琢磨。顺便，显摆一下我的裙子！"看来最后一句话才是重点，说完陈米粒又婀娜多姿地走了。

"我回来啦，看我给你们带什么了！"

陈米粒兴高采烈地打开门，却只见孟小芹一个人在料理台上整理首饰。

"回来啦，我都忙一下午了。"

看孟小芹忙得都顾不得抬头，陈米粒走到她面前"咳咳"两声，假装咳嗽。孟小芹这才不情愿地抬起头。

"哟喂，这身裙子真好看！米粒，原来你也有妖娆妩媚的一面呀！"

"我说我女汉子的形象是多么深入人心，怎么你们个个看到说的都是这句话。"

"哈哈，本来就是嘛。你这形象变化太大啦，你说说看，咱们认识这么多年了，你穿过几回裙子吧？"

陈米粒想了想："好像还真没几回。"

"难怪人家都说，这女人一旦谈恋爱了，整个宇宙都会随之改变，看来你在改变宇宙的道路上已经迈出第一步了。"

"方玲呢，约会还没回来？"

"在房间呢，今天太忙了都没空理她，走，进去看看去。"

"你一个人躲房间干吗呢？我们买了好多零食，快出来吃。"陈米粒风风火火地进了方玲房间。

房间里一片漆黑，借着客厅照进来的光才能看清躺在床上的方玲，房间里还飘出一股饭菜味儿。

"方玲，你这是怎么了，睡得这么早？"

"咦，这外卖怎么一口都没动呀？"孟小芹在桌上找到了她们晚饭点的外卖，盒子完好无损。

"你们怎么进来了？"床上的方玲有气无力道。

"你怎么了，是不是身体不舒服？"陈米粒关切地问，方玲的状态明显有问题。

"没事，就是今天特困，睡一觉就好了。"

"还说没事，没事为什么要量体温，还吃感冒药？"眼尖的孟小芹看到了床头柜上的体温计和一盒感冒药。

陈米粒用手摸了摸方玲的额头："哟，好烫啊，发烧了吧！"

孟小芹也摸了摸，果然是发烧："这烧得还不轻呀！家里好像没有退烧药了，我们送你去医院。你说你也是，发烧了也不和我说一声，我还以为你一个人在房间玩儿呢。"

"你们不用送我去医院，一会儿大汉应酬回来了会送我去的。"

"这都几点了应酬还没结束？你要不要给他打个电话问问？"

"我刚才打过了，我说我发烧了，能不能送我去医院，他说有应酬走不开，而且现在正是老板用人的时候，他想趁机在老板面前表现表现，以后好提拔他。我说，男人事业最要紧，那你好好表现，我再忍忍，可是我实在难受呀，我就让他时间差不多了跟老板说明下情况，说家里出了点事，稍微提早点回来。没事的，他应该马上就回来了。"

看着虚弱的方玲讲了这么多，话里夹杂着期待和失望，陈米粒有些心疼："电话什么时候打的？"

"两个小时前。"

"都两个小时了！算了，我看他今晚是不会来了，还是我们送你去医院吧。"

"没准他正在赶回来的路上呢。"

"你傻呀，他又不是不知道你生病，生病能耽搁吗？都这么长时间了还没找到早退的理由，我看他是压根就没把你这事放心上！"孟小芹为方玲感到不值和气愤，如果换作是她的男朋友，她应该开始考虑分手了。

"你之后还有打过电话给他吗？"

"打过，但是他没接，估计是正忙着呢吧。"

"行了，你就别再为他辩解了。米粒你帮方玲换好衣服，我去收拾收拾东西，我们马上去医院。"紧急关头加上对大汉的愤怒不满，孟小芹拿出了独立自主的女性的雷厉风行，让人无法拒绝。

孟小芹在替方玲收拾包的时候，偷偷看了眼她的手机，手机显示两个小时前的那个电话之后，方玲一共又给大汉打过七次电话，全是未接。看着身体难受心里更难受的方玲艰难地从床上爬起，不忍心的孟小芹拨通了大汉的电话，电波传来一个冰冷的声音：对不起，您所拨打的用户已关机，请稍后再拨。

陈米粒和孟小芹搀扶着颤颤巍巍的方玲下了楼，陈米粒拿出手机正打算叫专车，就遇见滚爷和尚夏刚从小酒馆回来，见三个女生如此情形，两个人知道情况不妙。

"发生什么事了，这么晚了你们去哪儿？"

"方玲发烧了，三十九度五，我们送她去医院。"

"这么严重！这大晚上的你们也不好叫车，我送你们去。"尚夏一下就戳中了要害，叫不到车正是孟小芹担心的问题。

"可是，你们不是刚从酒馆回来？"

"巧了吗这不是，我们今晚没喝酒，喝的可乐！"滚爷庆幸地笑了笑，大家都焦头烂额的时刻，也就他还能调节气氛。

"真的啊？那还不赶紧的！"尚夏二话不说，直接背起了方玲，朝停车场快步走去。

第二天，方玲请了一天假在家里休息。早上十点多钟，大汉总算来了电话。

"媳妇儿，昨天陪老板应酬，实在是脱不开身，刚好我手机又没电了，所以你打来的电话，我都没接着。肯定生我气了吧，你身体怎么样了，还难受吗？你今天就别上班了，好好在床上歇着，等晚上我下班了过去工场看你。"

"你还知道你有个媳妇儿啊，你媳妇儿都快死了你知道吗！"顶着虚弱的身子，方玲还是忍不住对着电话吼了几句。

"呸呸呸，我媳妇儿福大命大，哪儿有什么死不死的啊！以后不准说这种晦气话。"

"我问你，你昨晚几点回来的？"

"谨遵媳妇儿指示，晚上十二点之前必须回家，我哪敢不从命？"

"应酬到十二点？这是什么饭局这么没完没了的，你们是不是饭后又去哪里逍遥了啊？"

"你不知道那些老板多麻烦，谈个事还得先喝酒，光喝酒就喝了好几轮，谈生意两句话就完事，你说磨叽不磨叽。饭后我还得挨个送他们回家，有几个老板住在郊区的别墅，我这时间全耗在路上了，十二点能回家算是不错了。"

"你没骗我，真是送老板回家？"方玲并非不相信，只是大汉怠慢了自己，多盘问他两句作为小小报复。

"媳妇儿，我对天发誓，真是送老板回家，我要是骗你，天打五雷轰，轰我祖宗十八代儿孙后代！"

"行了行了，你发誓归发誓，可别把这罪加在你儿子身上！"

"儿子？"大汉先是纳闷儿，可立马又明白了方玲的意思，"我的好媳妇儿，难不成你想给我生儿子啦？"

"去去去，谁要给你生儿子！我不跟你说了，刚吃了药正困着呢，我要睡会儿。"

"那你好好休息，等我下班了过去看你。"

"行了，我挂了。"

43

即使吃了让人嗜睡的退烧药，挂了大汉电话的方玲依然睡不着觉，她在床上辗转反侧，不断回想着和大汉一路走来的点点滴滴。曾几何时，他们可是连体婴儿般存在的一对，那黏糊劲儿就连陈米粒和孟小芹看了都不免浑身过电鸡皮疙瘩满地，两个人一天不打上个十通八通电话，连觉都会睡不好。再看看现在的他们，不仅联系少了，甚至连在一起时说的话也少了。难道真的像孟小芹说的，他忙事业的时候难免会忽略自己的感受？还是两个人的感情已不像异地时那般热烈，并终将归于连嘘寒问暖都省了的平淡？

方玲越想越没有头绪，在床上烦躁难耐的她忍不住给姐妹们发了微信。

"刚刚大汉给我来电话了，昨晚应酬晚了手机也没电了，所以才没接着电话。"

"还好他来了电话，不然真想找他质问质问，到底还关不关心你了。"

"我已经质问过他了，他都老实交代了，没事。"

"既然知道他在忙，这下总该放心了吧。"

"恰恰相反。我总觉得，我们的关系好像和从前不一样了，如果换作从前我生病了，就算他人在 G 市也会连夜赶回来，可现在呢……看来对于男人来说，果然是工作比女朋友重要。"

"没有工作，拿什么交女朋友呀。"

"工作重要是没错，但也不能为了工作连女朋友病了都不管不顾呀。"

"他没过来看看你？"

"说晚上下班了过来，我还以为他会立马过来呢。"

"他也有工作嘛，你就在家好好歇着，等晚上就能见到他啦。"

"晚上想吃什么，我回去给你做。"

"皮蛋瘦肉粥！"

当皮蛋瘦肉粥出锅的时候，大汉和方玲正在房间互诉两天未见的相思之情，大汉不断为没能在方玲生病的时候及时赶来而抱歉，方玲则从嗔怒到心软到释怀，最后竟主动给了大汉一个爱的抱抱。

"吃饭啦，吃饭啦。"陈米粒在客厅大喊一声，方玲就挽着大汉出来了。

"皮蛋瘦肉粥！小芹芹你怎么这么好呀，还特地给我做饭。"

"昨天也不知道是谁说生病没人管好可怜，要是再不伺候好你，我怕是要跟某人一起被责怪咯。"孟小芹有意看了眼大汉，暗示他昨天的缺席行为欠妥。

"都怪我，都怪我，我觉得应该接受惩罚，不然你们就罚我一会儿洗碗吧。"大汉爽快道。

"洗个碗算什么呀，这个惩罚太轻了。我罚你在方玲生病期间每天下班后过来做饭，并且每天的饭菜不能重复，直到她痊愈，成不成？"

"成成成，包在我身上！"大汉拍拍胸脯。

吃过晚饭洗过碗，大汉陪着方玲看电视聊天。大汉一边给方玲剧透，一边男主角太善良女配角太有心机地吐槽剧中人物，方玲话说不多，只是"嗯""哦"地回应。大汉的声音围绕耳边，有多长时间方玲没听到大汉如此滔滔不绝地说话了，自从两个人下班一起做饭吃饭以来，饭后的话题好像除了工作、生活中的琐事外，就再也没有什么能够言说的了，可今天的大汉，让方玲仿佛回到了两个人刚在一起时无所不谈的状态。

一场病竟能有如此收获，方玲觉得，这病生得值。

"媳妇儿，时间差不多了，我该回去了。"

"这才九点。"方玲抬头看看钟。

"明天一早要送老板去机场，今晚得早点休息。"

"这样啊，那你赶紧回去吧，早点睡觉。"

"那你和小芹米粒她们一块儿看，不过不能太晚，十点必须上床，听到没。"

"知道啦，知道啦，你快走吧。"

"明天晚上想吃什么跟我说，我下了班就去菜市场。"

"行，我明天想好了给你发微信。"

"那我走了啊。"

"我今天就不送你了。"

"你就好好待着吧。"

大汉走了之后，方玲一个人坐在沙发上继续看电视，也是奇了怪，她对这种婆婆妈妈家长里短的家庭伦理剧向来缺乏好感，可今天却觉得这剧出奇地好看。方玲一边盯着电视一边面带微笑，好像正在欣赏一个赏心悦目的艺术品。

"喂喂喂，人都走了还这么花痴哪。"孟小芹和陈米粒饭后就一直待在各自的房间里，不敢打扰方玲和大汉的"重逢"。

"你现在可是病人，有病人这么开心的吗？"

"病人怎么啦，病人就该愁云惨淡的呀。再说了，放松心情才有利于身体恢复嘛。"

"哟哟哟，这说得还一套一套的，我看你精神不错头脑清晰，难道病好了？"

"医生医术精湛，药到病除！"虽然脸色依然苍白，声音依然沙哑，但方玲摆出了一副已然药到病除的健康气势。

"什么药这么神呀？"

"我看是……有一颗行走的药丸……"

"哦，原来是行走的药丸啊，既然已经药到病除了，我看，明天那颗药丸可以不用再来了。"

孟小芹和陈米粒两个人一来一去地调侃，方玲听着心里很是受用。

"药丸来了，你们还有饭吃呢。"方玲讨好道。

"你说你，这种家庭伦理片有什么可看的，竟然看得这么津津有味。"两个人走过来也在沙发上坐下。

"那是大汉要看的嘛。"

"那是大汉要看的嘛。"陈米粒学着方玲娇嗔的声音，"怎么样，见到了大汉，是不是感觉好多了呀？"

"我跟你们说，我感觉大汉今天就像变了个人似的，突然话多了起来。你们都不知道，我们每天晚上看电视遛弯，都没什么话可说的了。你们说，是不是因为我生病了，所以他对我格外好呀。"

"你觉得呢，如果你生病了他都不知道哄你开心，那我觉得你真该考虑换对象了。"

"照你这么说的话，那我这病一好，不就又回去了吗？"

"那能怎么办，难不成你一病不起？"

"其实哪有那么多话可说呀，你就说米粒和上官吧，一个公司上班，每天在一起的时间有八个小时那么长，可也不见她有什么烦恼啊。"

"对啊米粒，你们是怎么做到的？"

"工作上的事我们从来不谈，因为该知道的都会知道，我们会谈谈……我会聊你们，聊工场每个人发生的事，他也会聊他的舍友，还有、还有就是写小说，我们会互相点评征求意见，有好的点子也会互相分享。"

"米粒这属于典型的相互激励相互促进型的关系，这种关系要比单纯的谈情说爱更容易稳定且长久。"

"那不然我和大汉也找个什么共同的目标奋斗一下？"方玲想了想，"其实我们也有啊，我们现在的目标就是攒钱结婚，你们说这目标是不是更现实更迫切？"

"有目标那不就结了，现在大汉正朝着这目标飞奔呢，你也要努力啊。"

"我是飞奔不起来了，还得靠他，所以你们说，我最近是不是有点不懂事啊，他那么忙，我还要跟他闹别扭。"看来大汉这药丸，还真是药效强劲。方玲这段时间以来的小情绪小别扭，孟小芹和陈米粒好说歹说都没用，倒是大汉这大半个晚上的时间就给医好了。

"哎呀呀，人家发烧是烧傻了，你倒是烧明白了！你能懂这道理，这病没白生。"

"吃一堑长一智，我这生一次病还不得有点觉悟吗？也不枉你们又是送我上医院给我做饭的。"事情想开了，方玲自然就觉得神清气爽万事无忧了。

从这天开始一直到方玲痊愈，为了让方玲能准时吃上晚饭，大汉每天都早一个小时下班，匆匆赶往菜市场后又匆匆赶来工场，穿上围裙开起灶火洗手做羹汤，看着忙里忙外的大汉闻着那饭菜飘香，沉浸在幸福中的方玲仿佛看到了在不久的将来，两个人结婚过日子的一日三餐烟火气。

44

上班下班，做饭吃饭，身体和精神都全然恢复的方玲和大汉又过上了柴米油盐的琐碎生活，只不过这琐碎不再像从前那般无味。似乎是方玲的一场大病让大汉良心发现，他对方玲的关心呵护便由此日益增多，逛街吃饭看电影外加送点小礼物，虽然不似两个人刚在一起时那样频繁，却也总能在平淡反复的生活中给方玲带来些意外和惊喜。

不过，有时候意外并不全是心之所向的，惊喜也可能会是惊吓。

"这几天看朋友圈，市郊刚开了一家水上乐园，大家评价都不错，不然我们也找个时间去吧？"一天晚饭后，在回工场的路上，方玲建议。

"水上乐园？可以啊，你以前就一直说想去滨州市的水上乐园，既然八州城也新开了一家，那当然得带你去啊。"

方玲没想到大汉竟然一口答应，心里欣喜万分："太好啦！刚好我有几个同事也想去，明天我跟他们约个时间，到时候我们一起去！"

"择日不如撞日，这周末我不用加班，就这周末吧，省得你整天念想着。"

"真的？你怎么这么懂我呀，我本来就打算这周去的，还担心你没时间呢。"

"我除了工作，时间还不都给你了呀，只要不加班，我的时间都是你的。"这话让方玲十分受用，一路心花怒放。

第二天上班，方玲就迅速和几个同事约定了时间，星期六早上九点在指定地点集合，然后一起开车前往市郊的水上乐园。

星期五晚上，大汉要陪老板应酬，方玲自然回工场吃晚饭。从下班回来一直到吃完饭，方玲都处于激动雀跃的状态中，一会儿上网看看水上乐园的游玩攻略，一会儿纠结带哪套泳衣拍照好看，哪种色号的口红适合碧水蓝天的假日风。

"也不知道大汉今晚要应酬到几点，回家还有没有时间收拾东西。"方玲把防晒霜、防晒喷雾、补水霜等一堆瓶瓶罐罐装进包里。

"不就去一次水上乐园吗，用得着带这么多东西？男生的出行装备向来简单轻便，你以为都像你这么兴师动众的。"

"那可是室外水上乐园，太阳能晒得你脱一层皮！不行，我也得给大汉备着点防晒霜。"

"瞧把你给激动的，以前去雨崩也没见你这么积极。"

"我觉得吧，我还是不适合那种苦哈哈的路线，吃喝玩乐纸醉金迷才是我的最爱。"方玲两眼放光，无比向往。

"明天你们几点出发？"

"九点在指定地点集合，大概八点半得从工场出发。"

"那也还行，不算太早，不过大汉可得早起了，他还得过来接上你不是。"

"是啊，所以我担心他今晚应酬会不会太晚，明天该起不来床了。"

"你打个电话问问不就得了，让他早点回家。"

换作以前的方玲，不用孟小芹这么说，她肯定第一时间拿起手机给大汉拨过去，可如今的方玲懂得了大汉的上班辛苦赚钱不易，也不再逼着他做这做那的了，一切顺其自然，一切以大汉的意愿为主。

话虽这么说，但当晚上十二点大汉还没给方玲打来电话时，方玲还真有点心慌。大汉之前的应酬总能在十二点之前结束，一结束回到家，他便会来电话告知，况且明天还有出行活动，按理不可能一晚上都不来个电话确认第二天的时间行程安排。

担心归担心，但方玲坚定，这么重要的事大汉不可能会忘记，自己只需要睡个好觉，明天在工场门口等着大汉的车就成。这么想着，方玲也慢慢进入了梦乡。

　　第二天方玲醒来时是七点半，按照出发时间，大汉也该起床了，为确认大汉已经起床以不至耽误时间，方玲拨通了大汉的电话。

　　第一通电话没有人接，方玲想他可能在厕所，第二个电话没人接，方玲想他可能在忙着收拾东西，没听见，八点钟时方玲打了第三通电话，通了。

　　"你终于接电话了，起床了吧，差不多该出门啦。我一会儿去工场门口买个早餐，咱们在车上吃。"还没等大汉开口，方玲先噼里啪啦说了一通。

　　"啊？"那头却传来大汉迷迷糊糊的声音，"哦……今天要去水上乐园！"大汉恍然大悟。

　　"你什么意思？你是不是还在床上？"听大汉的口气，方玲感觉不对。

　　"那个、方玲、不好意思，我、我今天可能去不了了。"大汉支支吾吾。

　　"你什么意思啊，为什么去不了了啊，是不是忘了啊，没事儿，你现在起床还来得及，我们约的九点钟呢，还有一个小时的时间，赶紧的！"

　　"没忘没忘，这么重要的事我怎么能忘了呢！是我、我真的不去了，我、我身体不舒服。"

　　"身体不舒服？你怎么啦，是不是生病啦？"

　　"就是、就是昨天晚上吧，我替老板喝酒，结果喝多了，今天头疼得不行，估计是下不了床了。要不你和你的同事们去吧，玩得开心点。"

　　"喝酒喝到头疼，你这是得喝多少啊！你不是司机吗，老板怎么能让你喝酒呢。"

　　"是啊，老板最近应酬多，天天喝酒，昨晚实在是不行了才让我替的，后来只能找代驾了。"

　　"既然这样你就别去了，我自己去好了。你今天好好休息，等我晚上回来了过来看看你。"

　　"行行行，哎哟媳妇儿，你可真是我善解人意的好媳妇儿，我还怕你会生气呢。"

　　"你都这样了我还生什么气呀，况且你也都是为了挣钱，为了我们的将来努力嘛。我理解你。"

方玲难得的通情达理，连她自己都不敢相信，但也不完全出乎意料，因为现在的方玲对两个人的未来充满信心。

挂了电话，方玲收拾收拾就准备出门了，但心里对大汉还是放心不下，想到自己生病时大汉的无微不至寸步不离，水上乐园的吸引力似乎在慢慢减弱。于是，在走到工场门口的时候，方玲做出了决定。她拨通了同事的电话，说男朋友身体不适，需要人照顾，所以今天他们是去不了了。

挂了电话，方玲朝着另一个目的地出发了。

半个小时后，方玲提着一碗粥一些水果和几盒药，出现在大汉家门口。她正想掏钥匙开门，谁知昨晚没将钥匙收进包里，她便只好敲门。

想着大汉在房间躺着，可能听不清，方玲特意把门敲得用力。

"谁啊谁啊，一大早这么敲门，门都要被敲破啦！"门内传来女人的声音。

方玲一听，这声音不像大汉妈的那般苍老无力，倒像是年轻女子的。方玲心里咯噔了一下。待门被打开，一个挺着五六个月大肚子的孕妇出现在眼前，方玲心里又咯叽一下，跌落到了谷底，眼冒金星，两耳轰鸣，周身冷汗不断。

好啊这臭小子，竟然背着我养小三，还有种了！看老娘不废了你！

孕妇肯定是不能动的，现在最主要的是把大汉那挨千刀的揪出来，恼羞成怒的方玲正脑补如何智斗小三，孕妇倒先开了口。

"哎哟，是阿玲吧！"孕妇一脸相见恨晚的表情。

妈的，竟然还跟我套近乎，也太不要脸了吧，狐狸精果然是狐狸精！

"阿玲啊，平时老听他们提起你，今天总算是见到你本人了！"方玲还没开口呢，孕妇倒是热情积极。

他们？谁们？难道连大汉妈也知道有这狐狸精的存在？原来我就是个煮饭的！哼！估计她现在很开心吧，就快抱大胖孙子了！对了，那老女人去哪儿了，怎么不出来？

"阿玲你怎么了，不认得我了？"看方玲的表情不对劲，孕妇奇怪地问道。不认得你？难道我还应该认得你？我的错咯？

"我是芳芳呀！"听到这个名字，方玲就像遭了当头棒喝，瞬间醍醐灌顶。

45

"芳芳姐！你是芳芳姐啊！你怎么在这里啊！"方玲两眼圆睁，万分惊讶，而比惊讶更加万分的，是她大大松掉的聚集在心中即将喷涌而出的那一口气。

"看你刚才惊讶的表情，肯定是不认得我了吧！进来说、进来说。"孕妇赶紧把方玲迎进了门。

"芳芳姐，你什么时候回来的，怎么会在这儿？"

芳芳是大汉的堂姐，一直和丈夫在外省做生意。眼前她已有了六个月的身孕，为了得到家里人更好的照顾，于是决定暂时搬回八州城，等生完了孩子再出去。由于丈夫还有些善后工作没完成，芳芳自己便先回来了。

方玲和堂姐从未谋面，只是从大汉的手机相册里见到过对方。大汉给她看过的是堂姐怀孕前的照片，那时的她身材苗条，面容姣好，一头黑长发清纯可人。而孕妇总是逃不开臃肿憔悴，加上她又剪了个齐耳短发，方玲一下子认不出来她也是正常不过了。

"再过三个月我就到预产期了，家里人非让我回来歇着，但是我们房子还没来得及整理好，我就在姑姑这儿先暂住几天，等你姐夫回来收拾好了房子，我再搬过去。"

听芳芳姐称丈夫为"你姐夫"，明显是把她当作了自己人，方玲羞涩胆怯又喜不自胜。

"原来是这样！你知道吗，我刚刚怎么都没认出来你，还以为是、是谁呢！"

"还以为是谁啊？是不该存在的人？"堂姐其实从方玲刚才的震惊和愤怒中已猜到几分方玲的误会，她委婉地表达了出来，"虽然我们没见过面，但是我看过你的照片，长得这么漂亮，我可是一眼就认出你来了，我们家大汉果然眼光好，我可老听见姑姑夸你好呢！"

和堂姐的第一次见面，方玲便觉得她是和自己说得上话的人，两个人很快就熟络了起来。

"对了，这一大早的，你来找大汉吧？"

"你看看我，光顾着和你说话，我都忘了正事了。早上大汉打电话说身体不舒服，我就过来看看他，我还给他买了早餐。他还在睡觉吧？"

"身体不舒服？不会吧，他根本不在家呀？"

"不在家？真的假的？我刚刚和他打过的电话，说想在家里休息一天，本来我们是约好了去水上乐园的。咦，阿姨也不在家呀？"

"哦，我姑她一大早出去了，和几个朋友去爬山。可大汉是真的不在家，从昨晚到现在都不在家。"

"昨晚就没在家？他不是陪老板应酬，喝多了酒，找的代驾回来的吗？"

"真没有。"堂姐奇怪又无奈地摇摇头，她好像猜到了什么。

方玲的心一下冷到了冰点，她紧张、焦虑、愤怒又无辜。她想起昨晚陈米粒让她打电话给大汉时她的体谅，她收拾行李时为大汉的着想，晚上睡觉前对大汉的担忧，以及早上得知大汉身体不舒服以后的完全信任。她开始后悔自己的所谓"明白事理""善解人意"，她觉得也许从前的任性、猜疑和不可理喻是对的。

"我上周就和他说好了今天去水上乐园，昨晚上他说有应酬，我想着这么重要的事他应该不会忘，所以我就没打电话打扰他，毕竟，人家都说男人事业比较重要。早上我打电话想提醒他起床，他就说昨晚喝多了头疼，可能去不了了，让我跟同事一起去，还叫我玩得开心，我本来是打算和同事一起去的，但是想想还是过来照顾他，没想到，他竟然不在，而且……他竟然一直在骗我。"方玲本以为自己会暴怒，可她却冷静地说完了这些。

"这个王八蛋，竟敢撒谎！你等着，我给他打电话，叫他滚回来！"堂姐拿起手机正要拨，却被方玲拦了下来："我来打。"

电话拨通了。

"喂，大汉，你身体怎么样了，头还痛吗？"方玲故作镇定。

"还是有点痛，不过你放心，我妈给我熬了点解酒汤，一会儿喝了再睡会儿，就没事了。你怎么样，快到了吗？"

"我呀，已经到了呢！你知道我见到谁了吗？你猜？"

"见到熟人了？小学同学？老朋友？"

"我见到芳芳姐啦！我都不知道芳芳姐已经怀孕六个月啦，我跟你说，虽然我们才第一次见面，但是聊了几句就感觉好投缘。对了，阿姨今天和朋友爬山去了，不在家，不然我给你熬解酒汤吧？我还给你买了你爱吃的鱼片粥，你快出来吃呀，凉了就不好吃啦！"方玲全程故作关心，把电话那头的大汉说得脸都绿了。

"方玲你……"就像被捉奸在床，大汉哑口无言。

见气氛尴尬，堂姐拿过了方玲的电话，冲着电话一通怒吼："你个兔崽子，竟然对阿玲撒谎！你还是不是个男人！你现在人在哪儿赶紧给我滚回来，给我说清楚，我告诉你，你要是敢做出对不起阿玲的事，我、我没你这个弟弟！"同为女人，堂姐理解方玲此时的心情，她丝毫没有袒护自家人的意思，一通臭骂后便霸气地挂了电话。

"阿玲你别着急，等那臭小子回来我质问他！你放心，这件事，堂姐给你做主！"

方玲什么也没说，也什么都说不出来，只是呆呆地坐在那里，脑子一片空白。

四十分钟后，大汉开门进来了。看到坐在沙发上怒目圆睁的堂姐和一旁面无表情的方玲，大汉三步并作两步跨到沙发前，"扑通"一声跪了下来。

"媳妇儿，我错了媳妇儿，你原谅我吧！"大汉一个劲地可怜求饶。

"你就跪在这儿，把话给我说清楚！"堂姐严厉道。

大汉看了一眼堂姐，却被她凌厉的眼神吓得赶紧回避开。他开始扇自己的耳光："都是我不好，我就是个王八蛋，我就是个人渣，我欺骗媳妇儿，我就该下地狱不得好死……"

方玲仍然一动不动。

"你够啦！"堂姐止住大汉扇着的耳光，"谁要你死了！是不是个王八蛋，要不要得好死，得看你做了什么。别净整这些没用的，你还是把事情一五一十说清楚，你昨晚到底干什么去了，为什么一晚上没回来，又为什么要骗阿玲。"

"是、是这样，昨天晚上我的确是去应酬了，正在回来的路上呢，接到一个朋友电话，那朋友前段时间炒股赔了不少，钱没了不说，已经订了婚的未婚妻也和他解除了婚约，这多惨呀！他一个人跑去 KTV 唱歌喝闷酒，喝多了就给我打电话说了一堆胡话，什么不想活了呀人生还有什么意义啊，我一听这情况不对，就怕出点什么事，所以立马赶了过去，陪他又喝了会儿，好劝歹劝才把他弄回家，折腾了一夜我也累了，也怕他夜里又出什么幺蛾子，

186

索性就留在那儿过夜了。"

"昨晚我睡下的时候都已经两点多了，一直睡到媳妇儿你给我打电话，这才想起今天是要去水上乐园。那会儿我真是头疼，本来应酬喝的就不少，又陪那朋友喝了点，头能不疼吗，也确实是玩不起来，不想到那儿扫你的兴，所以就干脆不去了。"

"我知道媳妇儿你不喜欢我去 KTV 那种地方，也不愿意我在工作之外喝酒，我是不想让你不开心才没告诉你实话的。没想到你一听说我身体不舒服就跑过来看我，连你一直心心念念的水上乐园也放弃了，你对我真是太好了。我知道错了，你就原谅我吧，下回不管什么事，我一定一定都跟你说实话！"大汉一脸无辜又无奈地将事情的来龙去脉讲了一遍，好像也合情合理。

"你说的都是真的？"堂姐替方玲发问。

"都是真的，否则我遭天打雷劈！"为表忠心，大汉语气决绝做发誓状。

"哪个朋友，我认识吗？"一直闭口不言的方玲终于开口了，语气冷漠。

"认识的、认识的，你还记得上回我一哥们儿的订婚宴我带你去，就是在东方大酒店的那个，宴席上有一个朋友一直过来我们这桌敬酒，高高瘦瘦的特别能喝，你还说人家长得像一个什么明星，你还记得不？就是那朋友。"

"他不是特别能喝吗，怎么还能喝醉？那天订婚宴上我看他喝了那么多，走路都不带飘的。"方玲带着怀疑的语气，试试能否从大汉的故事中找到漏洞。

"那天喝的都是啤酒，能醉到哪儿去，昨晚他喝的净是洋酒，那劲儿可就大了。"

"他跟你特别熟吗，为什么喝醉了不找别人单找你啊？"

"特熟也说不上，其实他也没什么好朋友，那人吧平时老爱臭显摆自己多有钱，其实也没多有钱，不就是拆迁赔了几套房吗，所以朋友们也不太瞧得上他，炒股的钱也都是拆迁赔来的，这下把钱都搭进去了，也不好意思找别人，只能想到我了，毕竟，朋友当中我对他算是友好的了。"

"难怪从没听你谈起过他。"

"知道你最看不惯这号不劳而获还沾沾自喜的人，所以就没把他介绍给你。如果你不相信，要不我下次带你去见见他？"

"算了吧，最烦这种人了。"方玲总算看了眼大汉，又翻了个白眼，是翻给大汉的，也是翻给那个朋友的。

看方玲问东问西肯和自己交流，自己的态度又如此诚恳，大汉觉得方玲的气应该慢慢消了，于是他趁机试探，"媳妇儿，我都解释这么具体了，这下不生我气了吧？"

方玲又朝他瞪了一眼，表示老娘才没这么容易放过你呢。方玲的小脾气小心思大汉可是了如指掌，能朝自己翻眼瞪眼，就表示她已经被慢慢劝回来了，重归于好也只不过是时间以及自己接下来的表现的问题。确定了这些，大汉在心里才稍稍放松下来，不过表面还仍然跪着，态度真挚恳切，不敢有丝毫怠慢。

"阿玲，他的道歉，你接受吗？"堂姐小心翼翼地问道。

方玲又看了看面前恭敬跪着的大汉，然后转头微笑着对身边的堂姐说："芳芳姐，你自己注意身体，千万吃好睡好，我今天就先回去了，等有空我再过来看你。"说完方玲从沙发上站起来，绕过依然跪着的大汉，朝门口走去，开门的时候又转过身对堂姐晃了晃手机："我们随时微信联系。"便出了门。

46

之后的几天，方玲一直处于闷闷不乐踌躇不定的情绪中，本来她还愿意选择相信大汉，可孟小芹和陈米粒的建议却恰恰相反。

"无论事情是真是假，欺骗本身就是个天大的错误。"陈米粒义愤填膺。

"可是他也解释了，之所以骗我，是因为我不喜欢他去KTV和不喜欢他喝酒，这是善意的谎言。"

"只有从善良而坦诚的人嘴里说出来的谎言才有可能是善意的，但通过最近发生的事情来看，我相当怀疑大汉的忠诚。"

从孟小芹已有的恋爱经验和她对恋爱中男人的心理认知来看，几乎没有男生会为了一个并非出生入死肝胆相照的兄弟而忽略女朋友，尤其还是在两个人已经有了一个重要约定的情况下，但大汉竟然因为一个不那么熟甚至有点令人讨厌的所谓朋友而冷落方玲，其中的缘由孟小芹并不接受。

"你说的是我生病那次？"

"那次因为你生病我没敢多说，反正我是觉得他挺奇怪的。就像你自己说的，如果换作从前，哪怕他在 G 市也会连夜赶回来，可他竟然因为工作应酬，到第二天早上才想起你，这也太不可思议了吧！"

其实这件事在方玲心中何尝不是一个坎，虽然在她生病的每一天里大汉都尽心照顾，可大汉第一天的伤人表现还是没法从方玲敏感脆弱的心中被永远抹去。

"方玲，你自己不是也说了，感觉你们两个人跟以前不太一样了，也许，是时间好好梳理一下你们的关系了。"

"我知道你和大汉是奔着结婚去的，你们在一起这么长时间，你对他的重视我们也都看在眼里，不过结婚毕竟是终身大事，即将要跟你共同生活几十年的人到底是个什么样子，你还是要认识清楚的。"

"你们觉得他并不是一个适合结婚的对象？"

"适不适合，这就要靠你自己去判断了。"

一方面是自己深爱也深爱自己的大汉，一边是好闺密苦口婆心的善意劝导，方玲这些天心烦意乱，就连工作都心不在焉心神不定，出错也在所难免。一天早上刚上班，方玲就被总经理叫进了办公室。

总经理将一份报价单甩在了桌上："你自己看看。"

方玲拿起报价单仔细核查，还没等她看出个所以然来，总经理便批评道："方玲啊，你说你，工作也一年多了，怎么还会出这种低级错误？你看看你给客户的报价，你这样的生意多接几单，公司是要赔死的！"

方玲定睛一看才发现，原来她昨天给客户的是半年前的报价。如今随着原材料和人工成本的不断提高，成品价格自然也贵了不少，如果还是按照半年前的报价，这单生意能不能回本都是个问题，难怪总经理会这么生气。

"经理，真是不好意思，是我工作疏忽。我现在立马回去联系客户，重新沟通报价。真的对不起，下次我绝对不会犯这种低级错误了。"方玲紧张得不断道歉，本来就还没在公司站稳脚跟的她生怕为此被处分甚至被开除。

"道歉有用吗，损失早就造成了，难道你还能弥补得了！"

听经理这么说，方玲不觉浑身冒冷汗。难道客户只接受这个报价，而其中的差价需要自己弥补？还是因为自己的大意致使公司直接失去了这个客户？方玲有预感自己可能要为此付出巨大的代价。

"不过，还好这是公司的老客户，而且和你们的客户主管小陈私底下也是不错的朋友，他昨天晚上看了报价后觉得不对，就打电话问了问小陈，小陈向他做了解释，这才没给公司造成损失。"

听到这最后一句话，确定自己的错误没有造成无法挽回的后果，就像即将被执行死刑的人突然被宣判无罪，方玲这才大大松了一口气。

"看你是第一次犯错，这次姑且不追究，但如果下次再犯，我们按照规章制度，该怎么解决就怎么解决。"

"谢谢，谢谢经理，我一定认真工作，不会再犯了。"

"谢我也没用，问题又不是我给解决的，要谢你就谢小陈去。好了，你去忙吧，切记，工作认真、认真、再认真。"

出了总经理办公室，方玲就像囚犯重见天日似的，庆幸自己逃过这一劫。她下意识地朝客户主管陈默的办公室看了一眼，没人，估计是约了客户。方玲若有所思地走回自己的座位。

方玲时不时朝陈默的办公室看上几眼，心里想着该如何向他表达谢意。陈默比方玲大两岁，可工作经验却不止比方玲多两年，由于出色的沟通技巧和待人接物的纯熟老练，他仅仅用了一年多的时间便坐上了客户主管的位置，一度成为公司员工的学习典范。这是他在这家公司的第三年。

方玲平时和陈默的接触不多，虽然同处一个部门，但毕竟他维系的都是些高端多金的大客户和国际业务，像方玲这样整天与可有可无的小客户周旋的初级业务员，和他当然不可同日而语。只是方玲没想到，他竟然在下班时间默默处理了一个和他毫无关系的小单子。陈默沉默，做事风格果然和他的名字如出一辙。

从早上盼到中午，从午饭盼到下午，陈默终于在下午两点半出现在了办公室。方玲眼前一亮，在脑海中快速组织着感谢的措辞。十分钟之后，方玲敲开了陈默办公室的门。

"有事吗？"在方玲公司，业务员和客户主管都属总经理管辖，前两者属于平行关系，陈默奇怪这个女孩子怎么突然出现在自己的办公室门口。

这是方玲第一次走进这个办公室，办公室里一股古龙水的淡香，办公桌背后的置物架上除了书之外，还摆放了不少独具异域风情的工艺品和小物件，方玲知道，这些都是外国客户送给他的。

"是这样，今天总经理说了我报价出错的事，还好你及时出面解决，不然我的麻烦可就大了。"

"经理已经告诉你了？真是的，我还特意交代他千万别和你说。"

后面这句话陈默说得小声，他本不想方玲因为这件事遭到总经理批评，毕竟也不是什么大不了的事，他也不想让下面的业务员觉得自己多管闲事，还真把自己当领导了。

"啊？"方玲没听清。

"没什么没什么。嗯……其实也就是个小问题，公司的客户我大部分都接触过，所以有疑问他们打电话也是很正常的，长期合作的客户是不会因为这点小事就解除合约或者让我们赔偿之类，做长期生意，都是讲情面的嘛。"

"虽然话是这么说，但毕竟是我工作疏忽在先，才会麻烦到你非工作时间。不好意思。"

"你就别再客气了，真的没什么，也是总经理小题大做了。再说了，谁不会遇到点伤心麻烦事，谁又没有个不在状态的时候。"

方玲心里一惊，难道眼前这个和自己甚少接触的同事，看得出自己最近状态不佳？

"你、什么意思啊？"

"你最近是不是遇到什么麻烦了？我看你这几天状态和从前不太一样，就想你工作出错，也许和这个有关。"

方玲怔怔地看着陈默，难怪他如此善于沟通、维系客户，原来他察言观色洞察人心的本领还真是名不虚传。

"没麻烦没麻烦，错了就是错了，没有什么借口。我工作没做完呢，没什么事我就先出去了。"方玲想赶快结束这对话。

陈默什么也没说，伸手做了个"请便"的动作，然后两个人相视一笑，方玲便走出了办公室。

47

"乌龙"事件过后，方玲已经一个星期没在下班后去大汉家做饭吃饭了，大汉妈问起来，大汉也只是说最近方玲业务忙，经常要加班。其实是方玲觉得别扭，在她不知道该如何定义和大汉的未来的时候，她更不知道该如何面对大汉妈。

这天晚饭后，方玲一个人斜躺在沙发上吃薯片看泡沫剧。一个星期以来，她刷了三部剧，吃了十多包薯片，喝了三大罐家庭装酸奶，根本不是一个正常人所应该有的状态。孟小芹和陈米粒实在是看不下去了，虽然之前也劝过她不少，但完全没有恢复的迹象，照此看来，这回方玲是真遇到难题了。

这几天和她说话也都无心搭理，孟小芹和陈米粒决定用激将法，逼她把情绪释放出来。

"喂喂喂，你都一个星期没出门了，没闷坏吧。"陈米粒故意用轻松的语气调侃道。

"巴不得坏了呢，一坏了之，什么都不用想。"方玲塞了一大口薯片进嘴里，没好气地说。

"要坏也坏得体面点，你看你吃这么多薯片，喝油哪，不胖死你！"

"不用管不用管统统不用你们管，胖死我算了！你们高兴了吧？高兴了就赶紧离我远点！"方玲暴躁地怒吼，看来是真生气了。

"哎呀，好了好了，我们这都是为你好，你以为我们愿意看到你这样吗？"看来是达到了目的，孟小芹赶紧上前安抚。

"谁知道你们安的什么心！"

"哎，我们是好心安慰你，你可别把对大汉的怨恨安在我们身上。"陈米粒觉得方玲分不清好歹，也有些不高兴了。

"行了，你少说两句吧。"孟小芹也不客气地把陈米粒怼了回去。

"不是说要认真考虑你和大汉的关系吗，你考虑得怎样了？"

"不怎么样。"

"那上次那件事，你们解决了吗？不考虑以后，可眼前的事情总得解决吧。"

方玲不语。

"我看这个星期大汉来工场找过你两次，你也不下去见人家，他肯定是解决问题来了，你如果还想和他走下去的话，总不能一直不搭理他吧。"

"我还能怎么搭理他，该说的话他发微信打电话也都说了，我实在不知道和他还能再说些什么了。"

"连话都不知道该怎么说，这样看来，你是不打算和他继续在一起了？"

方玲想开口，却又不知道该说"是"还是"不是"，犹豫了一下，最后还是什么也没说。

"不管怎么样，就算是你要分手，也得和他说清楚呀，你这样不明不白的算什么？"

"可问题是，现在连我自己都不知道要不要继续和他在一起。他都解释了这么多了，我还不原谅，难道是我太小心眼，还是我根本就不信任他？"

"信任不是靠别人给的，想让别人信任他，他就要用自己的言行来争取。"一旁的陈米粒终于开口说了句有用的话。

"这话米粒说得对。要不要和他在一起，这个决定我们没有办法帮你做，如果你决定分手那就分手，如果你决定和他继续走下去，我建议你首先要正视他的诚信度这个问题。你们应该心平气和客观理智地在这个问题上沟通好，才能避免以后出现类似问题。"

"其实我是想和他能有个结果的，但是最近一些事情发生以后，我发现我越来越看不清他了，好像他不是我从前认识的那个大汉。"

"谁谈恋爱不是奔着有个好结果去的，没有人找对象是为了分手吧，但这过程中遇到问题是在所难免的。米粒和上官还经常有个小吵小闹呢，关键是遇到问题后如何解决，解决不好，你心里永远膈应；解决好了，一劳永逸。"

"我觉得这样吧，你主动给他打个电话，约他见面吃饭，好好谈谈你们的问题，如果他也想和你走下去，我觉得他应该是很乐意吃这顿饭的。"陈米粒建议。

"真的？"方玲看了看陈米粒，又看了看孟小芹，征求后者意见。孟小芹用力点点头，表示鼓励。

"那我现在就给他打电话，算了，还是发微信吧，暂时还不想和他说话。"

"今天你还可以不想和他说话，但明天你可得好好说哦。"

"我明白，你们放心吧。"

第二天上班，方玲一直在考虑晚上见面时该如何谈的问题，是单刀直入直截了当，还是迂回战术委婉含蓄，方玲突然想起了沟通技巧娴熟的陈默，如果自己也是个客户主管，也许这下就不会这么纠结了吧。

好不容易熬到了下班，方玲慢条斯理地收拾东西，又慢条斯理地走出办公室等电梯，大汉说好会来接她下班，她不想让大汉发觉自己心急的事实。

可事实是，方玲的确是心急了。

她本想着一下楼就能看见大汉等在门口的身影，或许手上还能捧着一束花或口袋里藏着一个小礼物，可方玲在公司门口环顾四周却没发现目标，心里还是有点小小的失落。她这才发现，原来自己对大汉还是抱有期待的。

肯定是前面路口堵车，应该马上就到。方玲这么想着。

这猜测在脑海中飘过后的五秒钟，手机响了，方玲从包里掏出手机一看，是大汉。看来他是怕自己等急了，打电话来解释路上堵车，让自己稍等会儿。

可是，即使心怀美好期待，但天不遂人愿的事还是时有发生。大汉说老板临时要见一个客户，他必须接送，晚饭吃不了了。

当方玲挂断手机的时候，那头还不断传来大汉一千句一万句"不好意思""对不起"，可这都是多余，因为当大汉说出那第一句"抱歉"时，方玲已经无意识地按下了挂断键。之后，大汉的来电不间断地响起，方玲一狠心，按下了关机键。

哪儿也不想去的方玲跌坐在公司门前的台阶上，从来只等着大汉来讨好的她好不容易鼓起勇气主动约大汉见面，没想到却换来这么一个答案，这让她不知所措，迷茫又绝望。

也许他们真的不适合继续在一起？也许大汉一直都在骗她？也许只是她自己缺乏安全感，受不了别人的一点点怠慢冷落？无数种假设在方玲脑海里翻滚，好像每个原因都有，又好像是自己在胡思乱想。

正当方玲陷入猜疑大汉又自我怀疑的和旋涡无法自拔的时候，一个声音把她拉回了现实："你怎么还在这儿？"方玲抬头一看，是陈默。

"你看上去好像不太好的样子。"从方玲麻木的表情和紧皱的眉头中，陈默一眼就看穿了她的心思。

方玲正想开口说"没什么，我一会儿就走"，没想到刚一开口，眼泪就哗哗地往下流，说不清什么原因，反正就是委屈和伤心一下子袭来，一开口就溃败决堤。

这一哭，倒是让陈默不知所措了。他在方玲身边坐下，想安慰却又不知从何说起。

"你、你怎么了，你先别哭，有什么问题说出来，看看我能不能帮上忙。"

"我要和男朋友分手了、呜呜呜、他之前骗我，说是什么善意的谎言……

我都还没原谅他呢……他、他今天竟又敢放我鸽子，你说，这种男的……我是不是要和他分手。"方玲一边哇哇大哭一边控诉，她也不知道自己怎么就对一个不熟悉的人说这些。

"啊，原来是失恋了。"陈默像是自言自语地小声道。

如果陈默遇到的是难缠的客户，他还能知道该如何解决，可遇到这样一个失恋女子向自己吐苦水，他一下子也哑口无言，他的交际生涯中遇到过那么多刁钻难缠的客户，没想到却栽在了方玲这儿。

陈默搜肠刮肚着该如何回应，方玲却先开口了。

"我都伤心成这样了，你怎么不安慰安慰我呀？还有，你刚才说什么？你说话怎么从来都那么小声，在办公室是这样，下了班还是这样。"

看着双眼哭得通红，仍然眼泪涟涟的方玲，陈默心里一惊，都伤心成这样了还有工夫好奇我说话大声还是小声？还有，难道还有这么直白地寻求安慰的？看来也是奇葩女子一枚。

"不是我不想安慰你，只是失恋这种事，除了劝你想开点、时间长了就没事了，还能说什么？况且，我也不知道你和你男朋友到底是个什么情况。"陈默实话实说，看来也不是个会安慰人的人。

"哇……"听了陈默的话，方玲这下哭得更凶了。

"你小点声哭啊，这大庭广众的，不知道的人还以为是我把你给欺负了呢。"陈默正说着，公司大楼里走出一位中年女士，眼神在他们身上逗留了一会儿。

"你走吧，我自己哭会儿就好了。"方玲努力克制住眼泪。

"你坐在这儿也不是个办法，你该饿了吧，走，我请你吃饭。"

"真的？"方玲一下就止住了哭腔。

"真的真的，你想吃什么，我请你。"

"我想吃汉堡，旁边商场里面那家。"

"行，没问题，我们现在就过去，但你要答应我，这一路上可不准再哭了，我可不想被当作人贩子给抓起来。"陈默递给方玲一张纸巾。

方玲用力点点头，拿纸巾狠狠擤了几下鼻涕，用胳膊把眼泪一抹，就算是哭完了。

陈默看着身边这个在办公室每天都见却又不太相熟的女孩，不免惊讶，方玲给陈默的印象是那种乖巧懂事、唯命是从的女孩，今天这一哭，倒是让陈默见识了方玲大大咧咧、不拘小节的真性情一面。前一秒钟还哭哭啼啼的，后一秒钟就能因为一顿汉堡破涕为笑，陈默精准捕捉到了方玲的吃货属性。

48

失落的心情稍稍得到汉堡安抚的方玲走进新苗工场，被眼前热气腾腾的景象吓了一跳。火锅、烧烤、蛋糕、零食，这些人竟然背着自己搞聚会，难道大汉不要我，大家都不要我了？方玲在门口愣了几秒，还是洛洛先看到了她。

"方玲回来啦，快过来吃东西，还特意给你留了点。"

听到洛洛这么说，方玲这才放下心，原来大家对自己还是这么好。方玲想着，虽然自己失恋了，但今天遇到的都是好人，客户主管陈默是，新苗工场里的伙伴们也是。

"今天怎么这么热闹啊，是不是谁又发大财走大运了？"

"对啊，吃了一晚上，我们也好奇呢，怎么搞得这么隆重。尚夏，肯定又是你要搞事情吧？"陈米粒纳闷儿。

"这回可真不关我什么事，我也是受人之托。既然大家都到齐了，几位主人公，是不是可以揭晓答案了？"

不明所以的几个人好奇地互相看看，疑惑尚夏口中的"主人公"到底是谁。

"算了算了，还是我来说吧。"尚夏清了清嗓子，以示郑重其事，"是这样，在未来的一段时间里，新苗工场有几位伙伴将暂时与大家告别。玛丽和马克应旅游局的邀请，将在外地进行一场彻头彻尾渗入骨髓的深度体验，时间暂定半年，这个大家应该都有所耳闻了；还有一个大家可能猜不到，那就是洛洛和沈老师，他们将去雨崩村为雨崩小学的孩子们支教一年。"

上次的雨崩之旅，让沈老师脑海中曾经短暂有过的一个想法再一次出现，也许他真正想用画笔记录的，是一种触动心灵的圣洁纯粹，为此，他应该更加深入而亲近地去捕捉去了解。

"哇，洛洛，你们要去一年这么久啊，人家支教不也才三个月半年的吗？"

"支教是一方面，另一方面，藏区一直是我内心深处割舍不了的一个地方，我希望自己可以更深入地融入它，更深刻地了解它，更真实地呈现它。"听了这一番话，大家纷纷鼓掌称赞，虽然外表其貌不扬，但沈老师身上的那股文艺范和超然物外的风骨，让大家为之艳羡称赞。

"什么叫境界？沈老师这就叫境界。"滚爷得意地夸赞，好像夸的是他自己似的。

"这哪叫什么境界呀，只不过做一些自己喜欢的事而已，就像你喜欢音乐就玩乐队，玛丽和马克喜欢玩就去搞旅行是一样的。你们可别把我捧上天了。"

"沈老师，我觉得你就是太谦虚，不然就你凭你那本事，早就成大画家了。"

沈老师摆摆手，对大家的赞赏谦虚地一笑而过。

"行了行了，你们就别再拿他开玩笑了，他会不好意思的。"洛洛替沈老师解释道。

"那我们今天就放过沈老师了。对了，我记得不只是我们四个，应该大家最近都多多少少有点好事吧？说出来分享分享，嗯，滚爷？"玛丽开口道。

"我先说我先说！就是上回那个商演，有一家小有名气的演艺公司看上了我们乐队，准确地说，应该是看上了我们乐队的老爷子，于是决定包装我们，所以我们最近可谓演出演到要瘫痪，不过，当然也数钱数到手抽筋啦。"说到最后那句话，滚爷立马笑逐颜开。

"看你那财迷样儿。"马克打趣道。

"不过还真别说，这人想出名还就得靠包装，那天我和滚爷在小酒馆喝酒，还有个美女过来打招呼，说是滚爷的粉丝呢。"

看大家羡慕的目光都聚焦在自己身上，滚爷露出了不好意思又闷骚的笑容，与在舞台上的霸气洒脱完全两样。

"行行行，别说我了，米粒、小芹芹，你俩最近是不是也正处旺盛期呀。"

"准确说不是我，是我家上官，在网络小说的道路上，发展尚可，尚可。"

"我呢就是多卖了几串手链几颗珍珠，尚可，尚可。"

"两位美女都这么谦虚。好吧好吧，也不多说了，大家有酒的喝酒没酒的喝饮料，为了我们每个人的大喜事小喜事，一起来干一杯！"尚夏首先举起了酒杯。

"干杯干杯……"

"大家今晚不醉不归啊，下次再聚齐都不知道什么时候了。"

"尤其是马克和沈老师，今晚必须喝。"

……

看着一路走来的伙伴们喜笑颜开地推杯换盏、把酒言欢，方玲难免失落。大家有的事业进步，有的感情找到了归宿，而自己呢，和大汉的关系模棱两可，工作也表现平平尚无建树，为什么每个人都有可喜可贺的开心事，唯独自己什么也没有？回想从前，自己应该是这群人里最不需要忧愁的一个，有一个无比宠爱自己的男友，有一份稳定可靠的工作，可如今看来，自己又是最惨的一个，难道这就是所谓的物极必反乐极生悲？方玲想立刻逃离这与自己无关的热闹场面。

与大家谈笑了一会儿，陈米粒想起来，方玲今晚应该是与大汉"谈判"去了，便悄悄在方玲耳边问道："今晚谈得怎么样？"

"你猜？"

"我觉得应该不错，看你回来情绪还行。"

"我们压根就没见面。"

"什么？怎么会没见面呢，你们昨晚不是约好了吗？"

"他说临时有事来不了了。"

"又有事，他什么破事那么多！"

"还没看出来吗，他现在根本就不重视你了。"坐在方玲旁边的孟小芹，一边和大家嬉笑聊天，一边接收着方玲和陈米粒的信息，还给出了参考意见。

方玲看着孟小芹愣了愣神，她也想过这个原因，即使始终不愿承认，但还是从孟小芹嘴里听到了这无情的实话。

"方玲，你不要再自欺欺人了，接受现实吧，早点解脱对你只有好处没有坏处。"

这段时间以来，虽然陈米粒和孟小芹给过不少安慰和意见，但也只是让她自己拿主意，而在今天这样一个皆大欢喜的餐桌上，孟小芹抛出来的这句话似乎暗含着一个再也肯定不过的答案，即使方玲曾经也做过这最坏的打算，但当这话从别人嘴里说出来时，还是显得咄咄逼人锥心刺骨。什么汉堡什么陈默，回来前好不容易按捺下去的惨淡愁云又一下子被挑拨了起来，为什么大家都皆大欢喜，而自己却愁肠百结？方玲不甘心。

"是是是，你们都好，都是蒸蒸日上前程似锦的聪明人，就我，我自欺欺人，我这种自欺欺人自怨自艾的人，没资格跟你们坐在一起吃饭，行了吧！"

从进门以来一直镇定安静的方玲对着孟小芹突然大声抱怨起来，孟小芹见状吓了一跳，桌上刚刚还叽叽喳喳嬉嬉笑笑的其他人也突然安静了下来，都怔怔地望着满脸通红欲哭不哭的方玲，不知道发生了什么。几秒钟的沉寂之后，眼泪掉下来之前，方玲终于逃离了这个本不属于她的场合。

方玲的痛苦纠结心烦意乱并没有持续太长的时间，和芳芳的一次见面谈话，终结了方玲最后的挣扎。

一天早上方玲接到芳芳姐电话，说中午在公司附近一块儿吃个饭，有重要的事情要告诉她。中午一下班方玲就急急忙忙赶往约定餐厅的时候，腆着大肚的芳芳早已在窗边的一个位置等候。

"芳芳姐，等很久了吧？"

"没有没有，刚到一会儿。你工作挺忙吧？"

"还可以吧。你想吃什么，我让服务员点餐。"

"不不不，我出门前吃过了，你不用管我，你赶紧吃，肯定饿坏了吧。"

"真的不需要再吃点什么？那我给你来杯热柠檬吧。"

方玲叫来服务员点餐。

"芳芳姐，你今天突然找我，是有什么要紧的事吗？"

"是有点事需要当面和你说。嗯……你最近和大汉怎么样了？"

其实方玲早就猜到芳芳姐来找自己十有八九是为了她和大汉的事，可听到芳芳姐这么直接地问出口，方玲还是心里一紧。

"就那样吧。"方玲不知道该如何形容现在他们之间的关系。

"那件事情，确实是大汉过分了，真是对不住你。"

"以前他在我眼里真的是一个完美的男朋友，我一直怀疑自己怎么会这么幸运，遇到对我这么好的一个人，事情这么一发生，也算是让我看到了他不那么美好的一面，毕竟，人无完人。"

"他骗了你，你还能这么想，方玲，你真是个善良的孩子，是大汉配不上你。"

方玲笑了笑，突然发觉善良这个特质是这么软弱无力一无是处。

"虽说大汉是我的堂弟，于情于理我都会偏向他这边，况且，我也期盼你能成为我们家的媳妇儿，但有些事情，我今天不得不告诉你，不然我于心不忍。"

方玲认真地看着对面一脸严肃又不安的芳芳，预感接下来听到的，不会是什么好消息。

"大汉有一个小学同学，初中毕业就不再念书了，跟着家里人全国各地做生意。这长年在外和各式各样的生意人打交道，难免养成一些恶习，他这同学从小就脾气差、歪脑筋多，在生意场上混了几年之后，正经的没学会多少，吃喝嫖赌歪门邪道的事倒是精通了不少。

　　"大汉小时候和他玩得挺要好，但自从他出去做生意以后，两个人就慢慢断了联系，年前他们小学同学聚会，几年没见的两个人一见面一聊天，发现还和小时候一样合得来，于是那之后他就经常约大汉出去吃饭了。

　　"那同学做生意赚了不少，经常请大汉去一些高档娱乐场所，酒吧、夜总会、私人会所，这种地方一来二去的，你也知道……

　　"所以，有的时候他跟你说加班或者陪老板应酬，甚至整夜未归，其实都是、都是和那同学在一起……"

　　堂姐没有把话说得明白透彻，但方玲已经明白透彻，这么一听之下，她反而更愿意相信之前所理解的那个"善意的谎言"了。

　　"他不仅骗了你，而且还犯了很严重的错误，同样作为女人，我觉得、也许、他并不能成为一个可以信任托付的对象。你明白我的意思？"

　　"这些都是他和你说的？"

　　"他哪能和我说这些，他那同学的老婆是我一个好姐妹，怀孕刚三个月，老公就成天不着家，说是和多年未见的哥们儿叙叙旧，我俩一聊才发现，那哥们儿就是大汉。"

　　堂姐从手机上翻找着什么，递给方玲看："这是我那好姐妹从他老公口袋里找到的小票，上面有夜总会的名字和他们的消费记录。"

　　方玲紧紧盯着被拍照下来的小票，夜总会的名字格外刺眼。这家夜总会就在她以前和大汉经常逛街吃饭的商场旁边，他们无数次经过它，又无数次看着从里面出来的红男绿女，不屑地从他们身边走过。

　　有一次，他们看见一个大老板模样的中年男人，左搂右抱着两个浓妆艳抹打扮性感暴露的女子，东倒西歪地走出来，满口的酒气和下流话。方玲问大汉，是不是男人有钱了都会变坏，算了，你以后还是不要太有钱吧，够过日子就好，大汉回答，我是有底线的，怎么可能做这种事，况且我媳妇儿这么漂亮对我这么好，我还会出来找其他女人，我可不瞎这狗眼！

　　现在看着照片上的小票想起和大汉的对话，方玲觉得那话就像一个个响亮的耳光，结结实实地打在自己的脸上，来不及躲闪。

"方玲，其实我之前想了很久，到底要不要跟你说，可是看着我那姐妹每天烦恼的样子，我不希望你以后也变得和她一样。"

"芳芳姐，谢谢你今天来告诉我这些，你放心，我知道该怎么做了。"

49

连方玲自己都没想到，在听到芳芳姐的话之后会如此平静，好像该来的终究来了，她也总算安了心。

独自坐在公司的休息区，想象中大汉和那同学花天酒地的画面以及两个人曾经的浓情蜜意，在方玲的脑海中交替出现，她本以为自己会号啕大哭伤心欲绝，但事实却是，她竟然流不出一滴眼泪，伤心却不至于绝望。既然已经有人为她提供了不二选择，她还考虑什么，直接去做就好了，这种果断决绝怎么也好过之前的纠结不定。

至于以怎样一种方式结束和大汉这将近两年的感情，方玲还没有想好。打电话、发短信、心平气和地面谈还是声嘶力竭地争执，方玲还没有想好。她唯一确定的是，赶快结束这一切。

"喝咖啡？"进来倒咖啡的陈默打断了方玲的思考。

"我就坐会儿。"方玲在脸上勉强挤出笑容。

"是不是又发生什么事了？男朋友？"善于察言观色的陈默当然看出了方玲的强颜欢笑。

"我们分手了。"

方玲看陈默不太明白，又解释道："上回是我以为只是两个人出现了点问题，这回是真的要分手了。"方玲也不掖着藏着，反正上回的事情陈默都知道了，也不差这最后的结局。

陈默不知道该说些什么，只是给方玲倒了一杯咖啡，在她身旁坐下。

"还记得上次我那号啕大哭的丑态吗，这回我竟然不哭了。"

"人这一辈子，要遇见那么多人，总会遇人不淑的。"

"是啊，可是为什么这不淑之人，偏偏要是自己曾经倾注最多感情的那一个呢？亲密无间的恋人、无话不谈的朋友、同甘共苦的伙伴，都有可能在不经意间给你沉重一击。"

"但人就是在这样的不经意间慢慢成长，慢慢学会成人社会的所谓规则，也慢慢练就一身金钟罩铁布衫，抵御外界的伪善。"

"没想到，你竟看得这么透彻。"方玲原本以为陈默只是为表示同事间的友好才在这儿安慰自己，没想到他竟然与自己有同样的感慨。

"经历的事情多了，自然就领悟得多了。你呢？看你平时无忧无虑的样子，应该是没经过什么烦恼吧？"

"活了二十多年，经历过最难熬的事，也只有两次分手了。上一次是六年前，现在想想也真是可笑，竟然在那样的年纪妄想和这辈子中第一个爱上的人共度一生。"

"哈哈，我不会告诉你，当我决定给初中的同桌女孩儿每天写一首情诗的时候，我也有过这种妄想。"

"是吗，看来谁都不缺少一个单纯浪漫情窦初开的少年时代。"方玲笑了，不过这回却是会心一笑。

"虽然那是个再也回不去的时代，可是我觉得那种单纯浪漫的爱，今天的我们依然可以期待。也许会受伤，也许需要漫长的迷茫等待，但属于你的终究会到来。"陈默说得恳切。

"你真的这么想吗？即使我失败了两次，还是可以对下一次抱有期待？"

"那当然。"

"你怎么像变了一个人，记得上回你可是什么安慰的话也说不出来。"

"上回你哭成那样，我是被你吓的！"

"哈哈，那可真是为难你了。"

"好了，别难过了。记住，不管有没有人爱，独立自主是一个人存在这个世界上最重要的姿态，所以无论遇到什么困难，都要好好工作，保持一颗不断上进学习的心，不断让自己变得强大，事先装备好自己，困难来临时才能处变不惊。"

方玲默然。

"我该继续工作了，如果有什么事情需要帮忙，尽管找我。"

陈默这番崇尚奋斗、鼓励女性独立自主的言论，如果在从前那个以嫁个好人生个好娃为人生目标的方玲听来，是会被嗤之以鼻的。如果嫁一个疼你爱你的好老公，女人为什么还要在男权主宰的职场辛苦奋斗？即使是那些叱咤职场、风光多金的女性精英，也大多以成为高龄剩女为代价。在从前的方玲看来，她宁愿自己这辈子一无建树，也不愿孤苦伶仃度过晚年。

但今天的方玲听到陈默这些话，不由心生感触。为什么从前的自己会如此依赖大汉，只要大汉稍有怠慢就怀疑猜忌歇斯底里？为什么同样是谈恋爱，陈米粒和上官即使不用黏黏糊糊朝思暮想，也能很好地维持感情？为什么即使孟小芹已经工资不菲，却还要在空闲之余经营小小的首饰生意？

方玲这才慢慢意识到，原来自己从前的人生是那么苍白无力，就像一叶浮萍，随大汉之喜而喜，大汉之悲而悲，到头来回忆中留下的那些所谓关心、宠溺，现在看来，不知竟夹杂着多少欺骗、不在意。

陈默离开后，独自坐在公司休息区的方玲开始考虑，也许是时候对自己做一些改变，而这时候的她并没有想到，从那天在公司楼下对陈默的哭诉起，陈默便在无意识间带着她迈出改头换面的第一步。

之所以说改头换面，是因为这改变巨大。

不用说，整个下午方玲都无心工作，什么材料成本什么客户需求，她一个字也看不进去。倒是芳芳的几条微信，总算让方玲在这个下午做出了一个重要决定。

"刚刚我那好姐妹告诉我，她老公晚上要陪客户可能晚点回来，她估摸着极有可能是和狐朋狗友出去玩了，这是他们经常光顾的夜总会，如果你想最后确定，可以亲自过去找他。"文字之后是一张夜总会正门的照片，看招牌上写的夜总会名字，正是中午小票上的那家。

方玲又想起了她和大汉经过夜总会门口时的那段对话。不过，这回她并没有陷入无休无止的回忆和悲伤中，一个决定立马跃入脑海：她需要当面对质。思考了一会儿，方玲走进了陈默的办公室。

"你说过，有需要帮忙可以找你，这话还算数？"

"当然。"

"无论什么事情，你都会帮忙。"

陈默想了想，点点头："当然。"

"你晚上有空吗，下班后能不能陪我去一个地方？"

"需要我做什么吗？"

"什么也不需要做，只要跟我一起去就可以了。"

"好，下班后我在停车场等你。"

"谢谢。"方玲感激地微微一笑，然后走出了办公室。

短短的几句对话，方玲说得坚定，好像一切都在自己的掌控之中，东风一到便能成功。陈默看着方玲倔强的背影，不禁感叹，几天前甚至几小时前，这还是个陷入失恋焦虑得无法自拔的柔弱女子，可从刚刚方玲的语气和表情中，却看不出丝毫拖泥带水，而多了几分不容置疑。

目光随着方玲回到了座位，陈默笑了笑，一边好奇着晚上到底是个什么情况，一边想着，这还真是个不一样的女子。

"你怎么带我来这种地方？"看到灯红酒绿的夜总会，陈默满心疑惑。

"你先别问那么多，跟我来就是了。"方玲说着就要往里走。

"这种地方哪是随随便便进的！你到底什么情况，好歹让我知道下吧。"

"你一会儿就知道啦，哎呀你就别磨磨叽叽的了，快跟我走吧。"不由分说，方玲拉着陈默往里走。

"你不会是失恋了想来买醉吧？我跟你说可不能这么草率啊，一个女孩子来这种地方很危险的。"

"所以我才让你陪我来啊。"

"喝酒我倒是可以陪你，前面路口就有间小酒馆，公司门口也有家慢吧，实在不行，咱去超市买点酒，随便你要去滨江公园还是哪里我都陪你去，能不能别去这种不正经的地方啊。"

"你也觉得这里不是什么好地方？你们这些男人都这样，嘴上虽这么说，可要真要给你们机会，我看你们巴不得三天三夜泡在里面！"

"你这话什么意思？什么叫我们这些男人？你不能一竿子打死一船人吧！"陈默大概猜了出来，方玲和男友的矛盾因此地而起。

看到眼前夜总会的景象，方玲气就不打一处来，她自知理亏，赶紧向陈默道歉："好吧好吧，我一时气急说错话了，对不起。我们赶紧办正事吧，办完了赶紧撤，我也不想在这地方多待。"

"陪你进去，没问题，可你总得告诉我进去以后你打算干些什么吧？你也知道这种地方是非多，万一进去后出点什么问题，我也好有个心理准备，知道该怎么应对，还有……"

陈默还打算跟方玲分析其中的利害关系，却发现方玲的注意力突然被什么东西吸引住了，她目不转睛地盯着前方，不知道在看些什么。

"你怎么了？"陈默问道。

方玲没有回答，仍然盯着同一个地方，直到一个惊讶的声音传来："阿玲，你怎么会在这儿！"

是大汉，身边挽着一个穿着红色抹胸连衣短裙、浓妆艳抹的女子。他立马将这女子的手从臂弯里甩开。

方玲愤怒得想原地爆炸，将眼前的这对狗男女炸个稀巴烂。但从来心直口快的方玲竟然忍住了，转而揶揄道："怎么样，在这里看到我惊不惊喜，刺不刺激？"

大汉当然是惊喜刺激得说不出话来。见大汉傻在原地，他身边同样挽着一个性感女郎的男子站了出来。方玲想这应该就是那万恶的老同学无疑了。

"兄弟，这位不会是……"老同学猜到了方玲的身份。

"你们先进去。"大汉狼狈不堪地对老同学说道。

老同学识相地拉着两个女子走了，那位"属于"大汉的红衣女子还娇嗔地说了声："我在里面等你，你快来哟。"

50

"阿玲，不是你看到的那样。"

"那是哪样？他们是谁？"

"他们、都是我公司的同事，大家就是出来聚一聚。"大汉还抱着侥幸心理，在做最后的挣扎。

"公司同事？你一个司机会有这样的同事？你们老板是做什么生意的，这夜总会不会是他开的吧？"

"是，我们老板有股份，股东之一，所以平时同事聚会都来这里。"

方玲这下总算见识了大汉编瞎话的本领，被当场抓了现行还能脸不红心不跳地谎话连篇，难怪自己一直被他骗得团团转。

"你们同事都挺厉害的嘛，放着家里怀孕的老婆不管，倒跑这儿来聚会了，看样子是没打算回去了。"

"方玲，你……"大汉没想到，方玲已经了解了所有事情。

"我都知道了，我们分手吧。"方玲扔下话就走。

大汉这才感觉事态严重，收起刚才编瞎话讨好的圆滑嘴脸，转而求起原谅来，"方玲，我知道错了，你原谅我这一次，再没有下回了。"

"没有下回有上回，我一直以为上次去水上乐园的事情是你第一次骗我，没想到，自从你那老同学回来以后你就一直在骗我，这大半年你一直在骗我！"

"我们老同学好长时间没见了，就是出来叙叙旧玩玩而已，不当真的。"

"你不当真我当真，我当真和你分手了！"

大汉拉着方玲的手紧紧不放，方玲用力一把甩开，拉着一直在一旁不知所措的陈默上了车。陈默在方玲的再三催促下将车子开走，大汉扒着车门紧追了一阵，终于被车远远甩在了后面。

"你是找男朋友摊牌来了。"车里，陈默试探地与方玲搭话。

"请叫他前男友。"

观察到现在，陈默大概知道方玲和前男友是个什么样的情况了，女的一心一意矢志不渝，男的却三心二意背信弃义，对于方玲的提出分手，陈默再也赞同不过了。既然方玲已经做好了分手的准备，作为一个外人，陈默觉得什么安慰劝说、鼓励赞同的话在此时此刻都是多余的。

"我送你回家吧。"

"你能再帮我一个忙吗？"

"你说。"

"陪我喝点，你刚才说过的。"

"行，没问题。"

滨江公园的长堤边，方玲一言不发，只是一口一口喝着啤酒。陈默在一旁陪着，同样不说话，只等着方玲开口。

"这样就算是结束了吧。"在喝完第三罐啤酒时，方玲总算打破了沉默。

"应该是吧。"

"在一起两年，短短两分钟就给打发了。"

"看他刚才那样子，应该还会再来找你。"

"找我又能怎样，做出的决定还能收回？我是不轻易这么果断地做决定的。"从知道真相到决定分手，方玲只用了一个下午的时间，况且，还没有找同居的两位密友商量。

"你找我来，为什么？我似乎什么也没做。"

"这种地方我一个女孩子可不敢来，说真的，要不是你在，我刚刚还真拿不出那架势，你就算是来帮我壮胆的吧。"

"看来我还是起了点作用。"陈默自我调侃，试图冲淡分手的哀伤气氛。可作用并不太大，此刻方玲的脑海里只能容得下她和大汉相处时的细枝末节。

"我就不明白，从前我们明明那么离不开对方，怎么能说变就变？你刚才也看到了，那样的女人，他们也只是玩玩而已，三五天，三五个月也就腻了，更别谈感情了，难道他可以为了这短暂的诱惑放弃长期稳定的感情？"

"很显然，他并不打算放弃，放弃的是你。"

"是啊，我是一个感情至上的人。你看过亦舒的小说《喜宝》吗，喜宝说，她想要有很多很多的爱，如果没有，也要有很多很多的钱，而我正相反，如果没有爱，再多再多的钱又有什么用呢？"

"现在的女孩都现实，谈感情先谈车谈房，你这样的，我倒是少见。"

"我以前何尝不是这样，我们家条件不算太好，爸妈总希望我能找个条件好点的家庭，婚后可以衣食无忧，所以亲戚给我介绍的相亲对象条件都还不错。跟我之前的相亲对象比，他家的经济条件不能算其中的佼佼者，只能说是一个普通偏上的家庭，但我偏偏认定了他，为什么，就是因为他给了我很多很多的关怀很多很多的爱。我曾一度认定我们之间的感情稳固得打不烂拆不散，今天才知道，原来什么都会变。"

"可是我怎么都想不明白，他的谎言怎么就能那么头头是道有理有据，我真的相信他所说过的每一句话，就算是现在想来，我依然觉得那些话滴水不漏。如果再来一遍，也许我还是会选择相信。"

"我们前段时间闹矛盾，我以为只是稀松平常的小矛盾，我虽然纠结，但本不真心想分手，今天中午他堂姐找我，给我看了他做错事的种种证据，直到看见刚才那一幕。你看，连老天爷都在帮着我们分手，看来这次是真的结束了。"

方玲边说边流眼泪，越说越哭，越哭越停不下手中的酒。

"你别喝了！"陈默从方玲手中夺过酒罐，"我送你回去。"

酒劲上来，方玲全然没有平日在公司的淑女矜持形象，牢牢抓住手中的酒瓶，大口大口往嘴里灌。

"我分手了，难道不应该庆祝我回归单身吗，虽然我不是单身贵族，但我可以找一个贵族呀，条件比他好的男生，大街上多了去了好吧。

"你看看，我也是你说的那种先谈钱再谈感情的女生，没什么不一样啊。谁不爱钱，要有很多很多的钱，还要爱干吗，爱干嘛干嘛！

"你有女朋友吗？你看我怎么样？或者你身边有没有有钱的朋友，改天给我介绍几个？"

方玲开始语无伦次自暴自弃地说胡话，看来是喝多了。陈默安慰的话不懂得说，但蛮力是有的，他用力夺走方玲手中已经空了的酒瓶，强行将她扛上肩，身材娇小的方玲对于一米八二的陈默简直轻而易举。将方玲在汽车后座安顿好，陈默便开车驶向新苗工厂。上回和方玲吃汉堡送过她一回，陈默隐约记得路。

"给老娘走开，一群臭男人！

"不要脸的东西，贱人！"

陈默像扛麻袋似的，扛着东倒西歪胡言乱语的方玲进了新苗工场大门。滚爷正收拾乐器呢，听到这叫喊声，不觉一震："好一个霸气的女子，这是何方神圣。"滚爷坚信说出此话的绝对不是新苗工场的一分子，转身一看，只见一个高个儿壮汉正扛着一个活物走了进来。

"你找谁？"滚爷没认出披头散发的方玲，更不认识陈默。

"这里是新苗工场吧？她是我同事，住在这儿。"陈默环顾四周，不相信这个地方竟能住人。

滚爷走近陈默，撩开背上女子的头发一看："妈呀，方玲！"

"你们认识？她住哪儿？"

滚爷心里猜测着这个陌生男子的身份。听说方玲和大汉最近正闹分手，难道就是因为他？不过从外面来看，的确胜大汉几分。看来方玲的眼光有长进。

"什么叫认识啊，我们亲密无间。"滚爷故作暧昧道，"她住512，你跟我来。"

"她怎么喝成这样？"

"可能遇到伤心事了。"在没弄清楚滚爷身份之前，陈默不轻易把方玲的事告诉他。

"伤心事，真和大汉分手啦？你是谁啊还送她回来？不会你俩……"

"你想多了，我就是她一个同事，看她喝成这样，总不能不管吧。"

两个人说着就到了 512 门口，滚爷"咚咚咚"敲门。

开门的是孟小芹。

"快让我们进去，方玲喝多了。"滚爷说着直接领着陈默往里走。

"啊，喝多了？"孟小芹一头雾水地跟在后面。

"怎么了怎么了，方玲出什么事了？"闻声，陈米粒也从房间出来。

"没出事，就是喝多了。"

陈默把方玲往床上一放，便打算走。

"这是方玲同事，看她醉得不省人事就送她回来了。"还没等孟小芹和陈米粒开口问，滚爷就向两个人介绍陈默，好像他俩熟悉似的。

"哦，同事啊，谢谢你送方玲回来啊，给你添麻烦了。"

"应该的。对了，她醉成这样，明天起来少不了难受，你们让她明天就别来上班了吧，我帮她请一天假。"

"真是太感谢你了，还替她想这么多。"

"任务完成了，我也该走了。"

"行，路上小心。"

大家把陈默送到门口，再三道谢。

"喂，这同事叫什么？"陈米粒向滚爷八卦道。

"方玲的同事，我哪儿知道！"

"不知道？不知道你刚跟人家好像八拜之交似的，我以为你俩熟呢！"

"我滚爷，自来熟！"滚爷又开始耍贫嘴。

"走走走，闺房禁地，男士免进。"陈米粒推着把滚爷往外赶。

"切！"

51

第二天，方玲直睡到日上三竿自然醒，一看时间，已经十点钟。方玲一惊，猛地从床上坐起来，一用力，一阵头疼袭来。

她慢慢下了床，打开房门走出来。家中没人。

许是还没醒透，方玲正愣在客厅等待下一步动作，却被背后的声响吓了一大跳，彻底惊醒。

"你醒啦。"

"妈呀，你吓死我了，你怎么在家！"

"我怎么不能在家，我正在放假，你忘啦？不会喝酒喝傻了吧？"

"你才傻了呢！"

方玲在沙发上坐下，孟小芹从料理台上倒了一杯水，递过来给方玲。

"我昨晚喝多了？"

"你说呢？"

"我是怎么回来的？"

"你同事送回来的，一个男的。"

"陈默？"

"他叫陈默啊？"

"然后呢？"

"没然后啊，把你送到他就走了。"

"没说什么？"

"说你今天不用去上班了，他会帮你请假。"

"哦。"

"你昨天怎么了，喝那么多酒？"

"我们分手了。"方玲一脸认真。

"分手？你怎么突然就分手了？"

方玲将昨天芳芳来找她以及晚上去夜总会的事与孟小芹说了一遍。

"真他妈个人渣！"孟小芹怒发冲冠，好像这事发生在自己身上，"方玲，这决定你做得绝对正确，我支持你！还有，千万别为了这种人伤心，不值得。"

"我知道不值得，但毕竟在一起两年，况且他以前对我确实挺好，要忘掉这段情意，恐怕也需要些时间。"

"情意得和有情有义的人讲，这种没有责任感不念旧情的人，说什么都白搭，你的多情在他那儿反倒成了无理取闹死缠烂打。"

"我还怎么死缠烂打，我提出的分手，难道还回去求复合？小芹，我觉得你和米粒以前劝我的话都太有道理了，我就是心太软了才会拖到现在，如果当初像你一样强硬，就不会被骗这大半年了。"

"你昨天跑去夜总会跟他说分手，你俩就到此为止了，以后不再联系了？"

"那是当然，我可不想藕断丝连旧情复燃。"

"我的意思是，他肯定会再来找你的，到时候你怎么办？"

"你这话怎么说得和陈默的一模一样啊。那还能怎么办，跟他把话说清楚，断得干干净净，就像当初你对宗教男那样。"

"他再苦苦哀求，你也不心软？"

"绝对不！"

果然和孟小芹说得一样，当天下午，大汉就找到了新苗工场。

"刚才去你公司，同事说你请假了。"

方玲没有回应。

"方玲，我已经和那个老同学断交了，我以后再也不出去玩了，你就原谅我这次吧。"

"你别再说了，没用的，没有这次，还有上次、上上次，这半年里你需要求我原谅的事还会少吗？"

"你再给我半年，下半年我好好改造，我每个月工资都给你，下班以后的时间都陪你，你说去哪儿就去哪儿，你想要什么咱就买什么，只要你再给我一次机会，我什么都依你，行吗？"

"不行。"方玲冷静回应。

"那你有什么要求，你尽管提。"

"我要求你马上离开。"

大汉愣住了，他没有想到，原本小鸟依人温柔善良的方玲，竟然变得如此冷静强硬。从前两个人闹矛盾，只要大汉哄几句，或送点小礼物或带着吃顿大餐，方玲总能开心起来，可这次不一样，照目前看来，这其中的矛盾并不是一两句话可以解决得了的。

"方玲，你以前不是这样的，我们以前闹矛盾，从来都要不了几个小时就和好了，现在你怎么变得这么冷漠？"

"以前？人是会变的，现在想想，以前的自己真是傻透了，你说什么我竟然都相信。"

"昨天那个男的是谁？你这么坚决要跟我分手，是不是因为他？你们在一起了？"大汉突然想起了昨天和方玲一起来夜总会的男子。

"你自己做错了事，不要把责任推到别人身上好不好。"

"可是你为什么会和一个男的在一起，后来你们去哪儿了？"

"我的事不需要你管。"

"你真的如此绝情？好歹我们在一起两年，难道我们之间一点情意也没有？"

"你有情意，有情意所以选择欺骗？呵，这半年真是难为你了。"

"这些事你都是从哪里听来的？堂姐，还是堂姐的那个好姐妹？你宁愿相信一个陌生人的一面之词也不愿意相信我吗？"

"我相信我眼睛所看到的。"

"可是你连我的解释都不愿意听？"

"我听了，只是选择不相信。"

"你走吧，我是真的想分手了，就算没有昨天的事情，这半年来，我也觉得累了，分手在所难免。"

"我知道这半年我忽略了你，但是……"大汉还想做最后的挣扎。

"你别说什么为了挣钱为了拼事业，我看你出去吃饭应酬到半夜，也没见你在工作上长进多少。"

大汉还想继续，可方玲再也不给他开口的机会，她从沙发上起来走到玄关，打开门送客："你快走吧，我该出门上班了。"

无奈，大汉只能悻悻然离开。

大汉来之后，孟小芹避开到了工场大厅，看见大汉离开，她就立马上来了。

"怎么样？"

"我很坚决，他说什么我都不留余地。"

"所以你们算是真的分手了？"

"反正在我这儿是这样，至于他怎么想，与我无关了。"

"看来你这回是下死决心了。"孟小芹从未见过方玲如此决绝果断的样子，不由心生佩服。

"你说奇不奇怪，要是搁在从前，我肯定会哭得稀里哗啦的，可是你看看我现在，竟然一滴眼泪也流不下来。这是不是说明，我是真的死心了？"

"你的选择是正确的。"孟小芹再一次为方玲的独立果敢表示赞同和鼓励。

"谢谢你小芹，还有米粒。"

"你要谢的可不止我们，还有一个人。昨晚送你回来的那个，你不打算也表示点感谢？"

"陈默，对了，我都忘了联系他了，我这就给他打电话。"方玲起身回房间拿手机，走到半路又气愤地补充了一句，"你知道吗，他刚才还怀疑我和陈默有关系！"

孟小芹什么也没说，做了个"哦，这样"的表情，然后又暗自意犹未尽地笑了笑。

为了对陈默表示感谢，方玲决定请他吃饭，就算没有昨天他送自己回家的事，上回他请的那顿汉堡也总得还回去。

方玲给陈默发微信。

"昨天晚上谢谢你了，还有今天帮我请假，也谢谢你。"

"不客气，应该的。"方玲本以为陈默会忙得没空回，没想到立马就收到了回信。

"昨晚没吓到你吧？我喝多了，没做什么难堪的事吧？真是不好意思，让你看笑话了。"

"想知道？唔，好不容易掌握了你的把柄在手上，怎么能轻易告诉你。"陈默卖了个关子，发来一个坏笑的表情。

"有我把柄，那我贿赂贿赂你，别给我揭穿咯。晚上下班请你吃饭。"

"算是道谢？"

"算是贿赂。"

"我接受贿赂，不过，你今天怎么样了，不需要在家休息？"

"不过是喝了点酒，不至于卧床一天吧。"

"你要没问题，我就可以放心地受贿了。"

"晚上见。"

约定好时间，方玲不禁有种莫名的兴奋。按说他刚刚和大汉分手，应该忧伤一阵才对，可忧伤愤懑好像已经都用尽了似的，这会儿的方玲只觉心无旁念一身轻松，尤其是她本以为在陈默面前出过的两次丑态，会让他从此对自己避而趋之，却发现陈默对自己并无嫌隙，就像心中的一块大石头终于放下，让方玲觉得生活还不算太糟。

晚上，他们相约在新苗工场附近的一家比萨店吃比萨。

"原来你爱吃这些东西啊，上次是汉堡，这次是比萨。"

"就像上瘾一样，每隔一段时间总要吃上一两回，不然馋。"

"上次和你吃的，是我今年的第一顿汉堡。"

"啊，你不喜欢吃这些啊！早知道就请你吃别的东西了。"

"不过，有人请客那就另当别论了，我可是来者不拒。"陈默大大咬了口比萨，表示这食物合他口味。

"你怎么样，我看你今天情绪不错。"陈默小心翼翼试探，不敢直接开口提昨天的事。

"他早上来找过我了，求原谅，我肯定不能答应啊，没几句话就把他打发走了。"方玲一副事不关己的态度。

"打发？这词用的，好像他是一个乞丐似的，你这么绝情？"

"你也觉得我绝情？他今天也是这么说我的，把我给气得……不过我不生你气，毕竟你不知道我们之间到底发生了什么，如果你知道了，肯定也会像我的闺密一样赞同我的。不过你有一半说对了，他确实已经不重要了。"

看着眼前大口嚼着比萨喝着饮料的方玲，陈默突然想起了曾经在公司楼下哭哭啼啼的她，甚至昨晚在喝多之后她也流下过泪水，可眼前的她却如此坚定决绝，从委屈柔弱到态度坚决，这其中的转变，陈默还真有点想不通。

"那、能不能说，庆祝你回归单身？"

"当然，你千万别以为我现在对分手啊单身啊这些词敏感，恰恰相反，我觉得轻松多了。"

"女孩在分手后通常都死去活来的，你是我认识的第一个这么看得开的女生。"

"有什么看不开的呀，人生苦短，及时行乐还来不及呢，哪有时间为不值得的人和事费心？"

"英明的女子，我敬你一杯。"陈默拿起面前的饮料。

"哎，饮料有什么好敬的，我们干饼！"方玲举起手中的比萨，作豪爽状。

"干饼、干饼……"陈默也配合地举起一片比萨，忍不住笑了，虽然只是隐忍地一笑，但这笑中分明能看见那隐藏不住的被激发的好奇和欣赏。这个女生，果然不一般。

52

玛丽和马克开始了一边旅行一边挣钱的自由生活，沈老师和洛洛也向着心中的圣地和那生生不息的理想进发。瞬间少了四个伙伴，新苗工场似乎冷清了不少。但，生活还在继续，故事也时有发生，新苗工场照旧人来人往川流不息，并不会因为谁的缺席而停滞不前。

接下来的几天，大汉仍然每天不定时电话、微信轰炸，内容不外乎原谅啦知道错啦重新开始吧之类的无力挽回，当然，方玲根本没把一字一句看在眼里听进心里，在得到几次冷冰冰的回应和忽视后，大汉自知复合无望，对方玲的穷追猛打势力渐弱。事情过去后的半个多月后，大汉总算放弃，两个人正式从对方的生命中退出。

一个多月后，方玲收到芳芳的微信，说大汉已经决定去北方发展。

方玲在这次的失恋中并没有消沉太久，因为新的生活正迫不及待地向她迎面而来，新的开始正始料未及地从天而降，这开始，便是陈默。

当陈默将醉得一塌糊涂的方玲背进512的时候，两个眼尖心细的闺密，像是神婆通灵，在冥冥之中感知到了这终究会到来的一天。

"那段时间你闹分手我也没敢提，其实，陈默应该对你有意思。"陈米粒为自己的先见之明得意。

"怎么说？"好奇又羞涩的方玲欲探究其中一二。

"你说之前你俩不算太熟悉，既然这样，他怎么会陪你喝酒送你回家，还周到地替你请好第二天的假呢？"

"关键是，你俩是怎么从不熟悉突然就熟悉上了呢？而且熟悉得见证了大汉被你抓包的实时现场，连我俩都不知道！"孟小芹一直为没能"欣赏"到大汉即兴扯谎又苦心求饶的"热闹"画面而遗憾，毕竟，她早已看穿此男并非善类。

此时的方玲和陈默刚刚在一起一个月不到的时间，再回想起两个人从在公司门口的那次接触，一个没头没尾号啕大哭，一个哑口无言不知所措，到公司休息区的那次无意间碰面，一个纠结无望一个耐心劝慰，再到方玲拉着陈默跟大汉分手、喝酒、一路安慰送回……再后来，两个人不时聊天、吃饭，自然而然就成了情侣的状态。

"你这简直是无缝对接啊，这样也好，省得你在渣男那儿走不出来。"

"你这么快就和陈默在一起，你是真的已经完全忘记那个渣男了吗？"

"说一点不怀念那是假的，但至少我不会沉浸在里面了，一想到他那些龌龊事，不管多么美好的回忆也一概掩得干干净净了。"

"这就对了嘛，我们还担心你会一哭二闹三上吊呢。"

"喂，你们也太小看我了吧，我有那么不可理喻吗。罚酒！"

"酒是可以喝，但罚就算了，我觉得我们可以庆祝方玲找到新归宿，开始新生活，怎么样？"

"还问什么，走着呀。"

三个女生各自举起面前颜色各异的酒杯，一饮而尽。

陈米粒示意吧台里的酒保再来同样的三杯。

"方玲的问题解决了，我也可以说说我的事了。"孟小芹接着道。

"你有什么事？"陈米粒和方玲好奇地看着她。

"可能，我也有新归宿了。"孟小芹不好意思地笑笑。

"什么？已经有了？怎么现在才告诉我们？你也太不够意思了吧！"方玲惊讶地抛出一连串问题。

"喂喂喂，我们也不是第一个知道你分手的好吗。"

方玲讪讪然一笑："行行行，是我不对行了吧。那你倒是说说，到底怎么一回事呀？"

孟小芹的新恋情，是她妈对她发起强烈相亲攻势的结果。

自从和宗教男分手并清楚地了解父母对于未来女婿在经济上的硬性指标之后，孟小芹总算明白了纯粹而自主的爱情对自己来说根本遥不可及，于是，她将全部心思都放在了工作和自己的小生意上，完全的经济独立是她迈向更加广阔、自由人生的第一步。

虽然母亲安排的每一场相亲，只要有时间孟小芹便一定赴约，但她却从没想过，在这些生活优渥的相亲对象中，真能存在将陪伴她度过下半生的那个人，一切只是为了应付父母而已。可好巧不巧，孟小芹还真就从这些人中找到了情投意合、共度余生的那一个。就连她自己都猝不及防。

　　既然相亲是以了解对方家庭背景为基础而进行的，能够成行的相亲，双方家庭在一定程度上是相互认同与接纳的，那么一旦双方父母决定让子女见面，看不看得上眼、聊不聊得来、成不成得了事，就只是两个年轻人自己的事了。如此这般，无须过多考虑父母的意见，孟小芹在与此相亲对象见过几次面后，两个人便决定进一步发展。

　　和孟小芹家一样，高君的祖籍也在八州市郊的一个小县城，而且两个人还同在一个村。高君的父亲在邻近的省份经营着一家房地产公司，理所当然地，高君和他哥哥便在父亲的公司帮忙，而母亲则在离家不远的一个商业中心区经营着一家进口商品店。

　　从经济结构和发展前景来看，高家的条件绝对符合孟小芹父母的硬性要求。于是，当孟小芹和高君见过第三次面，并告诉母亲两个人决定交往的时候，孟小芹妈的心里"哗"的一下，一块石头总算落地。女儿的下半辈子有着落了。

　　两个人正式开始交往，虽然不确定最后是否能开花结果，但按那套传统的"父母之命，媒妁之言"来看，如果进展不错，双方父母在不久的将来便会提出结婚要求。如今，两个人交往也有一个多月了，关系也渐渐稳定，冥冥之中孟小芹觉得，也许自己这辈子的恋爱也就止于此了。

　　"没想到，挑来挑去，你最后还是在相亲中有了结果。"

　　"是谁一开始对相亲嗤之以鼻的，这下可打脸了吧。"

　　"所以说，人哪，别把话说得太满，当初你越是不想的到头来越是灵验。"孟小芹自我反省。

　　"就像我吧，当初还梦想着嫁个有钱人下半辈子衣食无忧呢，现在才发现，能踏踏实实过日子才最重要。"

　　"陈默，我看也是只潜力股，也许就是未来的有钱人也说不定。"陈米粒预测。

　　"现在说什么都为时尚早，日久才见人心呢。还有方玲，你可别像上回那样一门心思地扑在一个人身上，别总想着要什么都有人买，花别人钱多没劲啊，你得学着提升自己，让自己值钱，嫁不进豪门，你可以成为豪门啊。"

　　其实这话孟小芹很早以前就想对方玲说，但看着那时的方玲整日沉浸在大汉的宠溺中忘乎所以，想着不管别人说什么她肯定是听不进去的。如今方玲栽了跟头，不能说跟这根深蒂固的毛病没有一点关系，既然她这么快又开始了新恋情，孟小芹索性将其中道理点明。

孟小芹本不指望着方玲立刻全盘接受，却没想到她对此却举双手赞成："哎呀呀，你这话怎么说得和陈默的一模一样，之前他看我闹分手想不开，也是这么劝我的，奇怪的是，我竟觉得好有道理。你是不是以为这话我听不进去？其实他早就把我说通了，你晚了晚了。"方玲得意于自己的提前开窍。

"我看这不是晚不晚的问题，而是话从谁嘴里说出来的问题。"陈米粒调侃。

"哈，不会你那时候就已经对人家有意思了吧？"

"你想想，当你失恋痛苦纠结的时候，有一个人能耐心地开导你，你是不是都会感觉挺受用的。"

"那可不好说，如果是一个我不喜欢的人，难受还来不及呢！"陈米粒继续调侃。

"去！"方玲脸上泛起了红，不知道是不好意思还是酒精的作用。

"米粒，你当然有心情调侃啦，现在最好的就是你了，和上官感情稳定，而且，他写网络小说赚的外快应该不少吧。"孟小芹羡慕道。

"别看我们表面上和和气气的，其实吵起架来也不客气的。"

"哪个情侣不吵架的，别说情侣了，等结了婚，柴米油盐锅碗瓢盆的，能吵架的事多了去呢。只要吵不散，能吵就多吵吵，小吵怡情嘛。"

"不过也是，你们说我第一次谈恋爱，这样也算挺顺利吧。"

"你们有进一步的打算吗？上官有没有跟你说过未来怎么办？"

"既然你们问了，我就说了吧。可能，年底他爸妈要来家里提亲。"

"提亲！也就是说你们就这么定了，不换了！我说陈米粒啊陈米粒，原来最不够意思的是你啊，这么大的事也不和我们说，还既然我们问了，你不会打算婚礼那天再告诉我们你结婚吧。"

"要说不够意思，也是你打头阵，咱们仨这算是扯平了啊。"

"说真的，你们真打算结婚了？"方玲一秒钟变正经起来。

"反正只要我喜欢，我爸妈是没什么意见，他们家人对我也是喜欢得不得了，所以，只要我们两个没问题，那应该就没问题。"

"哎呀呀，没想到呀没想到，以前你身边连个男人的影子都找不到，这下你竟然是第一个出嫁的！我的妈呀，真是太惊喜太刺激啦！"

"你爸妈多开明啊，一切以你的意愿为主，不像我爸妈，不达要求的绝对入不了他们法眼。本来嘛，是我结婚，当然要找自己喜欢的啦。"

"你爸妈这也是为你好，对方家里是做房地产的，以后你的生活绝对不错。再说了，你俩不也情投意合嘛，又符合爸妈要求又是你喜欢的，这不很好。"

"那你岂不是很快要搬出新苗工场了？你们会不会提前同居啊？"

"我才不想那么快就一起生活呢，下半辈子都要捆在一起了还不够啊，我要抓紧时间享受自由生活，所以在结婚前我是不会离开你们的。"

"那就好，如果你走了，我们两个会无聊死的。最好你晚点，不然等我俩都嫁了你再嫁？或者我们可以一起嫁呀！"方玲为自己的周全想法拍案叫绝。

"那是不是还要一起生孩子一起带孩子啊。"

"那再好不过啦，小的时候孩子们在一起玩，等他们都长大了，我们就可以一起玩啦，到时候我们也可以世界那么大一起去看看啦。"方玲在心中描绘未来生活的美好蓝图，好像一转眼就能实现似的。

"你一句话就把我们后半辈子的生活安排好了，你当过日子是吃饼呢，想要什么馅儿要什么馅儿。"孟小芹哭笑不得。

"吃饼怎么了，不是你说的吗，我们要过独立自主的生活，选择自己喜欢的饼，就是独立自主嘛。"

"你不要老公啦？我看你啊，肯定是最缠老公的那个！哎呀，我家陈默长啦我家陈默短啦……"陈米粒学着方玲那副全世界我老公最好的语气。

"我也是有人性的好吗，我怎么能为了老公抛弃你们呢，老公嘛……不算什么的。"

"不算不算什么都不算，我们自己好才重要呢，仔细想想，你刚才那想法还真不错。"

"是吧，我跟你说，我们现在努力挣钱，留着以后环游世界。"

"我还真有点期待孩子长大之后……哈哈，想想都美。"

"那你说我们是不是也会一起变老……不对不对，等你俩都变成了老太婆，我还是如花似玉赛十八……"

"去你的吧，等你牙齿都掉光了，看你还怎么乱说话。"

"哎呀呀，生活还是很美好的呀，我怎么就这么幸运遇上你们俩了呢。"

"你狗屎运呀！"

"哈哈哈哈哈……"

……

新苗工场512房间的三个闺密在吧台前喝酒聊天笑作一团，酒杯见空，酒保也自觉斟上。这半年来，每个人都经历了人生中重要的环节，有恋爱的惊喜有失恋的挣扎，也有经历了看透了的领悟和成长。

无论生活抛出什么难题，命运的安排多么可笑，只要有彼此在，就没有她们翻不过的山蹚不过的河，就像在户外徒步般，只有走到腿软累到瘫，经过遥遥无期的绝望和不知何方的彷徨，最后到达的风景才倍加珍藏。

正当吧台前的三个女生欢声笑语尽情放肆的时候，一个前所未有的巨大转变正急速酝酿，在不久的将来便会骤然光临，让她们本就无法料想的生活更加莫测变幻。

53

"看看这个。"尚夏将一个信封交到滚爷手上，上面用充满设计感的字体写着"邀请函"三个字。

滚爷打开信封，看了里面的简短内容之后，惊讶："气泡音乐节！据说这音乐节可厉害了，能参加的都是国内最前沿最有实力的乐团！"

滚爷又将信封和里面的信来回看了一遍，带着不敢确定不可思议的惊喜疑问："这邀请函……"

尚夏得意地双手交叉在胸前，挑了挑眉毛，向滚爷抛出一个"你懂的"的眼神。

"我们乐队被邀请去参加音乐节了？"滚爷激动得声音微颤。

"这个音乐节是我们公司策划的，虽然是第一届，但水准极高，就像你说的，能参加的都是最有影响力的乐团。"

"还有最后一个名额，我给你留着了。"

"是真的？我也能跟顶级乐队同台演出了！气泡音乐节！"滚爷难以置信

的语气喊破了音。

"去不去你倒是给个话！"

"去去去！天上下刀子地上蹿火龙也得去！"

"这么好的事，你怎么感谢我呀。"

"千恩万谢感恩戴德！说，喝酒还是大餐，再贵，爷我砸锅卖铁也请你！"滚爷豪爽地拍拍胸膛，好像没他办不成的事。

"吃饭喝酒的还是算了吧，你只要能在音乐节上表现好，就是给我最大的感谢了，毕竟，我可是在公司领导面前给你们乐队打了一百个保票了，你演出失误事小，我失业事大呀！"尚夏故意摆出一副事关重大的样子。

"我滚爷什么时候给你丢过脸了呀！你放心，到时候就看着哥们儿我燃爆整个舞台吧！"滚爷踌躇满志地摆出一连串胜利在望、唯我独尊的姿势。

单腿独立、双臂大开地摆完一个类似金鸡独立和白鹤亮翅结合体的造型之后，滚爷猛然收式，好像突然想起什么似的，又撺掇在尚夏跟前："行啊尚夏，你一个小员工，领导竟然接受你的推荐，看来你们致尚传媒的领导挺开明嘛。"

"那可不，我跟你说在我们致尚传媒，甭管是总经理还是实习生，甚至是保洁阿姨保安大哥，只要提出的建议意见是对公司有益的，都有同等的机会被采纳。"

尚夏致尚传媒太子爷的身份至今无人知晓，不管是从前、现在还是将来，他也不打算公之于众，也许从小被父亲和家族的光环围绕，现在的他更愿意以一个再普通不过的身份藏身于平凡大众之中，体验琐碎日常生活中的自由与真实。所以，尚夏以一个忠诚员工的身份，信口编出了一番合理妥帖的说辞。

为了使自己的话具有信服力，尚夏又故作严肃正经："你们现在好歹也算是八州城的知名乐队了，连经纪人都有了，难道还没资格参加一个音乐节？而且，我把你们演出的视频给领导看了，他对你们的现场感染力和编曲水平也比较欣赏，表示愿意给你们这个机会。"

"哇呀呀，原来我们这么有实力呢。"听到尚夏的"领导"如此看好自己，滚爷瞬间飘起来了，他挺了挺胸，直了直腰，信心爆棚。

"音乐节在元旦，还有三个月不到的时间，你们可得好好排练，可别给我掉链子。"

"元旦、对了，键盘黑子元旦打算带媳妇儿去旅游，我得和他说一声去。还有，我得把这消息告诉哥儿几个，并且排一个音乐会排练进度表出来，从现在开始，取消一切娱乐活动，专心备战音乐节！"

滚爷像是对尚夏说又像是自言自语，突突突机关枪一样蹦出这几句话后，起身，做一个冲刺的姿势，大吼一声"沸腾吧气泡"！箭一样把自己射了出去。

"爱情不过是生活的屁，折磨着我也折磨着你，港岛妹妹……"

滚爷拿瓶可乐作话筒，正一个人唱着歌，坐在一旁的尚夏在手机上回复信息，不时看一眼自我陶醉的滚爷，表情夸张，四肢扭曲。尚夏无奈摇摇头，那样子简直不忍直视。

"哟，谁在想妹妹呢。"

尚夏闻声抬头，512的三个女生走进大门，滚爷的歌声也戛然而止。

"你们回来得太是时候了。"尚夏作解放状，终于从滚爷不堪入目的自娱自乐中解脱。

"你们回来啦，这大包小包的，渴了吧，喝水。"滚爷将手中的可乐递给三位，三个人看看滚爷递过来的可乐，又抬头看看滚爷。滚爷明白了什么，他接过三个女生手中的大包小包往沙发上一放："你们坐。"然后打开可乐，拿起桌上的三个杯子往里各倒了点，依次送到三个女生面前，态度好得像服务生。

"又有好事了吧。"陈米粒看着滚爷不寻常的举动，猜测道。

"好事好事天大的好事。"

滚爷积极回应，好像就等着有人问起似的。他把参加音乐节的事跟三个女生说了一遍，止不住地欢呼雀跃。

"你们可得来给我捧场啊，免费的，是吧，尚夏。"滚爷会意地看一眼尚夏，意在让他搞定门票。

"气泡音乐会，我看过广告宣传，好像很专业很顶级的样子，可以啊滚爷，终于熬出头啦。"方玲拍手叫好。

"这也多亏了尚夏，是他帮我争取到名额的。"

"哎呀，尚夏也不得了啊，如果这次滚爷表现得好，你是不是有机会升职呀？"

"对啊，我怎么没想到呢，我搞砸了你可能被开除，那如果我表现得好呢？说不准我到时候就激情四射惊艳全场了呢？"滚爷像是又发现新大陆似的。

"行行行，你怎么着都行。"被上蹿下跳的滚爷缠了一个下午的尚夏已经拿他没办法了。

"好好好，你们都好，只不过，我们三个是没办法参加你们的音乐节了。"孟小芹将滚爷从他的情绪里拉扯了出来。

"嗯？"

"我们元旦都有安排了，而且还是重要安排。方玲，要和陈默回家见家长；米粒，上官父母要上门提亲；至于我嘛，我元旦订婚。"

孟小芹像排列课程表似的一一罗列三个人将缺席音乐节的缘由，陈米粒和方玲在一旁平静地点头确认，这边三个平心静气，那边两个却沉不住气了。

"订婚！"滚爷和尚夏异口同声。

相比之提亲和见家长，当然是孟小芹的订婚更让人意外，而从孟小芹和宗教男分手这短短半年不到的时间里，他们甚至都还没来得及知道她重新恋爱的消息，就直接收到了一枚准红色炸弹，这一炸，把滚爷和尚夏都炸毛了，尤其是尚夏。

"你什么时候谈的男朋友？多长时间了？哪里人，干什么的，多大了？是相亲？怎么这么快就订婚，是不是也马上要结婚了？什么时候领证什么时候同居难道你们要先生个孩子？妈呀，你不会要搬出新苗工场了吧！"滚爷连珠炮似的抛出一连串问题，可能连他自己都不知道自己到底都说了些什么。

"这么多问题，你要我先回答哪个？"与滚爷呈鲜明对比的是，孟小芹依然淡定。

滚爷不好意思地挠挠头，"嘿嘿"两声。

"我们是通过相亲认识的，虽然相处时间不是很长，也就三个来月吧，但是两个人感觉挺合适的，而且，家里也催得紧，所以就订咯。"孟小芹说得一切都理所当然顺理成章。

"三个月？"滚爷偷瞄了眼尚夏，"这么短的时间，你们都互相了解了？你清不清楚他是个什么样的人？不然我们替你把把关？一辈子的事，还是看清楚点比较好。"滚爷表面上是好心给孟小芹提个醒，其实这话也是替尚夏挽留，虽然他知道这一点用处也没有。订婚，意味着他们以后就真的再没有可能了。

"哎哟，好闺密，我知道你是为我着想，放心吧，以我孟小芹看人的眼光，还不至于走眼吧。"因为滚爷对女生的了解和细心，512三个人经常与滚爷以闺密相称。

"这样啊，那我就放心吧。"滚爷似是而非意不在此。

"恭喜你啊，终于找到了另一半。"尚夏终于开口了，他平静地表示祝贺。

"谢谢。"

孟小芹和尚夏间礼貌客气得有些见外的气氛让人看着尴尬，方玲赶紧咋呼起来，"哎哎哎，你们听好了啊，这里还有两个提亲见家长的呢，你们怎么不关心关心呢。提亲哪，结婚也差不离啦！"

"是是是，你们都命好，都找到好归宿，都恭喜，都恭喜啊。"滚爷也故作轻松态度。

"真是，好了好了不跟你们说了，逛了一天街累死了，我们回去休息了。"说着三个人起身，拎着大包小包回房间了。

待三个女生的身影消失，滚爷无奈地转向尚夏："这可怎么办呀？"

"什么怎么办，都几点了还不歇着，明天还排练不排练啦，你赶紧的吧，我也回去了。"

"哎哎哎……"滚爷还想拉着尚夏说点什么，可尚夏并没有逗留的意思，起身整整衣服便径直离开。

"哎，算了，这样也好，省得整天为他俩事儿操碎心。"

54

当滚爷剪掉一头泡面长发，以干净利落的圆寸出现的时候，大家才发现，原来滚爷也有着周正的五官和极富线条感的硬朗面庞。

"哟，大帅哥呀！"

"我第一次发现，原来剪头还能达到整容般的效果。"

"早该剪啦，那一头泡面看得我扎得慌。"

"这下你该改名了，滚爷不适合你咯。"

"我滚爷，行不更名坐不改姓，剪个头而已，不改。"

"你对那长发可是宝贝得不行，怎么就舍得给剪了呢？"

"什么呀还宝贝，我看着碍眼，难受得不行，让他赶紧给剪了。"正给二胡调弦的老爷子以嫌弃的口吻应声。

"啊？你竟然能把他说服！以前任谁也说不动他。"

"行啊，一物降一物，看来总算有人能把你降住了。"

"什么呀，我这是为了我们乐队的整体形象考虑，你们想啊，大家都是短发，就我一头性感长发，那不是抢大家镜头嘛。"滚爷嘴硬。

"得了吧，就你还性感，喜感还差不多。"

"明天就是音乐节了，你们准备得怎么样？"看着一群人插科打诨，尚夏把大家拉回正题。

"我觉得没问题，参加了那么多商演，有经验。"这下轮到老爷子信心满满了。

"老爷子都这么说了，你们就放心吧，就等着明天看我燃烧全场吧！"

正说着，滚爷的手机响了起来，掏出一看，是马克的视频聊天邀请。

"嘿，哥们儿！"滚爷接通后便激动地打招呼。

电话那头愣了几秒，犹犹豫豫道："你、我拨错了？"

"错什么错呀，是我，滚爷。"滚爷知道马克是被自己的新发型弄懵了。

"我去！你怎么把头发给剪了呀！"

"怎么样，帅吧？"

"别说，总算有个人样了。"

"边儿去，怎么说话呢！"

"哈，你们明天就要演出了，怎么样，准备可好？"

"我滚爷什么时候办砸过事啊，你一百个放心。"

"你小子行啊，能参加音乐节啦，这些年没白混。"

"你们那儿好美啊，是什么地方？"方玲凑到手机前。

"一个还没被开发的小村庄，偏是偏了点，但真是那些商业景点没法儿比的，在这儿住上十天半个月的，舒服。"

"哎哎哎，小芹要订婚啦！看来新苗工场马上要出新娘子啦。"玛丽的声音在电话那头响起。

"我们三个，谁先还不一定呢。"孟小芹朝电话喊道。

"你们三个，都得恭喜！"

这会儿，尚夏的手机也响了起来，同样是视频邀请，来自洛洛。

"今天真是巧了，什么事都赶一块儿了。"尚夏接通手机。

"嘿，大家元旦快乐！"洛洛和沈老师同时出现在手机屏幕里。

"元旦快乐！"所有人回应。

"咦，旁边那光头谁啊？"洛洛从屏幕里隐约看到了一个陌生的身影。

"嘿，光头，亮个身份嘿！"尚夏将屏幕对着滚爷。

"哇呀，你、你怎么成这样啦！"洛洛惊喜得说话都不利落了。

马克玛丽和洛洛沈老师隔着两个屏幕看见对方，都激烈地打招呼。

"你们这一个个的，看到我怎么都这反应。"对于大家第一眼的惊讶也好惊吓也罢，滚爷已经见怪不怪了。

"以前怎么没发现，你还是个美人胚子呢。"

"你直接说我帅不就得了。"

"不过你今天不是重点，我们是向小芹道喜来的。芹芹，恭喜恭喜啦，终于找到生命另一半。"

"谢谢，谢谢。大家都向我道喜，滚爷，看来我要把你风头抢尽了。"

"我能有什么风头啊，有光头还差不多。"滚爷自嘲。

"还有米粒和方玲，据说你们也好事将近了？"

"我还差得远呢，倒是她俩，没准你们下次回来，就是参加她们婚礼来了。"

"婚礼那是必须得去的，不过滚爷的音乐节，我们就只能等你们发回后期报道咯。"

"哎，对对对，正想和你们说，到时候尚夏开直播，大家就可以看见我们帅气而精彩的表演啦，同步的，分秒不差。"

"我是工作人员，是要维护现场秩序的，我可不能保证全程播报，不过只要我手上闲着，肯定会替你们转播的。"

比滚爷的期待有过之无不及，音乐节现场热烈奔放骚动不断。台下粉丝的呐喊尖叫就像一剂春药，让滚爷和乐队伙伴们在台上愈发上蹿下跳挥汗如雨地唱了一首又一首，直到筋疲力尽。

结束之后，面对一片狼藉的现场，滚爷他们开始收拾残局，时不时还要为前来膜拜的粉丝签名合影。他们将乐器、设备等一一收齐，滚爷将借来的音频线归还工作人员。

"这是我借的音频线，谢谢啦。"滚爷将东西交给正在收拾现场的一位工作人员。

"哦好，你们乐队今天表现不错哦，好像有不少粉丝呢。"工作人员羡慕道。

"不卖力不行啊，现场这么多大牌呢。"滚爷谦虚。

"你们离大牌也不远啦。"

"哈哈，借你吉言。"

滚爷刚走开两步，背后又传来刚才和自己交谈的那个声音，听着像是故意压低了音量。

"你听说了吗，尚夏和董事长的关系？"

"尚夏？他们能有什么关系？"另一个陌生的女声传来，滚爷猜她同样是工作人员。

"他们都姓尚，你觉得……"

"咳，姓尚的人多了去了，这也可做文章？"

"这可不是随便做文章，是证据确凿。人事部都传开啦，尚夏就是董事长的儿子呀。"

"真的？"

"那还有假，当时他进公司的时候也只是走了个流程，主管给他面试时也只是象征性地问了几个问题而已。你说他一个滨州大学高才生，来我们这儿当一个小职员不是太屈才了？人家将来可是要继承父业的呀！"

"天哪！哎，你说我们这些既没背景又拼不了爹的，干死干活一辈子都不及人家挥一挥手来得多。"

"还有还有，这次音乐节那个新来的乐队，就是借音频线那个，据说就是尚夏向主管提议的，你说，没有权力，能说什么就是什么吗？你也提个议试试。"

……

滚爷在原地愣住了，虽说他从来鄙视这种在人后嚼耳根的行为，但这耳根似乎泄露了一个完美而天大的隐瞒。滚爷怀疑流言的可信度，但如此劲爆，且与自己与玛丽和马克与洛洛和沈老师与孟小芹方玲陈米粒甚至与新苗工场每一个人都息息相关的流言，相比于怀疑，滚爷的好奇还是占了上风。

滚爷转过身，想过去问个究竟，没承想，在自己与两位窃窃私语者相隔几米开外的中间位置，他看见了尚夏。尚夏手里拿着两个鼓鼓囊囊的垃圾袋，正朝着不远处的垃圾桶走去，此时也愣在了原地。他也听到了对话。

　　顿时，一个正三角形的形状勾画出三方局势，好似三足鼎立。

　　两个嚼耳根者朝尚夏难堪地笑了笑，走远了，剩下尚夏和滚爷四目对视，同样是说不出的尴尬。

　　"你这些同事还挺无聊的，干活就干活吧，还……"

　　滚爷试图打破尴尬的氛围，但话没说完，却被尚夏打断："你先什么都别问，我现在要忙着清理现场，晚上，今天晚上我们小酒馆见。"

　　尚夏走过去扔了垃圾，折回来时向滚爷点点头，示意因为工作脱不开身而抱歉，然后便融入了场地上穿着同样工作服的人群中。滚爷默默立在原地，心中预感，也许，那两个人的话有几分真实。

55

　　尚夏喝干了酒保刚端上来的酒，深吸一口气又重重呼出，就像临上台发言前的人缓解紧张情绪，然后一字一顿地说："我、的、确、是、致、尚、传、媒、的、太、子、爷。"

　　滚爷瞪大了双眼，眼里充满了不可思议、怀疑、不相信、好奇、真的假的、原来是这样等几种复杂而矛盾的感情。他一下子说不出话。

　　"大家谁也不知道。"

　　滚爷的眼神稍稍缓和，好像在庆幸自己不是唯一被蒙在鼓里的。

　　"你瞒了我们这么长时间？"

　　"不只是你们，其实，我身边的同学、朋友都不知道。"

　　"这、你怎么做到的？"滚爷的讶异又增加了几分。

　　"隐瞒家庭真实情况，也不是什么技术活儿吧，我早就编了一套措辞，应对人际交往中各种可能出现的情况。"

措辞，应对，人际交往……听到这几个词，滚爷顿时觉得自己以及工场里的那一群人，只不过是尚夏生活中无意间谋面的过客，就像他每天都会在大街上遇见擦肩而过的陌生人一样，无论交情深浅，他稀松平常地摆出同样的说辞，将所有人拒之他真实生活的门外。这么一想，滚爷发现人与人之间的关系竟薄如蝉翼。

　　"不过你千万别误会，我并不真心想这样，而是，我不想因此在别人眼中变成一个自带光环的人。"

　　"你是怕我们因为你的家庭而和你交朋友？"

　　"这种情况并不是没有，不过我可没有以这个为依据去猜测你们每个人，至少在新苗工场接触到的你们每一个人，我是真心当作朋友。"

　　滚爷拿起酒杯喝了一大口酒，企图用酒精帮助分辨尚夏这话的可信度，可是他却最先想到了孟小芹。

　　"那小芹呢？你和她从大学就认识，而且你还曾向她表白，如果她接受了你，你又打算如何向她解释？难道你也曾担心她会因为你的家庭而违心和你在一起？"

　　"我说过，我所有的同学朋友都不知道我的身份，我也不可能因为对一个人一见钟情就将自己极力掩盖的东西一下子揭开，这也是为什么我一直不敢坚定地追求她的原因，以她的性格，我怕她知道了以后，她反而会和我保持距离。"

　　"可是她现在不是仍然和你保持距离，保持一个朋友应有的距离吗？"

　　"那至少我们还是朋友，而且我自认为还是可以深入交心的朋友。"

　　在孟小芹这件事上，尚夏的考虑不无道理。个性独立如孟小芹，拒绝父母的安排独自出来工作生活，对另一半追求精神合拍而非经济条件优渥，工作之余经营副业以求更好地生活，如此逃离舒适安逸、一头扎入自力更生的她，怎能接受身边有一个动动手指就能事事给予她便利的朋友，甚至一个可以让她衣食无忧坐享其成的男友？

　　"你以后会继承父业？"

　　"家里人肯定是这么希望的。"

　　"那你自己呢？"

　　"在所有人看来，这都是理所应当的，但说实话，我是一点都不想和致尚传媒扯上关系。"

"所以你现在只是一个普通员工？"

"总不能一下就安排我当什么经理老总的吧，从基层做起，了解集团每一个环节每一个部分的详细情况，是家族对每一个家庭成员的要求。"

"看来你们这个家庭集团也不是任人唯亲的。可你还是没能按照自己的意愿生活。"

"如果当初小芹也决定出国当汉语教师，我也就不用回来了。"

"为了她你宁愿放弃自己热爱的职业和向往的生活？"

尚夏坚定地笑了笑，他心甘情愿，并不因此后悔。

滚爷看着眼前这个曾经和自己肆无忌惮地插科打诨喝酒打屁的好哥们儿，感觉有些虚幻，一个常常不务正业的普通职员摇身一变成身家过亿、家世显赫的少爷，滚爷一下子接受不来这个转变，但又有些真实，因为即使身份发生了一百八十度的大逆转，但以滚爷敏感细腻的心思判断，尚夏隐藏的仅仅是身份，在与他们所有人的交往中，他的真心诚意不容置疑。

"这件事已经被我知道了，接下来你打算怎么办？"

"我想让你帮我一个忙，帮我继续隐瞒着他们。"

"我已经猜到你会这么说，毕竟，我的知情对你来说也是一个意外。我可以答应你。"

"既然你已经知道了我的情况，还有一件事再让你知道也无妨。"

滚爷紧张而认真地看着尚夏，他还没有完全从尚夏的真实身份中回过神来，不知道接下来的消息他能否消受。

"其实，新苗工场也是我们家族的产业之一。"尚夏语气平静，就像在说自己曾去过的一家餐厅一样。

滚爷倒吸一口冷气，原来一直以来大家都真真切切与尚夏的家族有着紧密联系，房东和租户的关系。这种巧合比尚夏太子爷的身份更让滚爷难以置信。

"所以说……"

"所以可以说，我是你们的房东。"

"你说的那个开工场的朋友……"

"是我编的。"

滚爷怔怔地看着对面用谎言精心维护与他人关系的尚夏，就像推理小说终于揭开谜底般，他同样被尚夏安排的环环相扣的真相折服。

"512 三个女生住进来的时候，还只是刚刚大学毕业的新人，以她们那时的工资根本租不起那间公寓，我以那个所谓的'朋友'为幌子，给她们降低了价格。"

"也是因为小芹？"

"也是因为小芹。"

"我今天总算明白了，你对她的感情，比我们想象的都深。"

"她一直不接受我，你是不是有点为我抱不平了？"尚夏淡淡地开玩笑道。

"你还有心情开玩笑，不怕我转眼就把所有事捅出来？这可是一个大爆料啊。"

"既然你答应帮我隐瞒，就会信守承诺，你不是出尔反尔的人。就算你真的这么做了，我也认了，谁让我骗人在先呢。"

"虽然我们没有什么实质上的损失，但也不能这么便宜你，你是不是应该喝个三五杯，以示惩罚？"

听到这话，尚夏便放下心来，滚爷果然是个值得信赖的哥们儿。他向酒保招招手示意上酒，不一会儿，五杯冒着白沫的扎啤被端了过来，尚夏端起一杯一饮而尽，当他端起第二杯的时候，滚爷也从中端了一杯仰头饮尽，接着又是一杯。

在被液体撑满的饱腹感和充满酒精味的悠长饱嗝中，两个身份家世完全格格不入的男人，以男人特有的果断、隐秘、讲义气的利落姿态，达成了一个不可动摇的稳固共识。

56

陈米粒腋下夹着一份文件，手里别扭地拿着牛奶面包，另一只手将挎包往肩上一挎，囫囵穿了鞋就急急忙忙走了。

"方玲不会已经走了吧。"还不忘问了孟小芹一句，才关上门。

孟小芹的上班时间比陈米粒晚半个小时，她通常可以悠闲地吃了早餐再出门，料理台边吃三明治的她听见陈米粒的话，也觉奇怪。平时方玲可是最早出门的，今天怎么没见着，难道已经赶在她们起床之前走了？

　　"方玲，方玲。"孟小芹咽下嘴里的食物，对着空气喊了两声。

　　"哎……"

　　这回答可把孟小芹吓了一跳，敢情方玲还没出门。

　　"你怎么还在呀，不怕迟到呀。"

　　"我今天来姨妈，肚子疼，请了一天假。"方玲从卧室开门出来。

　　"你以前姨妈来也从来不请假的，今天怎么突然要请假了，而且还是请一整天，你不要全勤奖啦？"

　　"哎哟，我就歇一天，也没什么大不了的嘛，全勤奖也就两百块钱，我又不是身无分文生活拮据，也没必要为了两百块钱委屈了自己嘛。"

　　"瞧你这话说的，你不会是因为有了高收入的陈默，就不认真赚钱了吧？我可告诉你啊，这女人啊……"

　　见孟小芹又要开始女人自食其力自强不息那一套，方玲赶紧制止："行了行了，我知道了，我自食其力，我独立自主，我就歇一天，明天我肯定精神饱满热情洋溢地去上班，行了吧。时间差不多了，你快走吧走吧。"方玲从椅子上把孟小芹拉起来。

　　"哎哎哎，我还没吃完呢。"孟小芹赶紧把剩下的一大口三明治塞进嘴里，一边被方玲推着往门外走，一边指了指桌上还剩下的那半块。

　　"剩下那半块就留给我了，我没准备早餐。"

　　孟小芹塞满食物的嘴还在呜呜呜地说些什么，方玲把包往她怀里一塞，就关上了门。

　　"这一大早的，哎。"

　　下午三点多钟，孟小芹忙着上课，陈米粒赶着在最后的交稿时间奋笔疾书，"西天取经三缺一"的微信群来了信息，是方玲。

　　"亲爱的，晚上想吃什么呀，我现在去市场买菜，晚上给你们做好吃的。"

　　二十分钟后，陈米粒和孟小芹才有时间拿起手机。

　　"姨妈来你不好好歇着，做什么饭呀。"

　　"你姨妈来啊，难怪今天出门没见着你。你竟然请了一整天的假！"

"人家现在可不缺全勤那两百块钱。"孟小芹调侃道。

"方玲这可不像你啊。"

"哎哟,你们行了,不就请了一天假嘛,用得着这么唠唠叨叨的。快说快说,想吃什么?"

"要不晚上吃火锅吧,好久没吃火锅了。"

"可以、可以,要鸳鸯锅。"

"这也太容易了吧,一点都不体现我的厨艺。"

"不然你自创一个口味?"

"……我还是买菜去吧,多买点肉,堵住你们的嘴!"

"记得买点饮料。"

还没来得及打开门,孟小芹已经在门口闻到了浓烈的香气,待走进客厅,看见料理台上一半麻辣鲜红一半奶白浓郁的火锅,以及满满当当一台面的海鲜蔬菜牛羊肉,孟小芹体会到了那种令人垂涎三尺的渴望。

"怎么样,还满意吧?"方玲正分发餐具。

"我天,这种类也太多了吧!"

"我跟你说,为了找齐你们爱吃的那几样东西,我可是跑遍了附近的市场和超市,你也知道,就你们那难伺候的劲儿。"

"宝贝儿,真是辛苦你了。"孟小芹做感动状。

"天哪,天哪!这也太逆天了吧!我们开吃吧!"陈米粒一回来,便等不及地在料理台边坐下,一脸惊喜迫切的表情。

"看你那猴急样儿!"

"你不吃我吃!"陈米粒将一块肥牛放进沸腾的锅中,看着鲜红的生肉渐渐翻滚成白色。

"唔,这味道太可以啦,方玲,你可以去开火锅店了。"像在品尝什么绝世珍馐似的,陈米粒一脸陶醉不能自己。

"你觉得开火锅店好?"方玲突然正经道。

"她就是瞎扯淡,你听她的!你以为开个店那么容易啊,没个几十上百万的下不来。"孟小芹赶紧将方玲可能有的幻想扼死在襁褓中。

"如果火锅店不行,那其他店……或者其他我自己能做的事,行不行?"方玲的语气变得小心翼翼。

"你什么意思？"

"你们想，如果按照米粒说的，我开了个火锅店，那相当于什么？相当于我需要把现在的工作辞了，最好再找一两个合伙人，一起经营这家店，我们给自己打工，给自己发工资。"

"先撇开火不火锅店的不说，就这种自己养活自己的工作形式，你们觉得怎么样？"

孟小芹和陈米粒互相看了看，确认对方都明白了方玲话里的真实含义，然后异口同声："你想创业？"

"创业，我哪有那本事呀，最多就是工作之余又多了条来钱的门路，就和小芹卖首饰、上官写网络小说一个意思。"

"哎呀呀，难怪你这假请得这么心安理得，原来是有后路了呀。可以啊方玲，你哪来的门路啊？"

"你们想想我是干什么的？外贸跟单，我每天能接触多少客户，又要维护多少客户，而且我们公司做的这业务，那都是客户排着队找上门的，所以在客户这方面，我们是根本不用愁。"

"所以你想私下接单？"

"客户才不管你是公司还是个人，只要能为他们提供服务就行，况且，我们个人做肯定比公司的便宜，少花钱就能买到同样的产品，客户又不傻。"

"主意是不错，但是也有风险。有多少客户愿意把这杯羹分给你，你调查过吗？还有，万一被公司发现了怎么办？"

"那肯定是有了成功案例，我才敢效仿的嘛。"

"你们公司不会都是这么开小灶的吧？"

"也没有，就一个……陈默。"方玲不好意思地笑笑。

"哎呀，你早说不就完了嘛，是你和陈默一起干。"

"陈默其实早就干过几单了，他在公司算得上是业务能力一流的老员工了，这些年肯定积累了不少客户资源。虽然他现在的工资还不错，但总给别人打工也不是个办法呀，所以他就想慢慢独立出来，不过也不是说出来就能出来，前期肯定得积累些经验的。"

"行啊，方玲，找了个有脑子的，正好带带你。"

"去去去，说谁没脑子呢！再说了，我这不也正潜移默化春风化雨吗，等我哪天发达了，你们就能见识到我的智慧了！"

"那从目前情况看，你们每个月能有多少油水？"

"不瞒你们说，多挣一个人的工资不是问题！"

"这么厉害！方玲，看来你真是要发达了呀！"

"我和陈默就打算，先这么干着。等时机成熟了，再出来单干，如果我们全心全意地干，每个月的收入肯定比现在多多了。"

"啧啧啧，你说你，从此以后会不会从原来设定的贤妻良母的生活，改道走上职业女强人的道路啊。有潜力，大有潜力！"陈米粒过来人似的，对方玲刮目相看。

"还真别说，自从你和陈默在一起之后，不仅人变得开朗了，连原来一窍不通混吃等死的工作也开窍活络了，可见，和谁在一起有多重要。"

"你们说说，我们这打算，到底怎么样？"方玲虽然早已下定决心，但也迫切需要两位好友的支持和鼓励。

"那还用说，当然是撸起袖子干啦！"

"真的啊？太棒啦，我就等着你们这句话呢！"方玲双手一拍，好像纠结已久的事总算尘埃落定。

"话说，我们现在是不是该撸起袖子吃了呀，这一锅汤我实在是看不下去啦！"陈米粒渴望地看着沸腾的汤水和上面滚动的食物，蠢蠢欲动。

"吃！"方玲豪迈地一声吼，三双筷子同时下锅，激烈抢食。

57

虽然寻到了个有钱的婆家，按说孟小芹完全可以辞掉工作，过着吃喝玩乐衣食无忧的生活，可从来争强好胜的她仍然每天按时上下班，上好每一堂课，对每一个学生负责，仍然坚持在朋友圈卖她的金银首饰。

元旦见过了父母的上官泽丰和陈米粒，双方家庭在一个多月后又安排了一次正式的宴席，请的是双方主要亲戚，两家也就算是订婚了。此后，除了上班写小说外，上官和陈米粒还忙着给新房装修，赶在年底的婚礼前完工。那是上官父母用辛苦挣来的钱付了首付买来的房子，房子虽然不大，但对于新婚的上官和陈米粒来说，绰绰有余。

方玲和陈默的私单也接得有声有色，加上现有的工资，方玲现在可是512挣得最多的一个。从咋咋呼呼没心没肺到如今的努力工作养活自己，方玲的变化也是最大的一个，就连滚爷和尚夏都对她刮目相看。

眼看着每个人的生活越来越好，工作越来越顺利，感情越来越稳定，一个不得不面对的问题迫切需要解决。

"你说我们三个的好日子是不是快到尽头了呀？"一杯酒之后，孟小芹突然感慨。

自从一切都上了轨道之后，三个人便规定星期五为扎根小酒馆的"自由之夜"，没有男友和老公，没有工作和客户，只属于她们三个人，尽情挥霍日益短暂的单身生活和渐渐接近尾声的青春。

"瞎说什么呢，好不容易我们三个的生活都有了起色，怎么也得让我们好好享受一段时间吧。"

"你现在是嫁入豪门，有的是花不完的钱过不完的无忧生活，你就好好享受你的大小姐生活吧，怎么还患得患失上了。"

"我是说，我们总有一天会离开512的。"

此话一出，方玲和陈米粒都无话可说，这个问题，她们不是没有想过，只是每当早上上班互道再见，下了班回来一起吃饭互相吐槽白天的工作，累了乏了受委屈了有人劝着哄着抱怨着，这些组成每一天生活的点点滴滴，会让她们暂时忘了这个问题，可没想到，这个问题会突然被孟小芹提起。是时候面对这个问题，看来也是时候准备分开了。

"离开512而已嘛，又不是离开八州城，想吃饭见面了打个电话，有什么事微信里汇报，生活不还照样过嘛。大学四年我们还不在一个城市呢。"方玲摆出一副大大咧咧无所谓的样子。

"理是这个理，可都一起生活这么长时间了，突然一下子分开，还真有点不适应。玛丽和马克走了，洛洛和沈老师走了，我们也要解散了，你们说，以后新苗工场的人会不会越走越多，最后什么也没剩下了？"

"毕竟新苗工场只是一个暂时的停靠点，一旦大家有了点成就就往外飞了，没有人会一辈子留在工场，工场也不会存在于谁的一辈子之中。"

"你们又是分别又是一辈子的，哎哎哎，我们可是二十几岁正青春的无敌美少女好吗，别搞得跟生离死别似的。喝酒喝酒！"孟小芹和陈米粒正感慨着，方玲赶紧把两个人从消沉的氛围中拉了回来。

"你这个没心没肺的，就知道喝，难道你就一点不留恋？"

"我们留恋高中时每天心不甘情不愿的埋头苦念，留恋大学时的逍遥自在，甚至留恋童年时玩过的玩具吃过的雪糕，但时间总是在过的，很多事不是我们留恋了就可以不说再见的，那要怎么办，难道死乞白赖地拽着时间不走啊？"

"哟呵，行啊你，现在都学会劝人啦，别说，这话说得还挺有水平。"

"怎么样，我这话说得是不是在理？"方玲得意地讨要表扬。

"在理在理！"

"所以说啊，你们还担心什么。"

"虽是这么说，但我总觉得，其实我们和新苗工场总还有点什么联系，你看，玛丽和马克的出游只是暂时的，他们完成了工作，早晚得回来。洛洛和沈老师呢，总不能在那个偏僻的小村庄安家吧，他们还得回来生宝宝呢。所以呢，我觉得，其实新苗工场的这些人，迟早还是会聚在一起的，而就算我们因为成家立业离开，但也还是有回归的可能的。"

"你的意思是，我们结了婚却抛夫弃子，继续住在512？"

"应该不是，但我也说不好，也许是……另一种方式的重聚。"孟小芹越说越微妙，连她自己都搞不懂自己对未来的新苗工场到底存在什么样的想象。

"你不会又拿出什么佛祖啦冥冥之中命中注定那一套吧，这么玄乎？"这下方玲和陈米粒都被搞糊涂了。

"哎呀，算了算了，车到山前必有路，船到桥头自然直，不管了也管不了了，喝酒喝酒。" 孟小芹这一句，又相当于把自己之前说的所有话都给否定了。

陈米粒和方玲也犹犹豫豫地拿起酒杯，完全一头雾水。

之后的生活与从前的没什么两样。孟小芹虽然已经成了夫家人，但仍然保持着单身时的独立姿态，两个人一周约会两三次，偶尔来个周末短途旅行。陈米粒和上官的大部分时间都花在了房子装修上，上官父母买的是精装房，剩下的也只是家具电器之类的杂项，但就这样也够他们一个又一个周末地往家具电器城跑着。方玲的这次恋爱再也不是卿卿我我你侬我侬了，而是把事业发展和提高生活品质作为目标，朝着独立强大的自我前进。

原本三个人都以为这样的日子还能持续一段时间，没想到，孟小芹突如其来的一个消息将这美好的日子提前终结。

"我怀孕了。"

又一个周五晚的"自由之夜"，三个人在吧台前小酌，只不过今天孟小芹只点了杯鲜榨果汁。

孟小芹平静如水地说出这句话，陈米粒正将一根薯条送入嘴里，方玲正往手里吐着瓜子壳，吧台里那个经常为三个人服务的酒保 Sam，正慢慢地往酒杯里注入好看的粉红色液体。

一切都平静如水。

一切都没有反应过来。

"唔……"

当陈米粒将手里的那根薯条完全送入嘴中之后，轻轻地感慨一声，像是在对孟小芹的消息表示出点应有的反应，又好像在说这薯条外酥里嫩味道不错。

"我说，我怀孕了，一个多月。"见两个人没有反应，孟小芹又说了一遍，语气同样平静。

"啊……"

陈米粒和方玲同时尖叫了起来，带着满嘴的瓜子和薯条味儿。

"怎么这么快？"

"什么时候的事？"

"预产期什么时候？"

"马上办婚礼吗？"

"你公婆该高兴坏了吧？"

……

孟小芹静静地看着对面两个人的轮番轰炸，时不时喝口果汁，好像在等待结束一场热闹的戏码。

"你们问的这些都不重要。"

"那什么重要？"

"重要的是，我要搬出新苗工场了。"

这下轮到陈米粒和方玲沉默了。该来的终究要来，只是没想到会这么快，以这样一个理由。

"我婆婆让我搬过去，说方便照顾我。"

"你要和公婆一起住，那不就等于提前过上家庭生活了？"陈米粒突然想起孟小芹说过的那句"不想这么早住在一起"。

"这不也没办法吗？"

"可你们都还没举行婚礼呢，是不是要赶在肚子大起来前赶紧办一办？"

"婚礼就先不办了，一场婚礼下来也够累的，还要拍婚纱照什么的，现在我哪有那精力啊，还是先把证领了，婚礼的事以后再说。"

陈米粒和方玲都知道，孟小芹和她老公的老家有一个说不上好的风俗。当地的有钱人家通常都希望儿媳妇订婚后能先生孩子，生完孩子再举行婚礼，但这孩子也有讲究，如果生的是男孩，那婚礼照办万事大吉：如果生的是女孩，便很有可能接二连三地生，直到有了男孩为止。而婚礼也就无限期往后推了，甚至还有些情况，夫妻两个人生活久了，孩子慢慢大了，婚礼也变得不那么重要了，最后也就不了了之。

其实这个问题一直在陈米粒和方玲的心里打转，两个人互相看看，心照不宣，就是不愿意戳破，毕竟，这个所谓风俗对儿媳妇也好妻子也罢，都不是一个可以轻易接受的残酷现实。

"我也知道，哪个女孩子不希望有一个美好的婚礼，可嫁入这样的人家能有什么办法，不过，两家父母互相都挺满意，关键是我老公也对我挺好，那些顽固的没法改变的东西，就随它去吧。"

孟小芹看出了两个人的心思，解释道。这话听来，她还算放得下看得开。

"你不遗憾？"

"遗憾肯定有，但人生哪能事事如意，所以，何不坦然接受呢。"

"你能这么想就好，我们还担心你会不会心里膈应呢。"

"其实我从决定和他在一起的时候就想到这些问题了，你们也都知道我们村那习俗，嫁了那边的有钱人，就得付出相应的代价。喏，这就是代价之一。"

"这代价也真够大的……"

"况且，我跟你们说，我老公他哥孩子都两个了，但婚礼照样没办呢，我们怎么能在他们之前办婚礼呢。"

"两个孩子了都没办，这是不打算办了吧！"

"一男一女，可把我婆婆高兴坏了。"

虽说婚礼只是一个形式,但就目前孟小芹的形势及公婆的家庭情况来看,还是让陈米粒和方玲隐隐地感到担忧。

58

一个星期之后,孟小芹搬出了新苗工场512公寓。

那是一个阳光明媚的星期六早晨,512三个好闺密的"自由之夜"从小酒馆的常规漫谈延续到同挤一张床的彻夜卧谈,终于在凌晨两点渐渐睡去。

第二天早上,电话铃声将三个人从梦中叫醒。

"喂……"孟小芹拿起电话,声音微弱迷离。

"我已经到工场门口了,你起床了没,我上来找你?"是高君。

孟小芹猛地醒来,看看床头的闹钟,已经过了九点十分,她这才想起,今天高君说过来给她搬家。孟小芹看看身边蓬头乱发四仰八叉躺着的陈米粒和方玲,决定不让高君上来。

"我还没起呢,你在下面等我会儿,我洗漱完下来。"孟小芹挂了电话,将身边的两个人摇醒。

半个小时之后,高君出现在512公寓里。

"刚刚在等你的空隙,我去外面买了点早餐,你们刚起床,肯定还没吃吧,趁热吃。"高君将种类丰富的早餐摆上料理台。

"你必须吃一个鸡蛋喝一杯牛奶,补充营养。"高君将牛奶倒入杯子,放进微波炉中加热。

方玲和陈米粒看他娴熟的动作,还真有点男主人的样子。从高君对孟小芹的体贴入微来看,方玲和陈米粒对他的第一印象并不算坏。

三个人在吃早餐的时候,高君在屋子里给孟小芹收拾行李。

"这高君,看起来还可以嘛,至少对你不错。"陈米粒悄声道。

"这下你们该放心了吧,其实只要对我好,什么婚礼不婚礼习俗不习俗的,都不重要。"

"不过呢，这个男人啊，在老婆怀孕的时候总是各种照顾体贴，真正对你怎么样，还是要看你生完孩子之后。有些直男，觉得老婆生完孩子任务就完成了，对你也就爱理不睬了。"方玲更小声说道。

"如果高君是那种直男，你觉得我还会跟他生孩子吗？"

"我就是提醒提醒你，我跟你说，你现在怀孕着，有什么事都让他做，本来他在你身边的时间就不长，好不容易回来了，怎么能让他闲着。还有啊，如果他以后对你不好，你跟我们说，我们给你出主意，实在不行，你就回来跟我们住。"方玲就像送女出嫁的老妈子，一百个不放心。

"行了行了，说得这么苦大仇深的，我是嫁人，又不是卖身，你们放心吧，我会过得好的。"

吃过早餐，孟小芹指点着高君收拾完东西，方玲和陈米粒就帮忙一起把行李往下搬。

"你们女生就别动手了，我多跑几趟没问题的。"高君对孟小芹的两个闺密，就像对长辈似的礼貌，就像在接受检验。

"没事没事，我们就拿点轻的东西，不费事。"

"那谢谢你们了。"

"嘿，跟我们还客气，你是不知道我们和小芹什么关系？"

"哪能不知道啊，她跟我在一块儿，尽提起你们了，虽然我们第一次见面，可我对你们的事还是很了解的哦。"

"尽说我们坏话了吧？"方玲不怀好意地看了看孟小芹。

"哎呀，好啦好啦，你们赶紧搬东西吧。"

"嘁……"陈米粒和方玲做了个请安的动作。

"小芹，我看你还有好多没卖出去的首饰，你把这批货卖出去就别再卖了，又挣不了多少钱，还受累。"

"挣多挣少，好歹我也能多点零花钱呀。"

"零花钱不够你跟我说呀，下个月开始，我每个月的工资大部分都给你，我就留点饭钱就好了，你想要什么就买什么。"

"我做这个又不是为了挣钱，就是闲暇的时候有点事做，权当一个小副业而已。哦，难道你们做大生意的就瞧不起我这小生意啦？"

"那怎么会呢，任何大生意不都是从小生意做起的？好吧好吧，你喜欢做什么就做什么吧，你做什么我都支持你。"高君一脸的宠爱。

"这还差不多。"孟小芹甜甜地笑了。

方玲和陈米粒在一旁看着这甜死人的画面，之前关于高君家庭的种种猜疑瞬间四散而去。结婚是两个人的事，只要他们小两口好，不就万事皆好了吗？这也是陈米粒和方玲所唯一关心的。

高君往车上搬着行李，陈米粒和方玲在一边对孟小芹做人生交代，尚夏出现了。

"你今天怎么来得这么早？"方玲先打招呼。

"来找滚爷有点事，你们这是……"尚夏看着和三个女生在一起的陌生男子，脑子里做着各种猜想。

"小芹要搬走了。"

"搬走？今天？这么突然？"尚夏尽量收敛那万分的惊讶，以及迫不及待想知道弄明白原因的心情。

"我怀孕了。"毫不遮掩，孟小芹一下就说明原因。

"怀、孕！"这下尚夏可收敛不住惊讶了，双目圆睁，表情木然，好像被当头棒喝。

"我都是订婚的人了，怀孕不是很正常，你这么惊讶干什么。"孟小芹调侃道。

"对了，这是我老公，高君。"孟小芹一把拉过高君，挽起他的胳膊，甜蜜地介绍。

"哦、幸会幸会。"尚夏来回看了看孟小芹和她身边的所谓老公，不自在地打了个招呼。

"你就是尚夏吧？高大帅气，英俊潇洒，小芹可是老提起你呀。"虽这么说，可高君的语气里并没有吃醋的意味。

"喂，小芹这么夸其他男生，你听了不吃醋？"陈米粒调侃。

"怎么会呢，要是她对其他男生有意思，哪儿还轮得到我？这点自信我还是有的。"高君自信却不自负。

"所以啊，你可得好好对她，你要是对她不好，我们新苗工场这么多伙伴，你可不好对付哦。"尚夏暂时从意外中恢复过来，他知道自己现在应该从容坦然地面对这局面：一个存在自己心里已久的女孩儿和她的丈夫。

"这是要对付谁啊？可别忘了叫上我！"只听到了尚夏的后半句话，滚爷行侠仗义似的便出现了。

"哟哟哟，干吗呢这是，这大包小包的，是不是又有新伙伴加入？欢迎欢迎，请热烈地投入新苗工场的怀抱吧！"没搞清三七二十一，滚爷便自嗨起来。

"喂喂喂，请你搞搞清楚，不是有人加入，而是有人搬出去，小芹要搬出512啦。"

"什么什么？小芹要搬出去了！尚夏，这事你也知道？"滚爷意味深长地转向尚夏。

"当然。"尚夏平静回应。

"那你还愣着干什么呀！"滚爷这话另有所指，除了高君，在场的其他人肯定也听出其中一二。

"我愣着、啊是，我怎么能愣着呢，帮忙搬行李呀！"尚夏说着便打算开动。

"我不是这意思，我说……"滚爷突然注意到了陌生的高君，"咦，这位是……"

"这是我老公，高君。"

"哦，未婚夫。"

"现在应该叫老公，再过段时间，就应该叫孩儿他爸啦。"方玲在一旁多嘴。

"他爸？谁爸？"滚爷怎么也想不到怀孕这一层。

"当然是娃他爸啦。"方玲摸摸孟小芹肚子。

"小芹，你你你……"滚爷诧异得结巴起来。

"你、你、你、你什么你，小芹怀孕啦！这都猜不出来，笨！"

滚爷嘴巴大张，眼神呆滞，其惊讶程度毫不逊色于刚才的尚夏，只不过在意外、惊喜、高兴等复杂感情里，还多了一些不甘心和无能为力的矛盾情绪。虽说订婚意味着孟小芹这辈子的感情生活已经基本稳定，但怀孕则将这"基本"结结实实地变为"绝对"。尚夏是彻底失去希望了。

"孕妇需要更好的照顾和营养的饮食，所以，小芹只能回家住咯。"

"哦、是是是，当然家里更舒服点，有老公陪着，也比较舒心。"高君在场，滚爷可不敢将尚夏扯进来。

"你这意思是，小芹跟我们住一起糟心是吧。"陈米粒故意刁难他。

"哎哟，你们作家就这点不好，老爱过度解读别人的意思，我怎么会这么想呢，每天有你们三个女生叽叽喳喳，工场也显得热闹啊。"滚爷油嘴滑舌。

"你们闺密好好告别，我也去帮忙。"

看见尚夏和高君都在忙，滚爷也跟着忙了起来。

"你好，我是滚爷。"滚爷豪爽地和高君打招呼。

"原来的泡面头，现在的圆寸。"不用说，这也是从孟小芹那儿听来的。

"呵，关于我们，看来小芹没和你少说啊，快说说，她还和你说什么我的糗事没有？"自来熟的滚爷一下就和高君达成了某种紧密联系。

"这个嘛……我可不能告诉你。"高君也自来熟地调侃。

"行了行了你，是不是来帮忙的。"眼看着滚爷要发挥自己的八卦本能，尚夏立刻将其拉了回来。

滚爷讪讪地笑了笑，在嘴唇边做一个拉上的动作，然后麻利儿地将一个旅行箱扛上车顶的行李架。

三个认识不过三五分钟的大老爷们儿这么快竟熟络上了，还老熟人似的开玩笑，方玲无奈地摇摇头翻个白眼，陈米粒和孟小芹也不怀好意地窃笑。

59

在婆婆的强烈要求之下，搬出新苗工场的孟小芹也辞掉了培训中心的工作，仅靠卖首饰远远满足不了她那颗闲不住又想法多的躁动之心，尤其是当老公不在身边的时候，她活跃的大脑更是如肚子里的宝宝一样躁动不安，好像给她一块钱她能想方设法挣出一百块一样。

512的三个人虽然成了两个人，但三个人却时时保持联系，一两周一次的小聚，方玲和陈米粒更是一心血来潮，便蹿到孟小芹家关心慰问，今天解读孕妇圣经，明天讨论育儿大全。一人怀孕，三个人当妈。

在孟小芹怀孕的第四个月，陈米粒和上官泽丰举行了婚礼，婚礼简单却独特。你见过婚礼现场的配乐不是温馨浪漫的钢琴小提琴，而是帅气到炸锅的吉他贝斯？滚爷的乐队自告奋勇地担任起婚礼现场演奏的职责，别说，用吉他贝斯的不羁演奏出的《婚礼进行曲》，还真有那么点意思。远在云南山村的洛洛和沈老师无法亲自到场，却寄回了一沓画作，拆开一看，是他为新人画的婚纱水彩和油画，这便有了婚礼现场那童话般的亦真亦幻。玛丽和马克在一个月前结束了工作兼旅行，他们和尚夏、滚爷一起帮忙料理婚礼的各项准备事宜，就连婚礼当天，也不听从陈米粒只管坐着好吃好喝的严格命令，一会儿摆弄现场布置，一会儿引导宾客入席，进进出出，忙里忙外。

方玲是婚礼唯一的伴娘，从前三个人曾经说好，谁先结婚，另外两个便给那人当伴娘，最后一个结婚的，可就没有机会了。可三个人忽略了另外一种情况，那便是孟小芹的情况，先生孩子再办婚礼，所以，即使陈米粒是第一个走进婚礼殿堂，也只能让方玲一个人陪同，而方玲便不情愿地成了那"最后一个"，谁也无法送她出嫁，为此，方玲还絮絮叨叨过好多回。

"你们两个说说，怎么回事，怎么都赶在我之前结婚了，最盼望着成为贤妻良母相夫教子的，不应该是我吗，你俩着急个什么劲儿啊！"

"你结婚，我让我孩子给你当花童。"孟小芹幸福地摸摸肚子，想象着不管是闺女还是儿子拎着花篮沿着红毯笨拙地抛撒花瓣的可爱模样。

"我、我可以挽着你把你交到陈默手上。"陈米粒不知道已婚的自己能在方玲的婚礼上客串什么重要角色，便随口编了一个。

"去！你还成我家长了是吧！"

絮叨归絮叨，婚礼当天方玲还是尽责尽力地当好了一个伴娘，顺带把孟小芹那份劲儿也使了出来。当方玲上台给新人送对戒时，陈米粒分明看到了她微红的眼眶和满脸的幸福模样。陈米粒心里一动，真是个傻大妞。

婚礼后的陈米粒理所当然地搬出了新苗工场，和上官在五十六平方米的温馨空间里，开始了吵吵闹闹的家庭生活。

512的故事就此结束？怎么会！方玲为大家继续讲述。

跟着陈默接了几个月的私单，方玲不仅在业务能力上大有长进，两个人的积蓄也存下不少。现在他俩每个月光接私单的收入，都能比工资多出不少，于是，所谓的成熟时机便降临了。

陈米粒婚后的半个多月，方玲和陈默先后从公司辞了职，在普通上班族早高峰晚高峰地赶路的时间里，新苗工场的办公区又多了两张新面孔，而512公寓的租户，从原来的三闺密变为了如今共同奋斗的励志"小夫妻"。他们还给自己这组合取了个不太符合规模的名字，"新新医疗外贸有限责任公司"。

在见过几次家长之后，双方父母对他俩都十分满意，尤其是方玲妈，那个曾经唯豪门不入的方玲妈，在见到陈默的第一眼，便得出了一个惊人的结论：这小伙子天庭饱满印堂发亮，将来必成大器。而正是这第一次接触，竟推翻了她之前为方玲介绍所有相亲对象的既定印象，什么有钱没有钱富贵不富贵的，有实力肯努力才是发家致富日子芝麻开花节节高的必经之路。

于是，方玲妈强烈建议两个人将婚礼事宜提上日程，可她没有想到的是，女儿再也不是那个只愿生儿育女相夫教子的女儿了。先立业后成家是方玲给她的回答。好吧，立业就立业吧，活了二十多年，从来没头没脑没心没肺的女儿难得有开窍的时候，这窍好不容易打开了，哪能说关上就关上，那就随她去吧！

于是，每逢亲戚朋友在她面前先是炫耀头胎二胎儿孙绕膝，再是催促她赶紧让女儿结婚生子，她总是先表现出适当的谦虚淡定，又骄傲地抬抬下巴："我女儿公司忙哩！"

就跟回娘家似的，陈米粒和孟小芹总会在闲暇的周末回来新苗工场坐坐。自从玛丽和马克从外地回来，大家还没聚在一起过，于是，在尚夏这"新苗工场后勤人员"的安排下，新婚的陈米粒，腆着五六个月大肚子的孟小芹，新公司蒸蒸日上的方玲，乐队演出邀约不断的滚爷，以及带着满肚子故事和满口袋人民币的玛丽和马克，又聚在一起吃吃喝喝了。

"就差洛洛和沈老师了，你们说，在那么个穷乡僻壤，他们怎么就能待得住呢？"虽说景致怡人，但方玲对雨崩村那原始社会般的生活环境可不敢恭维。

"你还别说，他们还真就能待得住，他们不仅待得住，而且沈老师的创作灵感那叫一个汹涌，他们还准备在那儿举办画展呢。"

"画展？你让那些画家艺术家爬个六七个小时的山路，就为看一场画展？"

"物以类聚呗，愿意欣赏这些画的也都是和沈老师志同道合的人，没准人家也想找这么个与世隔绝的地方修炼呢。"

"哎，真羡慕他们这种生活，睡到日上三竿，放放牛羊种种果子，和邻居聊聊天对着群山画上半天画，多惬意自在啊，哪像我们这种上班族，每天晚睡早起，工作、人际关系、岗位竞争，什么时候才是个头啊。"陈米粒抱怨。

"不用担心，等你和上官的网络小说挣了大钱，你也不用上班了不是？不是说，那些个大神一个月的稿费能顶上班族一年？"

"话是这么说，可有几个人能成为大神呀？"

"对了米粒，你之前不是说打算写一本关于新苗工场的小说吗？是不是安排个男主角给我当当啊，就是帅气多金总裁范儿，一群美女为我茶不思饭不想的那种？"滚爷开始自我良好地异想天开。

"还总裁呢，我看你还是好好唱你的歌吧！霸道总裁的角色可不适合你，我看尚夏倒挺合适。"

玛丽这话，尚夏和滚爷听了心里都一惊，他俩不动声色地互相看了眼，虽然这只是玛丽对尚夏的主观印象，但如此接近现实的印象，还着实让尚夏这未来总裁捏了一把汗。

"我要是总裁，嗯……玛丽和马克，我花钱你们旅行，然后把你们包装成户外明星，各大景区酒店饭店都争着抢着让你们写攻略做代言；米粒，写小说嘛，尽管写，写完了我负责给你拍电视剧，现在不是流行什么影视 IP 吗，没问题；方玲的外贸公司，我注资，你们扩大，然后赚得盆满钵满……"尚夏将计就计，列出一系列任性不成熟的"总裁"方案。

"你做梦，我们可不跟着你做梦，等你哪天真当上总裁了再说吧。"滚爷帮着尚夏得计。

"你们多好啊，都有自己的事情可以忙，我呢，只能每天在家当个没用的孕妇。"孟小芹也沉不住气了。

"孕妇还能干什么，孕妇本来就是用来供着的，你就舒舒服服当好你的佛吧。"

"可这佛也太难当了吧，这不让干那不让吃，这当孕妇也太没意思了吧。"

"难道你还愿意像以前那样奔波上班？那我跟你换换？"陈米粒恬不知耻地笑笑。

"也不是，就是有的时候在家无聊了，还挺怀念以前在这里的生活，虽然工作又累挣得又不多，但至少有一份自食其力的收入，生活才充实心里才踏实，可现在呢，钱是不缺，就是没意思。"

"不然你再搬回来？"马克想了想，"算了，馊主意，我就随口一说。"

"或者，我这新苗工场后勤人员的位置让给你？"尚夏建议。

"让给我？还是算了吧，你是我们心目中永远的后勤，换不了。有困难，找尚夏不是？"

"可是，如果我今后再也干不了后勤呢？"尚夏貌似略有深意。

"干不了，你什么意思？嫌太累还是嫌我们烦了呀？我跟你说你可不能这样，我们……"

"因为我要出国了。"

60

"出国？"所有人惊讶。

"回国这两年，发现自己还是喜欢当一个汉语教师，每当看着一副副洋面孔说着中文包着饺子，那感觉……哈哈，就感觉小时候苦哈哈地学英语的仇总算是报了。"尚夏故意将这分别的消息讲得轻松愉快。

"你这也太突然了吧，之前也没听你说过呀！什么时候决定的？怎么说走就走？"

"是啊是啊，你看我们几个，从原来的一无所有，到现在好不容易都稍微混出点名堂来了，正是要抱团庆贺然后齐心协力继续往前走的时候，你怎么还要离开了？"

"我说尚夏，你这也太不够意思了吧！"

滚爷怔怔地看着尚夏。他是在座的唯一一个知道尚夏真实身份的人，而且尚夏和孟小芹的关系，当初也是第一个告诉他的，以两个人的关系，尚夏也应该提前把这样的重大决定告诉他才对。滚爷这么问，一方面和大家的疑问一样，另一方面，也是对这情绪的小小抱怨，而这话里的一语双关，尚夏也听出了几分。

"你们也都知道，汉语教师一直是我的梦想，难道，沈老师可以跑到世外桃源实现他的理想，我就不能实现我的理想了？这也太不公平了吧。"

"可你去的是国外呀，沈老师他们回来一趟容易，你要回来一趟，不知道得等到猴年马月了。"

"你可别忘了，我是去当老师，老师可是有寒暑假的哦，我趁放假回来不就得了。再说了，微信是干吗用的，Skype是干吗用的，还记不记得音乐节的时候，我是怎么替你们现场直播的？这些都不是问题嘛！"

"可是毕竟身边少了一个熟悉的朋友，总会不舍的。"

"你们放心，我肯定会时不时回来新苗工场，回来看你们的。"

"那你走了，这工场是不是就交回你那朋友自己管理了？"陈米粒问。

知道这工场实则为尚夏家业的滚爷听了，也不由担心，新苗工场是尚夏父亲交给他打理的，如果他离开了，他父亲是会重新安排一个人来管理，还是把工场卖掉？毕竟，新苗工场在他们家族产业中并不算是主要的经济来源，甚至可以说只是一个公益项目，是否继续下去对他们家族来说并没有太大影响。了解实情的滚爷意识到，尚夏要离开，新苗工场的命运也变得扑朔迷离。

滚爷又想起刚才尚夏对孟小芹说的那句话，问她是否愿意接任他的位置，成为工场后勤人员，他这话又是什么意思？难道说，在他不在期间，可以由小芹代为管理？

滚爷心中一百个疑问。

"至于这工场……我那朋友还不知道我要出国的事，到时候我再和他商量商量吧，不过估摸着我要不管了，他也没精力亲自管。所以我刚刚问小芹，如果真是闲得慌，接替我的工作也不是不可以啊。"尚夏半开玩笑道。

这些话尚夏说起来轻松，可他内心也做了很大的挣扎下了很大的决心。他出国这事，其实跟他的什么汉语教师梦一点关系也没有。他当初为了孟小芹放弃梦想回国了，如今再次出国，仍然是因为孟小芹，当他知道孟小芹怀孕的那一刻起，他发现自己再也没有理由待在她身边，看到孟小芹的感情有了结果，尚夏一直躁动不安却又无处释放的心终于有了安放之处，心爱的人已经得到了应有的幸福归宿，接下来他应该做的便是默默离开，独自消化多年来对她的那份情感，不惊扰不强求。

尚夏再有一个放不下的，便是新苗工场。他当初因为孟小芹的一条找房朋友圈而误打误撞接触到新苗工场，新苗工场是父亲当时刚刚接下不久的一个新项目，正愁没人管理，因为有了孟小芹的缘故，尚夏对工场表现出了极大的热情，父亲便放心地将工场全权交由他负责。现在他要离开，父亲会如何处理工场事宜？新苗工场是他们一群好朋友相识相知、共同经历困难也共同享受美好的地方，如果因为他的离开而不能延续下去，也确实有些遗憾。所以，尚夏觉得他有责任在离开前将工场的命运安排好，也算是给他们这两年多的友情一个交代。

至于致尚传媒，尚夏觉得父亲是会理解他的，毕竟他的心思不在这做生意上，即使勉强继承父业，他也未必有信心发扬光大，与其如此，不如让父亲提前培养几个信得过的得力干将，也不枉他这一生的心血。

"接替你的工作就算了，我一个孕妇，可没有那耐心给你们当后勤，不过，我倒真是很喜欢这里，反倒是你那朋友，好像对这里不是很上心的样子，如果换作我是老板，我肯定会用心经营的。"孟小芹想象着自己经营下的新苗工场的繁荣景象。

"你也想经营一个这样的工场？"尚夏有些意外，没想到两年的生活竟会如此让孟小芹喜欢上这个地方。

"如果有机会的话，为什么不呢。反正手上有点闲钱，放着也是放着，还不如做点自己喜欢的事。"嫁入一个从事房地产生意的家庭，孟小芹的聘礼肯定少不了。

"唔，这样啊……"尚夏好似若有所思。

两天后的一个大早上，孟小芹正在去医院产检的路上，尚夏来了电话。

"之前你说如果有机会，愿意经营一个工场。这真是你的想法？"

"你觉得我只是一时兴起随便说说？"

"那倒不是，就是想确认一下。"

孟小芹感觉有事情要发生。

"是这样，我那朋友他工作比较忙，平时根本没时间管理工场，听说我要出国，他也找不到合适帮忙的朋友，打算把工场出手转让，所以我就想问问……"

"什么？"孟小芹大概猜出了尚夏的意思。

"我想起那天你说的话，你和米粒方玲她们在 512 生活了那么长时间，对工场对大家应该是有感情的，我觉得与其让给别人，还不如交给熟悉的人。而且你能有这个想法，我觉得除了时间允许之外，资金上应该也没什么问题吧。"

"这个……也有点太突然了。毕竟这不是一件小事，这样吧，我跟我老公商量商量，然后再给你回复。"

"好，那我等你电话。"

"尚夏，谢谢你。"孟小芹知道，尚夏能想到自己，并不仅仅是因为那天她说的话，还因为说这话的是她孟小芹，因此，她道谢，也不仅仅是因为这件事，还因为，即使她已经结婚怀孕，尚夏依然真心对待她。

"别跟我客气。"尚夏假装爽朗地笑笑，但只有他自己感觉得到，这笑里的些许苦涩。

"是尚夏？这么早。"正在开车的高君问道。

"是，我想跟你商量件事。"

"你说。"

"就是我之前住过的那个新苗工场，那个工场是尚夏一个朋友的，但他朋友做生意忙，无暇管理，之前都是尚夏在帮忙打理，现在尚夏要出国了，他朋友便打算把工场出手，我想着是不是可以接手过来，创新工场也算是个新事物，现在有想法敢创业的年轻人很多，工场还是有发展前景的。还有一个原因就是，我在那儿生活了那么长时间，对那里的人事物也都有感情了，如果接下去经营的话，我觉得应该不是问题。"

"按你这说法，你是要当工场老板？"

"也算不上是老板，就是一个经营者，工场本来就不以营利为目的，赚的也只是房租钱和管理费。我只是觉得吧，反正我在家闲着也是闲着，倒不如找点事做，而且这成本也不高。你觉得呢？"

"毕竟是经营一个项目，你现在怀孕，我不想你太累了。"

"怎么会累呢，里面都是我的朋友，我就时不时过去和他们聊聊天，思考思考怎么让更多的创业者入驻，对我来说也是一种消遣嘛。不然整天待在家里，孕妇可是很容易烦躁的。"

"不过，你曾经和闺密一起在里面生活过，还认识了那么多朋友，我觉得新苗工场对你来说，应该意义非凡。"

"可不是嘛。"

"如果你真的感兴趣，就试试呗，虽然家里也不需要你去上班，但你的兴趣我还是支持的。"

"真的？"

"真的。"

"太棒啦！谢谢老公！"孟小芹激动得要扑上去抱高君。

"哎哎哎，我开车呢，别闹！"还没等孟小芹碰到他，高君便稍稍缩缩手臂躲开了。

"人家开心嘛。"孟小芹撒娇道。

"不过我可事先告诉你哦，你可不准把自己搞得太累，如果那样的话，我随时会把工场出手的。"

"知道啦知道啦！"

61

自从接下新苗工场后，父亲便一直让尚夏独立负责这个项目，对新苗工场的了解，没有人比尚夏更多。如今尚夏要离开，并提出自己的一个好朋友对工场十分感兴趣，建议转手，尚父二话没说，把相关事宜交给尚夏全权处置。

一个星期后，尚夏约孟小芹在咖啡厅见面。

"这个是转让合同，你仔细看看。"

"你朋友连转让这么重要的事都不愿亲自出马，我真怀疑这工场到底是不是他的。"

尚夏被这突如其来的疑问弄得有些不知所措，但也只是意外于孟小芹会考虑这么多，至于应对各种疑问的说辞，他早已准备周密。

"就他那人，整个儿一富二代，钱多烧得慌，他是他们家独苗，上面两个姐姐，你说他想要什么，他爸妈还不都得依着他。这新苗工场吧，对他来说纯属玩票性质，今天高兴买下来，明天不高兴了再卖掉，与其毁在那纨绔少爷手里，还不如交给想认真经营的人呢。"尚夏装出一副吐槽死党的嘲讽语气。

"你还有这么有钱的朋友哪？不过这有钱人，我们还真是懂不了，好像钱都是大风刮来的似的。"

"嘿，小时候一块儿长大的死党，他爸妈做海产生意发家，虽然住同一个小区念同一所学校，但从小我们吃的用的都不是一个级别的，他放个暑假寒假的都是欧洲日本东南亚各地旅行，我呢，只能回乡下姥姥家捉鸡种菜。你说这人和人的差别！"

为了让孟小芹更加信服，尚夏信口胡诌，不过也不完全是瞎编，他所谓"死党"的生活状态，都是照着他小时候的生活来说的，他甚至有点庆幸，还好自己真是个富二代，有生活经验，不然还真不知道该怎么搪塞过去。

"那可把你们班同学羡慕坏了吧？"

"可不是嘛。"

认识这么久，孟小芹还从没听尚夏说过他小时候的事，今天不经意听来，发现原来他小时候的生活经历原来这么不同。

人和人还真是不一样，有人有从小一起长大的富二代死党，长大后成为有颜值又有能力的学霸，然后按照自己的意愿，出国实现汉语教师的梦想。而有的人，像她孟小芹，从小平平淡淡安安稳稳地长大，顺利完成学业，找一份普普通通的工作，然后结婚生子，照此下去，她大概能窥见自己几十年后的生活。但幸运的是，她找到了自己甘于付出的所在，有了新苗工场这个寄托情感和理想、让她在婚后能再次独立的地方，孟小芹觉得，这可能也是自己生活的小小不同吧。

"对了，和上次租512时一样，我也向朋友要了点折扣，还能省下几万块钱。钱的话你就直接给我吧，我再转交给他。"

尚夏这话一出口，两个人都有点恍惚。

两年前，一个是放弃汉语教师事业，刚刚回国遵循父命进入家族企业的海归，一个是初出象牙塔，毅然离开父母和温暖的家，没对象没房子工作没着落的大学毕业生，因为一条朋友圈，以及一个人对另一个人长达两年的挂念等待，两个人再次见面。从一间512公寓开始，一纸合同和一个善意的谎言，将两个人重新连接在一起，这连接克制而小心翼翼地持续了两年，最后于又一个善意的谎言和又一纸合同，两个人的关系至此告终。

当然，孟小芹并不知道尚夏在其中的太多安排和故意为之，但她唯一能猜到的是，尚夏的回国和再次出国多多少少都与自己有些关系，即使尚夏并未坦白，当然也不可能坦白。一直以来，尚夏都默默给予自己各种帮助，从大学时主动帮自己学习对外汉语相关课程，到租房子找工作，到生活中的各种困难窘境，再到最后买下整个新苗工场，不得不说，如果没有尚夏，孟小芹很难顺利走到今天。即使她对他的诸多感激溢于言表，但这份感激却远远无法升华到爱情的程度，为此，孟小芹也多少感到些遗憾，纵使千言万语千恩万谢也无法弥补这遗憾的一丁半点。

而尚夏呢？遗憾、解脱、苦涩、无奈，他的心中更是五味杂陈、百感交集。自己一直以来对孟小芹的殷勤帮助到底是为了什么？是带有目的性地希望她能接受自己，抑或只是自己心甘情愿，不求回报？可能一半一半吧，一方面他侥幸地期待着自己的些许努力能换来孟小芹的真心，另一方面，其实他心里再清楚不过，如果他们有在一起的可能，那么这种可能性早在大学时便已出现苗头，何必又等到现在？他曾摆出学业事业、出国发展、父母之命等各种理由来为孟小芹的疏远开脱，但最后才发现，这些不过是自己一厢情愿的想法，"命里有时终须有，命里无时莫强求"，他突然领悟了这早已听过千百遍的滥道理。

　　得到了是意料之外，得不到是情理之中，尚夏早已看清这一点。

　　如今两个人以交易的表象坐在一起，内心却各怀感想。往事一幕幕掠过眼前，喜怒哀乐，悲欢交集。一个孕育新生命，也开启自己生命的新历程，另一个，看似同样会有一个新开始，可新的开始更是为了摆脱过去，而这，也将会是一场苦行僧似的艰难修行。

　　一纸契约之后，新苗工场便真正属于孟小芹了。

　　"真没想到，你这下是真的要走了。"工场附近的小酒馆里，滚爷和尚夏喝着最后的告别酒。

　　"做出的决定收不回，这还能有假？"

　　"你是真的想走，实现你的什么教师梦？"

　　"你觉得呢？"

　　"我觉得……更多是因为小芹。"其实滚爷心里再也肯定不过了，只不过他是想证实自己的想法，委婉地提出罢了。

　　"知道了还问。"

　　"我觉得你太不值了，人家结婚就结婚呗，你也在八州城好好开始你的新生活不就行了，干吗非得跑那么远？"

　　"新西兰远吗？打个飞的就到了嘛。"尚夏半开玩笑。

　　"谁跟你开玩笑了，我是说真的，你真的不考虑留下来？"

　　"留下来干吗，整天跟你们喝酒撸串插科打诨？你们一个个的，不是成家立业出双入对就是理想实现人生开挂，我呢，一个普通公司职员，找不到任何存在价值，我还不能出去实现实现理想，找找人生乐趣啊？"

　　"你还普通职员？还没有存在价值？拜托，你爸那么大一个集团摆在你眼前，是你自己挥挥手说'不要'，还能怨谁？我看啊，你就乖乖留下来子承父业得了，当汉语教师能赚几个钱？"

"那你整天搞乐队，这个酒吧唱唱那个商演凑凑热闹，又能挣几个钱？难道你就为了钱吗？"

滚爷无言以对。

其实他们都是一类人，包括玛丽和马克，包括洛洛和沈老师，如果只是为了钱，他们早已在既定领域干得有声有色赚得盆满钵满，但他们又偏偏是那种理想至上的人，不为名利，只为热衷于自己所好，寄托情怀，实现那并不太现实的理想。

"所以说嘛，你就不要再纠结我到底是为什么出国了。"

"好，这事我不纠结，那我总能纠结纠结新苗工场的事吧。你把新苗工场低价转给了小芹，你爸就舍得？"

"反正他都交给我做主了，我跟他说是一个好朋友，手头只有这么多钱，人家一心创业，我爸也是白手起家，创业的艰辛他当然懂，给年轻人一点支持，怎么了？"

"这倒说得通。"滚爷若有所思。

"当然说得通了，虽然我对继承父业不感兴趣，但毕竟是自己的家业，我总不能糊弄我爸吧。"

"小芹能遇见你，真是她的运气。"

自从知道尚夏和孟小芹的事后，滚爷竟暗中发现，原来尚夏的许多所为都是为了孟小芹，从前他对孟小芹看似普通朋友的关心和帮助也都能说得通了。滚爷竟有点羡慕这个条件平平的女孩子。

"运气？我倒是觉得，能遇见她是我的运气。"尚夏突然认真起来，"我回国又出国，千方百计让她租在新苗工场，最后又千方百计把工场卖给她，你可能会觉得，反正不管我做什么她都不会和我在一起，我还瞎折腾什么劲儿。可我不觉得自己是在瞎折腾，为了她，该做的我都做了，我努力了，我问心无愧，即使到最后她还是没能接受我，我也不觉得有什么遗憾。现在想想，如果当初我没有从加拿大回来，看到她找房子的朋友圈后没有主动和她联系，把她带来新苗工场，我觉得我肯定得后悔一辈子。虽然两者的结果是一样的。"

"如果你事先知道是这种结果，你还会做这一切吗？"

"我能说，其实我事先已经猜到一半的结局了吗？但我要回答你的是，我还会这么做。"尚夏喝了口酒，就像品了一口往事。

"为什么呀？"滚爷一千个一万个不明白。

"你想知道为什么？"尚夏神秘地问了问滚爷，滚爷一脸专注地期待答案，谁知尚夏竟打了个哈哈，"你找到个女朋友就会明白了。"

"切！"

"行啦，我的事你就别再问啦，该知道的你也都知道了，而且就你一个人知道，你看你，捡到个多大便宜啊。"

"便宜我还不想要呢！整天为你俩瞎操心！"

"喂喂喂，说好的告别酒，能不能说点好听的！"

"告什么别啊告别，别跟我搞什么此生不见一别经年那矫情的一套，又不是这辈子都不见，不是你说的吗，有微信干吗，有 Skype 干吗，再不行你打个飞的回来或者我打个飞的过去都行嘛。不告别不告别！"滚爷嘴上逞强，其实心里还是不舍。

"对了，你什么时候走？"

"还没定呢，到时候看吧。"

"哦。"

"对了对了，我得提醒你，你们可别给我搞什么欢送会那一套，最烦那个了，好好的事搞得跟妻离子散似的。"

"哎，不搞不搞。"

62

"王总，价格方面您放心，您是我们的老客户了，能给的优惠我们都会给到。"

"行，那我们就这么说定了哦。货我们会尽快给您备齐，最晚周五我们给您发货。"

"您太客气了，真是太感谢您了，从原来公司到现在我们自己创业，您一直很支持我们。"

"好的好的，那您忙，再见。"

"嘿！"方玲刚挂电话，陈米粒便从后面蹿了出来。

方玲冷不丁被她吓了一跳："哎哟妈呀，大白天的闹鬼呢！"

"哈哈！工作太认真都没发现有人来了？可以嘛，这小老板当的，还挺有模有样！怎么就你一个人呀，陈默呢？"

"他去工厂提货去了。怎么样呀，今天怎么有空光临啊，大作家，不用上班？"方玲整理整理桌上的笔记本和零碎杂物。

"我今天来就是告诉你的……"陈米粒做出一副宣布重大决定的正经样子，然后又一秒变女神经，"老娘以后都不用上班啦！"

陈米粒正想扑上前去给方玲一个大大的拥抱，本想着方玲也激动地蹦起来展开怀抱，没想到她却一头雾水地待在原地："什么意思？"陈米粒差点一个趔趄。

"哎，你怎么不接着点啊，害我差点摔倒。我把工作辞啦，我现在稿费比工资高多啦，不用上班啦。"

方玲这才明白过来，缓了几秒神之后突然"哇"的尖叫起来："米粒，你太棒啦！"她抱着陈米粒好一顿蹦跶。

陈米粒后知后觉，方玲这转折得也太突然了吧，也缓了几秒神，然后才回过神来，就像电波中断了又接上似的，和方玲一起没头没脑地蹦跶着。

"你快仔细跟我说说，到底怎么回事？你现在成大神啦？"方玲拉着陈米粒坐下，前前后后地拿饮料零食。

"我之前不是构思了一本关于新苗工场的小说吗，我边写边往网上发，反响竟然还挺好，后来网站的一个编辑就找上我了，说我这小说适合出版，就问我愿不愿意，我当然说好啦，这不，再有半个多月我那小说就全国发行了。"

"哇，这么厉害，这下你真成作家了。那他们是不是给了你不少稿费？"

"稿费拿了一些，剩下的就看发行量了，不过编辑说了，小说在网上那么火，估计发行量也少不了，到时候我就等着拿版税吧！"

"哇，这可是个大喜事呀，我得昭告天下……"方玲激动得找不着北，就跟是她要火了似的，"不得了不得了，我竟然认识个作家朋友，还是死党的那种，哈哈哈，赚大发了赚大发了……"方玲兴奋地神神道道。

"我把工作辞了，打算以后在家专职写小说，顺便，也好照顾照顾家里。"

"哎哟哎哟，说是照顾家里，其实不就是照顾上官嘛，这当了人妻就是不一样了呀，瞧你以前笨得，连个青菜都炒不利索，再看看现在，啧啧啧，整个一贤妻良母呀。"

"就你话多！对了，上官的网络小说也挺挣钱，不过他工资也高，辞了有点可惜，所以他现在一边工作一边写，等再稳定一点，他也辞职。"

"哇，好一对羡煞旁人的作家夫妻呀……对了对了，这事孟小芹还不知道吧，走走走，上她家去，告诉她这个要了命的好消息！"

"去去去，什么消息这么要命，这我可要不起。"

"行啦行啦，走吧，大作家。"

"你这会儿不用工作呀？"

"我还工作什么呀，你出名了，成大神了，那可是日进斗金，写一本赚一百万，写两本赚三百万，我还开什么小破公司呀，以后跟你混，跟你混。"

"什么还一本一百万两本三百万，你这是什么算法？我是写小说不是印钞票，哪有那么神乎……哎，我可跟你说……"

"哎呀，好啦好啦，快走吧。"

陈米粒继续哭笑不得地纠正方玲的异想天开，方玲却二话不说，推着陈米粒直往工场外走去。

生活有好的一面和坏的一面，有的时候，生活好的那面就像打开了一个豁口，惊喜一个接一个地到来，让人猝不及防，应接不暇。现在的陈米粒就属于这种情况。

从陈米粒决定转战网络，到第一部网络小说反响良好，到获得稿酬，再到有文化公司主动提出出版发行，如果说这一系列发展过程还算是惊喜不断的话，那么接下来的这个消息，将会是这一连串惊喜中的重磅炸弹。

鉴于小说在网络上的影响力和传播度，文化公司在小说出版前做了一系列预热活动，不外乎是出版发行前的常见宣传手段，但就是再也普通不过的宣传，却吸引了更多的读者关注，有人对小说本身感兴趣，有人对小说里的人物感兴趣，而更多的人则对创新工场这一神秘空间充满兴趣。

何为创新工场？工场里都是些什么样的人？小说中的人物在现实中又是否确有其人？现实生活中的他们是否也像小说中一样，各行各业的年轻人因为同样的生活方式聚集在一起，是否也充满了戏剧性的喜怒哀乐悲欢离合？

于是文化公司决定，在陈米粒曾经所在的新苗工场举办新书首发式，读者们可以来到现场，与作者本人以及新苗工场中形形色色的年轻人交流沟通。

不仅陈米粒被这重磅炸弹炸得找不着北，作为新苗工场新晋经营者，孟小芹也被这惊喜惊得不轻。

"我的妈呀，这事也太好了吧，这对工场绝对是一个绝佳的宣传机会呀！"孟小芹一手抚着肚子，好像生怕孩子也被惊着似的。

"怎么样，惊不惊喜，刺不刺激，意不意外？"

"我觉得这惊喜大得……比你肚子都大！"方玲伸手摸摸孟小芹七个多月的大肚子，也像安抚里面同样惊喜刺激意外的宝宝。

"我说米粒，你这小说出版得也太是时候了，我正愁着接手工场后第一步该做些什么，这不，好事就来了！你可是我的福星呀！"

"福星降临，你要怎么报答我呀？"陈米粒故作伟大姿态。

孟小芹拍拍肚子，豪气得像是贡献了一份无价珍宝："你就是我宝宝的干妈了！"

"那我呢那我呢？我可是入驻了你们新苗工场，没给点好处，好像现在创业园、孵化基地什么的也挺多的哈……"方玲拐弯抹角地威胁。

"你也有份你也有份，米粒是大干妈，你是二干妈，这总行了吧？"

"什么大干妈二干妈，我还老干妈咧！算了算了，就这么着吧，也总算有人喊我妈了，你说对不对啊干宝宝。"方玲对着孟小芹肚子说道。

"去去去，什么干宝宝！"陈米粒哭笑不得。

"对了米粒，前几天文化公司跟我联系过了，讨论了一下首发式的具体活动安排，我觉得可以搞一个分享会，让滚爷啊玛丽马克他们聊聊他们生活、创业的经历和经验，一来为你的小说造势，二来也可以给工场做做宣传，你觉得呢？"

"现在你是工场老板，还问我？"

"喂，你可是主角啊，大家都是来看你的，我只是蹭蹭热度而已。我这蹭得……不算过分吧？"

"哎哎哎，你什么时候跟我这么见外啦！你还用蹭，我热不就是你们热，你接手个工场，方玲不也跟着蹭吃蹭住蹭办公的，你再跟我这么客气，我跟你说，我干宝宝都不答应！"

"我可是交了房租水电的好吧！"方玲理直气壮地反驳。

"好好好，你交你交你最好多交点。"孟小芹趁机占了把便宜。

"切！"

"行啦行啦，我想说的是啊，虽然我们现在都做出了点小成绩，小芹有了自己的事业，方玲开公司当老板，我呢，苦哈哈地写了几年也总算出了点结果……"陈米粒本想说点什么展望未来啊什么努力奋进的话，可突然就回忆起了往事。

"可有时候想想，其实还是挺怀念以前什么也没有的日子。那时候我和方玲刚刚工作，一个月工资连自己都不够养活，小芹就更别说了，工作还没找着呢，就拿自己大学好不容易攒下的兼职费和奖学金交了房租。还记得刚搬进新苗工场时我们一日三餐是怎么吃的吗，去超市买一大袋小馒头能当一个月的早餐，午餐在公司也是叫最便宜的外卖，晚上呢，为了省钱，方玲下班赶回来做好晚饭，清粥小菜，那时候我们还安慰自己说，这样省钱减肥还健康。两年前的事情，说起来，就像发生在昨天。"

"后来我找到工作，工资还不错，我就不用你们养了，再后来我做了首饰生意，咱们的生活就更好了。"孟小芹也开始回忆起来。

"你还别说，你能找到好工作，多亏了尚夏，那时候我就觉得，这尚夏还真是个靠谱的人。"

"可惜他就要走了。"

"走之前还是帮了小芹一把，我觉得吧，小芹……"方玲不经意地提起尚夏，又不经意地想起他和孟小芹的事，她知道现在再说这个话题已经没有意义，但话在嘴边，又不经意地蹦出个开头来。

"我知道你想说什么。从大学到找工作到这整个新苗工场，他对我的帮助和关照我一直记在心里，我知道不管我说什么做什么都不足以对他表示完全的回报，但他想要的真的不是我能给得了的。所以，我觉得他的出国对我们俩来说也许都会是一个好的选择，到一个新的地方开始新的生活，找一个爱他的人，自私点说，我对他的亏欠愧疚，也会感觉少一点吧。"

"不过我真是羡慕你，有一个可以这么为你牺牲奉献的人，最后虽然得不到想要的答案，但也还能坦然接受，这得要多大的胸怀和耐心啊。"

"好啦好啦，我们不要再说这个话题了，今天的主角不应该是我吗？是我是我就是我！"见方玲深深沉浸在尚夏的话题中不能自拔，担心孟小芹不自在，陈米粒赶紧把话题拉了回来。

"主角的光环光芒万丈，你还挺上瘾！"

63

首发式当天，孟小芹腆着个大肚子统筹全局，忙得不可开交。

方玲一会儿扮演引导员，一会儿充当现场策划，一会儿端茶送水一会儿指挥作战，前前后后，里里外外，手忙脚乱。

陈米粒占据核心位置，签名留影答疑问，满足读者的一切要求。

正帮忙维持现场秩序的滚爷，突然将手上的工作交给另一个工作人员，跑到一个安静的角落，拿出手机来。

"我走了，飞机马上起飞了，今天是米粒新书首发，替我恭喜她咯，让她留一本签上她大名的书给我，下次我回来的时候拿。我走了的事，等首发式结束了再告诉大家。你自己多保重，再见。"

看到尚夏发来短信的前三个字，滚爷就已经两眼一抹黑倒吸一口气，再也没有心思往后看了。知道尚夏要走，可万万没想到，他会选择在这样一个日子以这样一种方式离开，滚爷知道，尚夏这么做是不想让大家为他送别留恋，可如此突然的不辞而别，滚爷还是无法一下子接受。

"你一个人躲在这儿干吗呢，分享会要开始了，你赶紧准备准备。"滚爷的忧伤被孟小芹打断。

好像是看出了滚爷的表情状态不对，孟小芹赶紧问："你怎么了，是不是出什么事了？"

"没事，我能有什么事！分享会要开始了吧，走，咱们一起过去。"滚爷一下恢复平日里的俏皮和没心没肺，他想，今天对于陈米粒和孟小芹来说都是特别的，他不想破坏大家的情绪，就像尚夏所希望的一样。

"走吧。"孟小芹还是心存疑虑。

首发式和分享会无疑是成功的。当天现场的所有书一售而空，新苗工场及工场里的故事，也成为大家津津乐道的话题，甚至有人前来询问入驻工场的具体事宜。

陈米粒签名签到手软，微笑笑到抽筋。她想起了自己曾经有过的那个梦境。

孟小芹腆着个肚子，迈着仍然矫健的步伐，以一副经营者的凌厉姿态，指点江山，事无巨细。

晚上，大家又聚在一起，以庆功宴的名义，吃吃喝喝说说笑笑。

"米粒这下可真成大名人了！以后你上街可得武装着点。"

"真没想到，现在靠写作也能出名也能挣钱了，谁说文人都是穷酸相的！"

"这本书可是彻底把你打响了，接下来你有什么打算？"

"还能有什么打算，继续写呗，总不能骄傲膨胀吧，我跟你说，就我这样的，在网文界还只能算菜鸟，跟真正的月入几十上百万的大神比，才哪儿跟哪儿呀！"陈米粒被夸得有点晕头转向，但从来薄脸皮的她，仍然保持应有的谦虚低调。

"今天看你在台上讲创作谈，别说，还真有点作家的样子呢！"

"好歹是写了本小说，总该有点能说的吧，不然人家该怀疑这书是不是我写的了。"

"我们也跟着沾光了，原来上台在那么多人面前接受提问是这种感觉啊，感觉自己当了一回明星呀！"马克顿感周身星光熠熠。

"瞧你那没出息的样子！"玛丽吐槽道。

"小芹，接手新苗工场后打响的第一炮，效果不错哦。"

"你们就别夸我了，我这都是借了米粒的光，要不是她写出个这么火的小说，也就没我什么事了。看来工场好不好，大家发展如何很关键，你们都好好干，哪天干出头了，我也跟着沾光。"

"我们可出息不到那份儿上。"

"怎么不行啊？滚爷，你带着乐队的兄弟们，在工场搞几场音乐会，玛丽和马克，你们组织组织旅行分享会啦推介会之类的，几个搞艺术的朋友，就不定时办办作品展、演演话剧，活动多了，新苗工场不就热闹起来了，知名度也就提升了嘛。"孟小芹一副运筹帷幄的样子。

"哎呀，那我们是不是可以把洛洛和沈老师召唤回来了？他们绝对能给工场带回点艺术气息。啧啧啧，新苗工场，艺术的殿堂啊……"

"绝对欢迎呀！"

"可以啊小芹，这才刚接手没几天，想法就这么多，看来你还真有当决策者的天赋。"

"真的吗？这些我也是随便想想，能不能组织得起来还得考虑好多因素。大家多多支持，多多支持啊。"

"当初尚夏要是懂得做这些，新苗工场早就出名了，看来尚夏提议你接替他的位置是对的。"

"对了，今天这么重要的日子，怎么没看见尚夏？"总算有人提到这个问题了。

"是啊是啊，我今天都忙晕头了，是一天没见着尚夏了。"

"尚夏走了。"滚爷淡淡道。

所有人的目光同时聚焦在滚爷身上，疑惑又惊讶。

"今天早上的飞机，他起飞前才告诉我的。"

孟小芹突然明白了早上滚爷的表情，果然不是没有原因。

"他怎么、这么突然？"

"他谁都没说，自己就走了，连我都不知道。"

"我还想等他走了，我们都去送送他呢。"

"我觉得，他就是不想让大家给他送行，才选择今天首发式的日子离开的，我们都忙着首发式的事，当然没时间考虑他在哪里。"

"这尚夏……哎。"

"我还想给他开个欢送会呢，这下看来，他肯定也不愿意。"

"你说对了，他之前还特意提醒我，让你们千万别搞什么欢送会。"

"他也真是的，又不是去什么地方旅行，几个月就回来了，他可是出去工作呀，搞不好以后就留在新西兰了，下次什么时候见面还说不准呢，怎么说走就走。"

"行啦，我们就别太怪他了，他这么做肯定有他自己的想法，我们就不要再把自己所希望的强加在他身上了，我们都知道，他尚夏就不是一个婆婆妈妈的人。再说了，现在通讯、交通这么方便，还担心见不着？我们都想开点吧。"作为最了解尚夏也是尚夏最信赖的人，滚爷不得不这么劝说大家。

虽然大家都对尚夏抱有留恋，但庆祝还在继续。大家随意地说笑，恭喜祝贺的话说了一轮又一轮，对往事的回忆一波又一波，也适时幻想着新苗工场充满期待的未来。这是一次特别的聚会，是对新苗工场成员胜利的庆贺，也是对离开成员的怀念，就像以前每次聚会一样，大家只是单纯地保持友谊，分享快乐，抚慰忧伤，然后互相激励，向更加美好的未来奋勇前行。